Lilith of Dandelion
DER MUND DER WAHRHEIT
EIN NOVELLENZYKLUS
VOM RANDE DER REALITÄT

Lilith of Dandelion

DER MUND DER WAHRHEIT

EIN NOVELLENZYKLUS VOM RANDE DER REALITÄT

1 Mysteriöser Garten, Federzeichnung

Bibliografische Information der Deutschen Nationalbibliothek:
Die Deutsche Nationalbibliothek verzeichnet diese Publikation
in der Deutschen Nationalbibliografie; detaillierte bibliografische Daten
sind im Internet über www.dnb.de abrufbar.
© 2016 Lilith of Dandelion, Hamburg
1. Auflage
Text, Illustrationen, Satz und Titelgestaltung: Lilith of Dandelion
http://www.hausmacht.de
**Herstellung und Verlag:
BoD – Books on Demand, Norderstedt
ISBN 9783741297731**

DER REKONVALESZENT
WIE ARMAND LERNTE, SICH WIEDER
IN DER WELT ZURECHTZUFINDEN

2 Parkanlage in Edinburgh

Er sei seit seinem Unfall ein wenig sonderlich, meinten seine Freunde; denn einige, vorwiegend alte Saufkumpane, hatte er rundweg von seinem Krankenlager fortgeschickt, er wolle sie auch in Zukunft nicht mehr sehen; brüskiert verbreiteten sie, wenn mit Suse nun ganz Schluß sei und er nur noch den Besuch seiner Mutter wolle, sei doch was im Busch, dem ist das Motorrad wohl über gewisse Teile gefahren.

Nun, mit Suse war schon vorher Schluß gewesen, kurz vor dem Unfall. Und gegen die Pflegeinstinkte seiner Mutter war kein Kraut gewachsen, vielleicht konnte er sich zunächst einfach nicht dagegen wehren mit dem gebrochenen Schädel.

Einig waren sich aber alle: Es ist ein Wunder, daß er noch lebt, daß er noch bis drei zählen kann und weiß, wie er heißt.

Wunder oder nicht, Armand genas. Er nahm sich dafür so viel Zeit, als ihm in sieben Jahren Arbeit als Urlaub zugestanden hätte. Die Prognose war nicht günstig. Von lebenslanger Sonderlichkeit sprachen die

Ärzte nicht, aber von sehr langsamer Rehabilitation und von Zweifeln daran, ob einiges überhaupt wieder herstellbar sei. Man muß sehen, kein Patient gleicht darin dem anderen.

Als er der Bewältigung des Alltags näherkam, langsam zwar und mit häufigem Ausruhen und Denkpausen, da erwies er sich als ruhig und konzentriert, wo alle erwarteten, er werde vergeßlich und ungeschickt sein.

Einer Fremden, ausgerechnet einer Fremden fiel auf, er benehme sich wie ein Weiser.

Es war sein erster großer Ausflug nach der Entlassung aus dem Krankenhaus. Armand, von der unvermeidlichen Mutter begleitet, besuchte ein Eiscafé, den legendären Eisberg — „da trifft sich doch nur Jugend", kokettierte Mutter, und Armand war viel zu galant, um diese Bemerkung hingehen zu lassen.

Er besah die Hast der Sommerschlußkäufer nicht verwirrt wie ein Ausgeschlossener, auch nicht mit den Angstgefühlen dessen, der des städtischen Lebens entwöhnt ist. Vielmehr war verwunderte Ruhe und eine philosophische Unerschütterlichkeit um ihn, mit der er nicht nur auf das Toben der Zivilisation reagierte, nein, er begegnete ebenso stoisch den Versuchen der Mutter, ihn ins Leben hineinzuziehen, indem sie ihn auf vorbeigehende junge Damen hinwies und sein Urteil abfragte. Das sah ihr gar nicht ähnlich. Aber er erkannte milde ihr Programm, ihn wiederzubeleben.

Unbewegt sah er hinter den vergnügten, wohlhabenden und gut gekleideten jungen Frauen her. Wo er sonst, fasziniert vom ersten Eindruck, seine Reaktionen mit hochgezogener Schwerenöterbraue kaschierte, der schöne, der zu schöne Bengel aus gutem Hause, den nun manche gar nicht mehr erkannten, dabei entstellte ihn äußerlich nichts, so verquollen gleich nach dem Unfall das Gesicht auch gewesen war. Aber der Riß in seinem Schädel war ein Riß in seinem Denken geblieben und — schmerzlich für die ihm Nahestehenden — auch ein Riß in seinen Gefühlen. Schmerzlich auch für ihn? Man merkte es ihm nicht an.

Er sah längst nicht mehr so gut aus wie früher. Seine Haare waren kurz und struppig, sein Blick konnte, wo er früher selbstgefällig war, rebellisch wirken, obwohl er sich nicht so fühlte. Oder er hob sich zum

Betrachter wie das Lächeln der Anne Frank. Viel mehr Frauen als früher schauten ihn an und verzagten. Viel mehr Männer als früher schauten ihn an und faßten Hoffnung, ohne zu wissen, warum.

Er sprach sehr wenig. Es fiel ihm noch schwer, Sätze zu bilden. Das lag nicht an einem Mangel an Konzentration; auch waren seine Sprechwerkzeuge nicht des Gebrauches entwöhnt, wenn er damit auch reichlich faul geworden war; es lag daran, daß für seine neue Welt ein Wortschatz nur schleppend mitgeliefert wurde. Nichts paßte mehr.

Doch nun kommen wir zu der erwähnten Fremden.

Sie servierte in dem Eiscafé, auf das die Wahl der beiden gefallen war. An ihrem knappen schwarzen Kleid mit der Halbmondschürze steckte ein kleines Schild: „Fräulein Kurland", denn dies war ein konservativer Betrieb und gestand die Würde des Frauseins nur den verheirateten zu.

Sie sah an seinem Blick, daß er der Bestellung seiner Mutter nicht beipflichtete, aber zu verwirrt, zu schüchtern, zerstreut oder rücksichtsvoll oder alles zugleich war, um ihr ins Wort zu fallen.

„Einmal Sahnebaiser", wiederholte sie schwerhörig die Bestellung der alten Dame, „und was darf ich Ihnen bringen?"

Er nahm die Karte und zeigte stumm auf die Zeile mit dem Glas Tee. Aha, Besuch aus dem Ausland.

„Ein Glas Tee, sehr wohl."

„Was, nur Tee? Keinen Kuchen? Tee kannst du doch auch zuhause haben…"

Doch kein Besuch aus dem Ausland.

Die Stimme der Mama, die sich schon aufs Verwöhnen gefreut hatte, zerbröselt im Stimmengewirr hinter der Bedienerin. Hier hat man keine Vornamen. Die Kolleginnen ertrotzen das Du: „Fräulein Kurland, nimmst du bitte mal die Bestellung von Tisch Vier auf?"

Die Kasse rasselt den Rest mütterlicher Verwunderung nieder.

Agnes Kurland tritt einen Augenblick aus ihrer Professionalität heraus. Das kleine Chromtablett schwankt einen Moment, der Löffel scheppert auf der Untertasse. Agnes serviert zum ersten Mal seit ihrer Lehre ein Fußbad.

„Tut mir leid, ich habe ein wenig übergeplempert", entschuldigt sie sich wie eine Anfängerin.

„Ich danke Ihnen dafür", antwortet er doppelbödig.

Er kam wieder. Allein.

Es schien ihm kühn, denn er war, kaum, daß er aus der Tür trat, in einen Wirbel von Befürchtungen geraten, fast in eine Panik, in der er sich unfähig fühlte, sich an Verkehrsregeln, an die Lage des Cafés und an den Rückweg von dort zu erinnern, er fühlte, daß er seine Adresse vergessen könne. Er kannte solche Zustände, begleitet von der Panik, jeder könne es ihm ansehen, was mit ihm los sei. Aber früher hatte er sie selber herbeigeführt. Der Unterschied lag nun im Fehlen von schlechtem Gewissen. Hierfür kann er ja nichts.

Und er fürchtete, daß er beim Zahlen der Zeche hilflos in seinem Kleingeld wühlen werde, ohne zu wissen, wie man daraus fünf Mark achtzig zusammensetzt. Und er verfügt nicht über genug, um ihr vertrauensvoll einen Schein zu reichen und das Wechselgeld entgegenzunehmen. Und gar auf die Schnelle ein passendes Trinkgeld draufzurechnen. Ein Zögern, eine Komplikation, eine Nachfrage, ob alles in Ordnung sei, würde schon sein Gleichgewicht ins Wanken bringen. Er hätte auch nicht genug, um sich von einem Taxi nach Hause fahren zu lassen, falls er nicht zurückfand. Die Begleitung der Mutter war ihm da gefährlich willkommen.

Als er dann aber ging, war alles viel einfacher als vorgestellt.

So, wie man Radfahren und Rudern nicht verlernt, ging das auf einmal, was er versuchte, wenn er es versuchte. Das Leiden bestand vielleicht gar nicht so sehr in einem wirklichen Verlust an Fähigkeiten, vielmehr schien sein Mangel an Zutrauen zu sich selber den Ausfall erst zu diktieren, kurz „ich rede es mir nur ein". Und hier, gestählt von Trips und Haschisch, schnappte die Falle wieder ein: „wenn so ein Gedanke Fakten schaffen kann, dann ist damit nicht zu spaßen."

Agnes Kurland war nicht überrascht, ihn zu sehen. Er näherte sich den Tischen zögernd und setzte sich an den Rand des Geschehens. Man nahm kaum Notiz von ihm. Die Zeitung, die er sich gekauft hatte, diente zuallerletzt als Lektüre. Fast mußte Agnes lachen.

Doch bevor sie sich ihm widmete, mußte sie sich erst diesem Ekelpaket mit Laptop zuwenden, das leider zuerst da war und nun ungeniert Preußen an Österreich anschloß.

„Bringen's mir an Kleinen Schwarzen, aber schaun's, daß er net so knapp ist wie Ihr Kleines Schwarzes!"

Sexist.

Und dann der schüchterne Rebell mit der ungelesenen Zeitung.

„Ein Glas Tee. Wann haben Sie Dienstschluß?"

Jeden anderen — zumal nach der kurz zuvor konsumierten Anspielung — hätte sie mit einer schnippischen Bemerkung standrechtlich geviertelt.

„Wir dürfen hier keine Verabredungen treffen", beschied sie nur amtlich.

„Sie halten mich vielleicht für einen Draufgänger, aber Draufgänger gehen drauf, so ging's mir fast — ich möchte mit Ihnen reden, okay? Das Café schließt um sieben, ich warte auf der Parkbank gegenüber…"

„Ich könnte doch auch früher Schluß haben."

„Ich warte auf der Parkbank. Jetzt und immerdar."

Witzbold.

Sie verrichtete den Rest ihres Dienstes eher fahrig und betete, der Österreicher werde das Interesse an ihr verlieren. Armand ging, warf keinen Blick zurück — das enttäuschte sie schon ein wenig — und fuhr tatsächlich drüben im Park damit fort, die Zeitung nicht zu lesen.

Sie zog sich hastig um und folgte ihm.

Als sie dann kam, war er nicht mehr auf der Bank; er saß ein Stück näher am Flußufer auf dem Gras.

„Ich bin geflüchtet", erklärte er den Gelübdebruch.

„Vor den Omas?" wunderte sie sich, denn da saßen jetzt drei silberhaarige Grazien von zusammen etwa 220 Jahren auf der Bank und plauderten angeregt.

„Die zerreißen sich da die Mäuler über Punks. Sehe ich aus wie ein Punk?"

Sie schaute ihn an, er war ganz in Schwarz, Lederhose und T-Shirt, dazu Ohrringe und ein breites Nietenarmband.

„Doch. Schon."

Er hat auch dieses direkte und schonungslose Verhalten wie die Punks, denkt sie, also, er sieht schon aus wie einer, der vor zehn Jahren einen Iro hatte.

Er faßte ihre Hand. „Du und ich — wir sind von einem Stamm", sagte er. „Ich glaube, du denkst richtig, und du siehst. Ich kann nur noch Menschen um mich haben, die so sind…"

„Ja — wie? Erklär' mal."

„Ich hatte einen Unfall, der hat mir den Hirnkasten zerschmissen. Einzelheiten erzähle ich dir bei Gelegenheit. Jetzt nur das Wichtige. Wie alt mögen diese Terroristinnen da sein?"

Er wies auf die armen alten Omis.

„Anfang, Mitte Siebzig…"

„Waren 1938 wahlberechtigt?"

„Sehr anzunehmen."

„Dann hat eine von hundert nicht für Hitler gestimmt."

„Ja — und?"

„So denken sie noch. Ich fühl's. Ausländer raus und Ordnung."

Er spinnt ein bißchen.

„Das war nicht immer so", widerspricht er ihrem Gedanken, „aber seit diesem Unfall höre ich denken — oder bilde es mir ein, dann kann ich mich unter paranoid einstufen… Agnes!" Er ließ ihre Hand immer noch nicht los, „ich brauche Hilfe von ehrlichen Sehern wie du es bist. In meinem Kopf ist eine Tür aufgegangen. Der Tod ist stärker als LSD."

Wenn sie nun fortlief? Zum ersten Mal ließ er jemanden in das Chaos blicken, das in ihm tobte. Und gleich holte ihn die Scham ein. Aber da müssen wir durch, denn ich brauche einen Spiegel, der nicht verzerrt.

„Mal was anderes", sagte er und kramte einen kleingefalteten Zettel aus der Tasche.

„Ich habe euch nichts zu geben/ bin eben am Leben.
Mir bleibt die schweigende Wut/ mein einziges Gut.
Mein Leben verdank' ich den Starken/ ich stahl mir den Mut.
Wir treiben wie lecke Barken/ auf schwarzer Flut.

Widme ich dir. Heiratest du mich?"

„Ja, ja, nur keine Zeit mit so Kinkerlitzchen wie Kennenlernen vergeuden."

Sie nahm den Zettel. Verzweifelte Hieroglyphen, der widerspenstigen Hand in harter Arbeit abgerungen.

„Es ging damals noch ganz schlecht mit dem Schreiben, jetzt ist es besser. Ich werde mal versuchen, es abzutippen." Er nahm den Zettel wieder an sich.

„Machen wir einen Spaziergang?"

Er wollte einen Freund besuchen. Er sagte das Wort „Freund" mit so einem merkwürdigen Unterton. Der Freund war nicht allein. Ein Grüppchen von Gleichgesinnten versammelte sich zum Auftakt des Wochenendes in seiner Küche, um zu beschließen, wo sie die Gegend unsicher machen wollten. Vorher sollte noch eine „Rolle" geraucht und sollten dann ein Rockkonzert und diverse angesagte Kneipen abgeklappert werden.

„Eyh, Armand hat 'ne neue Freundin."

„Kenn' ich! Du arbeitest doch im Eisberg! Na, hoffentlich biste keiner!"

Sie wurde es in diesem Moment.

„Ach, wie witzig", murmelte Armand.

„Wie? Was? Heimlichkeit giltet nicht in der Clique."

Agnes kam der Verdacht, Armand habe sie hergeschleppt, um ihr etwas zu demonstrieren. Denn sie amüsierte sich hier nicht, und auch er amüsierte sich nicht und war weit davon entfernt, sich ihrem Umzug anzuschließen. Das war ihr klar. Vielleicht wollte er ihr vorführen, wie unmöglich er seine einstigen Freunde fand. Und daß er ja einst dazugehört hatte. Wie sehr er sich also verändert hatte. Wie fern seine alte Welt ihm nun liege, und wie schwer es sei, sich in einer neuen zurechtzufinden.

Und daß er den Beistand von Menschen suchte, die dies alles verstünden — einfach durch die Situation.

Sie suchte seinen Blick. Er nickte. I know you know I know.

„Dann können wir ja jetzt gehen", sagte er leise.

„Ihr fahrt nicht mit? Dope macht nicht verkehrsuntüchtig, eyh!"

„Vielen Dank, bin schon mal bekifft gegen einen Brückenpfeiler gefahren, einmal langt."

„Ist schon gut, wir haben einfach was anderes vor", beschwichtigte Agnes. Und das hatten sie ja auch.

Ja. Sie hatte ihn richtig verstanden. Er sagte, er schäme sich dafür, aber die Begegnung mit dem Tod hat ihm einen grimmigen, furchtlosen Humor verliehen, einen, der macht, daß man über alles lachen kann, zuvörderst über sich selber, was ihn anderen Leuten neuerdings eher unheimlich macht, denn diese Art Humor ist stärker als alles, was ihm noch passieren kann.

„Bist du wirklich bekifft gegen einen Brückenpfeiler gefahren?"

„Nein. Die Droge, unter der ich stand, hieß Übermüdung. Trotzdem glaube ich, daß das viele Dope in meinem Kopf eine große Rolle gespielt hat. Aber vor allem hatte ich zwei Nächte durchgemacht, Marathon-Beziehungskrach, nur geredet, geredet, Kaffee getrunken, geraucht, geredet, am anderen Morgen weggefahren, bloß weg, so weit Richtung Süden wie möglich. Hat auch geklappt. Auf einmal die Savanne vor mir, ein Wasserloch, riesige Herden von Zebras, Büffeln, Antilopen, darüber flimmernde Hitze. Und dann — klonk, Tor."

Er lehnte sich zurück auf der Bank, auf der sie saßen, und dachte ein wenig mit geschlossenen Augen nach. „Als ich auf der Intensiv lag, kamen sie immer wieder, die Antilopen, Büffel, Zebras, Flamingos, Elefanten — vor allem Elefanten zogen an mir vorbei, alle, die je gelebt haben, in ihrem ewigen, ruhigen Schaukelgang. Stunde um Stunde. Glaubst du an Erinnerungen, die vor dem Ereignis stattfinden?"

„An das man sich erinnert."

„Ja."

„Déjà-vu oder so."

„Ja."

„Daß also die Tiere erst später kamen, als du im Koma lagst, aber du konntest sie schon vorher sehen? Ein Zeitloch?"

Sekunden später schon hätte sie diesen Gedanken nicht mehr nachvollziehen können.

„Genau das meine ich."

„Und wenn du die Vision später, in deiner Erinnerung, vorverlegt hast? Und erinnerst dich, du hättest das schon vor deinem Unfall gesehen, es war in Wirklichkeit aber später?"

„Darauf bin ich noch gar nicht gekommen. Ich bin ganz sicher, ich hatte den Unfall wegen der Tiere am Wasserloch. Weil ich nicht in die Herde hineinfahren wollte."

„Wenn man dich also nach der Unfallursache fragt, sagst du, du wärest einer Herde Antilopen ausgewichen?"

„Nein, sondern daß es eine Mikro-Schlafphase war. Und jetzt könnte ich auch eine brauchen. Gehen wir zu dir?"

„Bist du des Teufels? Ich kenn' dich doch kaum."

„Du weißt alles über mich."

„Und ich habe einen Freund."

Ja, sie hat einen Freund.

Es ist schon lange nichts Aufregendes mehr, aber Zufriedenheit ist ihr manches Mal lieber gewesen als die nervenzerfetzenden Affären, mit denen ihre Freundinnen sich bei ihr ausheulen, da preist sie dann ihr Schicksal, daß Thomas so solide ist.

Sie und Armand verabschieden sich ein wenig förmlich. Er hat sie um ihre Adresse gebeten, sie hat ein wenig gezögert. Dieser Desperado ist womöglich für jede Peinlichkeit gut... Er ist gekränkt, als er diesen Gedanken sieht. Und er nimmt ihre Spießeridylle wahr.

Agnes! Seit ich aus dem Krankenhaus gekommen bin — nein, seit ich aus dem Koma erwachte — bist du der einzige Mensch, der versteht, was in mir vorgeht. Sowas ist kostbar.

Er rennt in der Stadt herum. Er nimmt sie wieder in Besitz.

Wie kann sie seinen Antrag ausschlagen? Versteht sie denn nicht, was er ihr geben kann? Welche Tiefe er erfahren hat? Welche Einsichten er ihr mitteilen kann?

Tröste dich, Armand, die tiefsten Offenbarungen, das Geheimnis von Tod und Leben selbst, werden immer zum Gemeinplatz für den, der die Erfahrung nicht teilt, also halt den Mund.

Aber Agnes muß seine Gefährtin werden. Denn sie „denkt richtig", wie er es in Ermangelung besserer Beschreibung nennt, seit er in so vielen

Augen die Vermutung sieht, er sei behindert. Er versteht den Schmerz der spastisch Gelähmten, die bei klarem Verstand das Befremden und die blöden Witze ihrer unverkrampften Zeitgenossen verzeihen müssen, denn auch er eroberte mit ähnlichen Bewegungen, ähnlichem Gesichtsausdruck und Blick die Welt zurück, wenn die Anflüge auch immer seltener werden. Manche mögen ihn für verrückt halten. Das kommt der Wahrheit schon näher.

Denn, Armand, wenn du meinst, du weißt, was jeder denkt — wie willst du es nachprüfen? Sagst du es jemandem auf den Kopf zu, kann er trotzdem an die Stirn tippen, ob er sich nun durchschaut fühlt oder nicht. Wie willst du erfahren, daß du jemanden durchschaut hast? Willst du ihnen deinen Verfolgungswahn auf die Nase binden?

Agnes ist einer der wenigen Menschen, die ihn — das entwickelt sich schon — für voll nehmen. Mutter gehört natürlich auch dazu.

Die Kumpels wiederum haben anscheinend kaum die Veränderung gepeilt. Die fallen schon mal ganz weg.

Auf seinem flotten Spaziergang, er wollte sich müde laufen, ist er noch einigen Leuten begegnet, die „richtig denken", unter anderem einem Punk, einer sehr alten Frau, einem türkischer Rentner mit bestickter Mütze und einem afrikanischen Küchenhelfer, der eben hinter der „Pizza World" den Müll rausbrachte. Vielleicht lag es einfach daran, denkt Armand, daß er seinen eigentlichen Dünkel als Brille aufgesetzt hat, seine soziale Überlegenheit, und daß sie ihn einfach nur in Bescheidenheit angeschaut haben, daß er nur sieht, es fehlte diesen Menschen die Arroganz. Nur diese bedauern ihn nicht, weil sie es noch schwerer hatten. Nein, ich glaube nicht. Sie denken richtig. So wie Agnes.

Wenn er sie das nächste Mal trifft, muß er ihr von Willi erzählen.

Er war ein alter Alkoholiker. Kein Penner, aber mit denen war er den ganzen Tag zusammen. Er hatte ihren Tonfall angenommen und ihre Haltung. Dazu kam eine Attitüde des Opfers, defensiv, anklagend, eingekesselt in ein Gefüge von kleinlichen, bösartigen Lebensumständen, die in perfekter Verschachtelung den kleinsten Schritt zu einer Besserung seiner Situation vereitelten. Es war eine Verschwörung, eine Intrige am Arbeitsplatz seit seiner Lehre, Schikanen der Hauseigentümer, eine dämonische Ehefrau, kaltherzige Kinder, kafkaeske Ämter, das alles verkettete sich zur Ausweglosigkeit.

Willi besaß Konsequenz, Disziplin und Willenskraft. Er setzte sie ein, um alle um sich zu vergrämen, hatte sich in Prozessen ruiniert und endlich konsequent fast totgetrunken. Sein Delirium fand statt neben der Schädelfraktur mit Hirntrauma und inneren Verletzungen, vier Rippen- und etlichen anderen Knochenbrüchen mit Namen Armand Weiler, der eben aus dem Koma gekommen war und mehrmals mit Herzklopfen aufwachte, weil die zornbebenden Gestalten von Willis aggressiven Visionen als Racheengel durch den Raum geschritten und geglitten kamen. Langsam, zugleich mit Willis Lebenskraft, wichen sie freundlicheren, familiäreren und verloren zugleich die Form, bis ein Engel kam.

Armand dachte erst, der gelte ihm.

Der Engel nahm von ihm aber keine Notiz, sondern ließ ihn wissen, Armand habe noch eine Menge zu lernen, er sei noch nicht dran.

Er sprach nicht solchen Klartext, wohlgemerkt. Er sah auch nicht aus wie ein Mensch. Er sah gar nicht aus. Es war ein Strom fremder Ionen im Raum, ein verändertes Magnetfeld, eine kleine Induktion, besondere Radiowellen und ein wenig zarte, aber strenge Gammastrahlung. Er war eine Ablenkung von Armands Kompaßnadel und ein Löschen und eine Neubelegung einiger Speicheradressen in seinem Kopf. Willi starb. Der Strom floß hinaus. Armand genas.

Er sah, daß die Ärzte ihm von Visite zu Visite mehr Chancen gaben. Er hörte ihre stumme Besorgnis. Er litt darunter, daß sie ihn aus seinen schönsten Träumen rissen, weil sich die Werte auf dem Monitor drastisch verschlechterten. Sie unterwarfen ihn den Strapazen der Wiederbelebung, die er hinterher dankbar hinnahm. Er sah die Ängste der Schwester, deren Sohn auch Motorrad fuhr. Die Schläuche hinderten ihn am Antworten.

„Ist es nicht wunderbar, daß so eine deformierte, blaurot aufgeschwollene Masse einige Tage später wieder das alte Gesicht wird, daß es sich quasi erinnert, wie es mal ausgesehen hat…" sinnierte eine alte Unfallschwester zusammen mit einer Neuen. Sie wähnten ihn in tiefer Ohnmacht. Er berichtete es ihnen später und versicherte eifrig, sie müßten sich wirklich nicht für eine Bemerkung entschuldigen, die ihm so viel Zuversicht eingeflößt hatte.

Wenn die Mutter kam, gab es einen Besserungsschub. Sie hatte ihm einmal das Leben gegeben — sie gab es ihm wieder in kleinen Portionen, immer so viel, wie sie konnte.

Dann besuchte ihn Susanne. „Na? Gebe ich noch einen Bettpartner, Kindsvater und Brötchenverdiener ab? Sieh mal nach, ob alles dran ist."

War das nun ein Witz oder Verbitterung? Sie schnappte natürlich ein. Er war verbittert. Hatten sie sich nicht gerade vor seinem Unfall getrennt? Er hatte ihren Besuch nicht gewollt.

Sie hat an der Tür gezögert, hat ihm noch eine Chance gegeben einzuhaken und zu sagen, er meine es nicht so, bleib doch.

Er schaut ihr nicht einmal nach. Das kam aber auch daher, daß wieder die Wanderzüge der Elefanten einsetzten. Sie sind schon seine Zuflucht geworden. Er schließt die Augen und versucht teilzunehmen an der stummen Selbstverständlichkeit der Tierexistenz. Nicht nach dem Sinn des Lebens fragen, nur leben. Keine Wahl, keine Qual.

Instinkt schreibt vor. Instinkt kennt keine zwei Möglichkeiten. Er kennt kein ‚ver-zwei-feln'. Armand hat nicht gewählt, ob er überleben will. Er verlangt nicht dieses oder jenes zu seiner Bequemlichkeit. Er beklagt sich nicht über den Schmerz der Infusionsnadel in seinem Handrücken oder über den Druck des Schlauches in seiner Nase. Er leistet sich nicht den Luxus, den Ärzten zu mißtrauen. Er überläßt seine Genesung den Fachleuten. Er verzichtet auf eigenen Willen. Der Schädel, die schützende Hülle seines Denkapparates, hat einen Riß, also verharrt er still in Heilung.

Das Stillhalten raubt ihm manchmal schier den Verstand. In ihm kommt ungeahnte Bewegung auf, der Drang auszureißen. Emotion ist Bewegung. In plötzlichem Schmerz, als er sich einmal die Finger eingeklemmt hatte, sprang er herum und fand darin Erleichterung. Genauso, versteht er, hat er immer dem Eingeklemmtsein seiner Seele Luft gemacht, ist herumgezogen und hat jegliches Stillsein vermieden, hat es mit Musik verscheucht, mit Kumpels, mit lautem Reden und Alkohol. Hört ihr denn nicht dieses grauenhafte Geräusch, welches den Erdball umspannt und welches man Stille nennt?

Dies ist die schwarze Flut, die in sein Leck eindringt und ihn stetig füllt und endlich strudelnd herabzieht. Er gehorcht auch diesem.

Wider Erwarten hat ihn die Stille nicht getötet. Im Gegenteil. Er verläßt sie unwillig, voll Furcht vor Geräusch, Licht und Bewegung.

Das geht vorbei. Bis zur Entlassung hat er's überwunden.

Dafür aber kommt der Schock, der Art Mensch in großen Rudeln ins Augen zu sehne. Überall nur Neugier statt Aufmerksamkeit, Egoismus statt Mitgefühl, Schadenfreude statt Hilfsbereitschaft; selbst die Liebe zu eigenen Kindern ist in erster Linie Brutpflegeinstinkt. Weibchen mit Jungen sind gefährlich, vor allem auf Rolltreppen und in Supermärkten. Den Medien kann nichts besseres passieren als die Katastrophen anderer. Die Leser freuen sich mehr über was Interessantes zu lesen, als daß sie den Grund für ihre Lektüre bedauern. Auch Armands Unfall hat der Unterhaltung gedient.

Das ist nun aber doch nichts Neues! Oder? Als Armand das letzte Mal vor seinem Unfall die Straße betrat, glaubte er noch, alle Menschen seien ziemlich nett, würden im Notfall helfen, würden nur durch den Druck der Umstände schäbig und nur im Extremfall verbrecherisch handeln. Das Reden alter Leute über die Schlechtigkeit der Welt hat er als Verbitterung Einzelner abgetan.

Es war alles Illusion. In dem Drang, auch sich selber zu schonen, hat er nicht aufgeben wollen, an das Gute im Menschen zu glauben. Hat sich über seine eigenen Aggressionen, seinen Egoismus und seine Irrtümer in die Tasche gelogen. Wie konnte ihm dieser Glaube abhanden kommen, wo doch alle sich ein Bein ausgerissen haben, als es bei ihm um Tod und Leben ging, um das Gegenteil zu beweisen? Wieso sieht er es jetzt so? Wieso sieht er nur Neugier, Bosheit und Kälte?

Armand weiß nicht, ob die Illusion am Brückenpfeiler zerschellt ist oder ob sie ihm später abhanden kam. Vielleicht hat sie der Engel mit hinausgetragen. Oder sie ist in der schwarzen Stille auf den Grund gesunken. Sie ist weg.

Aber Neugier, Bosheit, Kälte — das kann doch nicht alles sein!

Der Mensch ist doch zu gutem Handeln fähig. Sonst hätten sie um ihn ja nicht Himmel und Hölle in Bewegung gesetzt.

Er weiß, er wird mit seiner neuen Sicht, mit dem scharfen Blick, der das Häßliche so scharf sieht, nicht leben können, wenn nicht noch etwas Verzeihendes hinzukommt. Er muß dahin kommen, alle Boshaftigkeit als Schwäche und letzlich reparable Dummheit zu sehen. Er muß das. Schließlich hat er leben wollen.

Ein Panzer aus Chitin, der dem lebenden Tier feste Wohnung war, hält keinem Druck mehr stand, wenn das Tier gestorben ist.

Agnes kommt nach Hause, wird routinemäßig geküßt, macht routinemäßig Abendbrot und wird routinemäßig begattet.

In dieser Nacht vollendet Saturn die Wanderung von dem Punkt aus, den er bei ihrer Geburt einnahm, rund um die Ekliptik und kehrt zum ersten Mal wieder auf diesen Punkt zurück. Die Hülle bricht in Krümel, das Tier, das darin wohnte, ist lange tot.

Agnes schläft wie immer allein weiter, als Thomas gegangen ist, duscht, kleidet sich an und geht zur Arbeit. Alles ist anders.

Nehmen die Kolleginnen, die Chefin oder die Gäste keine Veränderung wahr an ihr?

Nichts. Sie ist korrekt und perfekt. Höchstens etwas ernster. Und mitten in der Abrechnung, mitten im betäubenden Lärm der Registrierkasse, kommt ihr ein Satz in den Sinn:

Wir treiben wie lecke Barken auf schwarzer Flut.

Da weiß sie, daß er heute kommen wird.

Armand hat sich viel Zeit genommen, um einen Turban zu wickeln. Er muß sein Haupt verhüllen, er hat doch gemerkt, er fühlt sich sonst dem Anprall mit der Welt noch nicht so recht gewachsen. Weiß verwirft er, denn es soll nicht nach Kopfbandage aussehen. Man soll bei seinem Anblick ja nicht erschrecken. Rot ist doch zu exotisch… Er entscheidet sich für einen gestreiften Baumwollstreifen in Zimt- und Bronzefarben. Er legt ihn zu einem nicht übertrieben hohen, eher schlichten Taliban. Dazu wählt er eine schlichte Leinenhose und ein langes Hemd von indischer Schnittform, läßt es über der Hose hängen und ergänzt dies mit einer kurzen Weste in Schiefergrau.

„Armand", sagt die Mama, „eigentlich hattest du nun genug Narrenfreiheit, jetzt sollten wir mal langsam gesund werden." Er lacht und küßt sie. „Dein goldiger Humor! Mama, die Freiheit, und vor allem die Narrenfreiheit, das ist eine Krankheit, die lebenslang chronisch werden kann."

Er ist glücklich — lassen wir ihn also.

„Wo hast du dich überhaupt in der letzten Nacht herumgetrieben? Ich habe dich überhaupt nicht heimkommen hören. Geht die Bummelei wieder los?"

„Ich hatte eine Nachtwache zu halten", antwortet er geheimnisvoll. Ja, er hat bis zum Schluß in der Kneipe gesessen, die Agnes' Wohnung gegenüber liegt, und hat das Wechseln der Lichter in den Fenstern unter Kontrolle gehabt.

Dann, als die Kneipe schloß, bewachte er die Geliebte noch eine Weile von der Bank an der Bushaltestelle aus. Endlich wußte er, daß alles getan war, und ging.

Sie schaut hinaus zu den Gästen auf der Terrasse — da sitzt er also im Orientlook mit Unschuldsblick und will seinen Erfolg einsammeln.

Ja, stell' mir nur weiter nach, aber rechne damit, daß du kieloben trockengelegt und neu geteert wirst, Schlingel.

Das wird seine Zeit brauchen.

Nun macht sich aber wieder einmal der österreichische Schlepptop mausig. Tief Luft holen und raus. Die Bestellung aufnehmen und keine Miene verzogen. Armand sitzt in Hörweite.

„An großen Brauen bringen's mir", sagt er, „und welche Mehlspeisen haben's? Kipferl? Topfenpalatschinken?"

Agnes zählt einige leckere Angebote auf, dem Herrn behagt alles nicht; „Butterkuchen hätten wir... Die gedeckte Apfeltorte ist wirklich zu empfehlen, vor allem mit Sahne... mit Obers..."

„Gut, dann die", kommt's wie das Ja zu einer Freiheitsstrafe.

„Aber fragen's noch mal nach Topfenpalatschinken, vielleicht erklären Ihnen die Kolleginnen, was das ist."

Agnes ärgert sich über diesen habsburgischen Kolonialismus. Und sie ist lange genug Bedienerin, um sofort einzuschätzen, welche Gäste einen Watschenmann für ihre schlechte Laune und ihr Bedürfnis nach Überlegenheit brauchen. Sie fühlt demütigende Absichten inzwischen sofort.

Als sie mit der Apfeltorte und dem Kaffee zurückkommt, ist der Österreicher rot vor Zorn.

„Sog'ns dem Tschuschen, doss er si schleicht!"

Zu Deutsch: „Schmeißen Sie den Ausländer raus."

Armand, den das betrifft, lehnt sich gleichmütig zurück. Offenbar hat sich der Gast laut über Agnes beschwert, und Armand hat ihm contra gegeben.

Sie stellt Kaffee und Kuchen mit Sorgfalt vor den Gast, dabei zittert sie innerlich. „Topfenpalatschinken kennt man bei uns nicht", berichtet sie dann, „aber Maulschellen hätten wir auf besonderen Wunsch."

Wird er sich beschweren? Es ist ihr so egal. Sie hat ja einen Zeugen für das, was er über sie gesagt haben mag. Jetzt gibt es für sie nur Armands Bestellung.

Sie wird ihm von nun an den Tee bringen, jetzt und immerdar. Das ist ihr plötzlich klar. Und er sieht es und küßt ihr die Hand.

„Stell' es dir nur nicht zu leicht vor! Du engagierst keine Krankenschwester, daß du es nur weißt! Vielleicht wirst du den Tag noch mal verwünschen, da ich ja gesagt habe."

„Was kann mir denn noch passieren?" lächelt er.

Carpinus Betulus oder
Die Liebe zu den Bäumen

3 Knick, Aquarell

Seit Anbeginn der Menschheit
haben die Bäume als heilig gegolten.
Vielleicht ahnten unsere Ahnen, was passiert,
wenn man die Bäume der Willkür des Menschen
überlässt. & es war vielleicht gar nicht
so dumm, die Bäume zu Heiligtümern zu
erklären, wie die Missionare dachten.
Dies ist die Geschichte von einer manzipierten
jungen Baumliebhaberin & vom Dickkopf.
Diese Geschichte ist für alle, die in Sachen
Bäume zu Dickköpfen werden wollen, also
legt ein wenig die Motorsäge aus der Hand
& lauscht.

Sie wußte nicht, wie dieser Baum hieß, mit dem sie immer sprach. Fritzi setzte sich in den Schatten und schaute die sinnliche Verflechtung der Äste an, schaute in das lautere Grün des fischgrätgemusterten Laubes und lauschte ihm. Sie wußte, daß er zu ihr sprach. Natürlich vernahm sie keine Worte, sie war ja keine Spinnerin, sondern eine sehr vernünftige junge Frau von siebzehn Jahren. Sie wußte halt nur, wenn sie sich vom Boden erhob, manchmal erst, wenn sie fortgegangen war, was der Baum wollte.

Von einer Patenschaft hatte er gesprochen, die die Menschen für die Bäume übernehmen sollten. Er hatte auch gesagt, es sei ganz ohne Risiko für Mensch und Baum. Denn Fritzi hatte eingewandt, es könne ihr ganz nett in die Knochen fahren, wenn ihr Baum stürbe. Aber Bäume und Menschen sterben. Das ist natürlich. Und wenn der Baum stirbt, dann kann der Mensch ja eine neue Patenschaft übernehmen…

…und wenn der Mensch stirbt, übernimmt der Baum eine neue Patenschaft für einen neuen Menschen! Der Baum lachte. Da war sich Fritzi ganz sicher.

Sie saß so nah bei seinem Stamm, daß sie ihn mit ausgestrecktem Arm berühren konnte. Sacht schwingend, fast unmerklich wogend, wand er sich hoch zu seinem grünen Dach. Schwärzliche Stränge, wie unter der Rinde geschwollen, phallische Körper, sie zogen ihre Hand an, die sinnlichen Säulen. Sie strich mit den Fingerspitzen darüber. Sie drückte ihre Hand flach dagegen, bis es hinter der Rinde pochte — und wenn sie doch wußte, daß es ihr eigener Puls war… Haben Bäume kein Herz?

Von ihrem Bruder lieh sie sich ein Buch über Bäume. „Seit wann interessiert dich denn sowas?" wundert sich Marcus. Sie habe sich halt in einen Baum verliebt, verrät sie unvorsichtigerweise, „in eine — mal sehen! — Hainbuche." — „Ach!" trompetet der Jüngling, nun wieder ganz Pubertät, „Hein Buche? Haste dich in Hein Buche verknallt?"

Man muß an dem Supermarkt vorbei, hinter den Müllcontainern entlang, wo der Zutritt für Betriebsfremde untersagt ist, und durch das Loch in dem Zaun kriechen. Sie fällt nicht auf, wenn sie hinter den Supermarkt geht. Den leitet ihr älterer Bruder, und bei dem jobt sie, wenn er nicht grade sauer auf sie ist. Wenn sie zum Beispiel allzu leger die Kartons mit dem Weichspüler mit dem Teppichmesser aufschneidet und erwischt rundherum einmal alle Flaschen... Oh, weh. da war sie dann längere Zeit arbeitslos.

Rund um das Grundstück mit „ihrem" Baum gibt es eine Mauer. Das Gebiet ist der Rest eines Gutes, dessen Wirtschaftsgebäude der Autobahn und dessen Herrenhaus dem Supermarkt zum Opfer gefallen sind. Nur dem Starrsinn einer unralten Erbin verdanken wir, daß die nördliche Zufahrt von der Siedlung zum Superfood noch nicht hat gebaut werden können. Fritzis Vater regt sich bei jedem Sonntagmittag darüber auf. Würzt das Kalbsfilet mit dem Adrenalin seiner Empörung. Manfred pflichtet ihm bei. Marcus, der Jüngste, fragt: „Darf ich aufstehen?" Denn draußen auf der besonnten Freitreppe der Villa warten seit der Spargelcremesuppe die Kumpels mit ihren Skateboards. Fritzi hat sich bislang nicht für das Thema interessiert, bis von den Prellsteinen des alten Gutstores die Rede ist wegen denen das Denkmalschutzamt so anstellt, als wären sie der Turm von Pisa und das Ulmer Münster. Dabei ist an denen rein gar nichts. Sollen sie die Prellsteine doch ins Heimatmuseum stellen und die Fremden damit prellen statt uns. Da horcht Fritzi auf. Und beschließt, sich die Dinger mal genauer anzusehen. Sagt aber nichts. Geht daraufhin zum ersten Mal — so fing das nämlich an mit dem Baum — auf dieses Grundstück und entdeckt die Steine, schräg und abgewetzt, wie müde der Stöße von Rädern schwerer Heuwagen. So lehnen sie sich an kaum noch als Mauern erkennbarer Ziegelhaufen.

Ferner findet Fritzi: Knabenkraut, jede Menge Frauenmantel, Küchenschelle, Gewölle, die auf die Anwesenheit von Käuzen hindeuten — kleine Brüder wissen selten, wofür sich ihre großen Schwestern interessieren — viele wilde Kirsch- und Apfelbäume, eine Blindschleiche, einen Trauerfliegenschnäpper, ein Stieglitzpaar, rote Libellen und den dazugehörigen Teich, einst Löschteich des Gutes, inzwischen fast zugewachsen. Die großen Eichen sind schon gefällt. Um ihre Stümpfe ist hohes Gras und lichtes Gehölz von jungen Pappeln gewachsen. Und da ist natürlich der vornehme Distrikt der Hainbuchen mit dem Moosboden, ohne Unterholz. Hier toben die Wacholderdrosseln, einst Krammetsvögel geheißen und für einen Imbiß erdrosselt, nun dick und dreist und mit dem Flug alter Rosinenbomber.

An diesem Sonntagnachmittag, als Papa nichtsahnend bei einer guten Zigarre das Kalbsfilet verdaut, entdeckt Fritzi, Friederica von Gelbensande, ihren Baum.

Im unpassendsten Moment — nämlich, als sie in der Sportstunde zu zensiertem Sprung ansetzt — fällt ihr der Traum ein, den sie in der vorigen Nacht gehabt hat. Sekundenlang ist sie am Abflug gehindert. Sie winkt ab: „Moment! Gleich!"

Schon hat sie freundliche Geier am Hals, die nette Sportlehrerin und die noch nettere Referendarin. „Fehlt dir was?"

Oh, im Gegenteil! Sie haben nicht gesehen, daß ihr Blick träumerisch geworden ist. Wenn ihr nun wieder entfällt, was ihr eingefallen ist, bevor sie es nachträumen kann in einem Moment der Muße? Nein, sie wird es später noch wissen und ihren Raub in die Höhle schleppen und ungestört genießen.

Und das hat sie geträumt:

Sie hat den Baum vorsichtig, ohne die Wurzeln zu beschädigen, aus der Erde gehoben und nach Hause getragen. In ihrem Zimmer hat sie ihn in den Korbstuhl gesetzt und ist ins Bett gegangen. Sie träumte, sie sei von grünem Licht aufgewacht, das die Krone des Baumes verbreitete, grünes Licht wie Sonne im Mailaub. Nackt stieg sie aus dem Bett und hat ihn umarmt und umbeint, und er hat sie umzweigt und umwurzelt. Gewiegt haben sie sich wie im Wind und Baumhochzeit gehalten, er mit seinen dunkel wogenden Schwellungen in ihren hellen Frauenleib hinein. Jetzt weiß sie, wie das ist, was sie noch nie erfahren hat. Sein Puls war sie und sein Wiegen und nicht mehr Friederica. Ebenso war er nicht mehr Holz und rauhe Rinde, sondern afrikanische Samthaut, ein biegsamer, sanfter Mann hat ihr so dermaßen beigewohnt, daß sie feucht erwachte. Genau das erfährt sie, als die Nacht sich in ihre Sportstunde einmischt. Fritzi, du bist nun keine Jungfrau mehr, denn du weißt jetzt, wie das ist, und nur darauf kommt es an.

In dem Augenblick, als ihr dieser Traum in den Sinn kommt, ist er so gegenwärtig und wahrhaftig. Sekunden später lacht sie darüber und tut ihren Sprung. Aber nicht mit voller Kraft. Heute werden die Noten nicht berühmt. Fritzi, kriegst du deine Tage? Ja, in der Tat. Und dann fehlt sie schon auf Vorschuß beim nächsten Sportunterricht. So gut sie ist in dem Fach — sie mag es nicht.

Sie schleicht sich gleich zu „ihrem" Grundstück und legt sich in die Sonne. Hierher kommt niemand. Die Omi, der das Land gehört, wohnt in Berlin; rundherum ums Land ist die Mauer oder mindestens der Zaun, und von dem Loch darin weiß nur Fritzi. Die hat es nämlich gemacht.

Eigentlich hat sie ja noch kein Recht, den Sport zu schwänzen. Erst übermorgen oder so. Aber es ist so heiß! Und die Kleinen haben schon Hitzefrei. Ungerecht ist das. Fritzi beschließt welches für sich selber und legt sich nackt auf den Moosboden, nicht einmal mit Kleidern drunter, und schläft ein.

Von Gewittergrollen wacht sie auf. Weil sie nicht unter Eiben schlafen darf, donnert es jetzt, um sie zu warnen… Blödsinn, da hatte sie was geträumt. Daß man unter Eiben nicht schlafen darf, schon gar nicht in der Sonne, dann dünsten sie nämlich ein Gift aus. Nein, sie liegt ja unter der Hainbuche, und die ist in jeder Hinsicht unverdächtig. Danke für den Hinweis. Die Sonne ist weg, bleigrau und schwer hat es sich gegen den Wind zugezogen. Und sie hat ihrem Baum ein kleines Opfer gebracht, pfui, Schweinkram. Kann sie doch schon morgen vom Sport fehlen. Eilig zieht sie sich an und kriecht durch das Loch im Zaun und sucht im Supermarkt Schutz vor dem Gewitter.

Hier im Supermarkt ist nichts vom Drama am Himmel zu merken und nichts von strahlenden Grün der noch besonnten Baumkronen vor dem schwarzblauen Wolkengetürm, kein Wind, nicht schwül, nicht hagelkalt, keine Regenfront reißt nach dem Guß auf für neues Lächeln hellblauer Himmel. Hier, im höllenewigen Neonlicht und im öden Klangteppich leiser Musik, gespielt von Studiomusikern, die wahrscheinlich aus Verzweiflung jeden Job zu nehmen bereit waren, werden alle Naturkräfte bis auf die pure Begierde nach Nahrung herausgefiltert. Hier suchen emsige zivilisierte Tiere ihr Futter im Appell der Glitzerpackungen, der Rascheltüten, der wie von kaltem Hauch beschlagenen Sektflaschen, der polaren Vitamintresore mit dem Frischefrösteln, der Riesenkartons mit Knisperknusper-Cerealien, der noch riesigeren Kartons mit den Abbildern unerträglich euphorischer Babies, die man mit dem Inhalt des Kartons wahrscheinlich bis ins Studieralter hinein trockenlegen kann, und schließlich der unendlichen Batterien von Erdbeer-, Himbeer-, Mandarinen-, Haselnuß-, Maracuja- und Müslijoghurt, Kirsch-, Bananen-, Knoblauch- und Alte-Socken-Joghurt. Nach solchem nämlich fragt sie die verzweifelte Ladenhilfe, die neu ist und Fritzi noch nicht kennt. Manfred will sie schon rauswerfen. „Ich muß aber noch Tampons haben!" protestiert sie laut genug, daß das Echo aus der nächsten Gondel lautet: „Mutti, was ist das?"

Fritzi greift ins Regal: „Und zwar welche für Jungfrauen."

Damit kann Manfred nicht umgehen. Aber sie bei dem Platzregen vor die Tür setzen — das bringt er auch wieder nicht fertig. Obendrein muß er ihr noch das Geld für ihren Einkauf pumpen. Das duldet keinen Aufschub, versteht sich. Außerdem braucht sie noch ganz, ganz dringend Batterien für den Walkman und einen CandyCorn-Riegel.

„War es das?" fragt sie sich beim Aufwachen.

Seit einigen Wochen, seit diesem Traum von ihrem Baum, passieren ihr des Nachts diese wundervollen kleinen Detonationen. Eigentlich bedauert sie, daß sie die aufklärenden Seiten der bunten Fanmagazine gelesen hat, die ihr neben Informationen über Rockmusiker und Filmgrößen zweifelsfreie Aufklärung über den Orgasmus liefert. Fast wäre sie lieber bei dem Glauben geblieben, sie sei in unerhörter und nie dagewesener Weise, in einer Weise, die sie mit keiner anderen Frau teilte, von der Kraft der Natur selbst gebenedeit. Den Zweifel daran, daß irgend ein Mann Künstler genug sein werde, um dieses Gefühl bei ihr zu wecken, diesen Zweifel nahm ihr die Teenpostille nicht.

Fast täglich war sie bei dem Baum. Er sagte ihr rechtzeitig Bescheid, wenn sie trotz strahlenden Wetters lieber Latein üben sollte. Morgen wird eine unangekündigte Übungsarbeit geschrieben. Seine Tips bewahrheiteten sich mit wunderbarer Präzision.

Das erfuhr sie einmal besonders dramatisch, als sie ihn im Dezember besuchte. Sie unternahm eine Stippvisite bei nasser Kälte und grüßte seinen von Nässe pechschwarzen Stamm mit einem Streicheln, da sagte er ihr, sie könne heute nicht lange bleiben, weil sie sonst nicht mehr aus dem Grundstück hinauskäme, wie auch immer das zugehen werde. Und außerdem habe er ein Wörtchen mit ihr zu reden, langsam muß Schluß sein mit den Kindereien, gelegentlich mußt du mal erwachsen werden. Anfang Februar wirst du achtzehn, und eine derartige Treue, wie du sie mir gegenüber an den Tag legst, tut nun wirklich nicht nötig.

Empfindest du denn gar nichts für mich?

Naja, bin ja auch nicht aus Holz… Kleiner Scherz. So, jetzt geh' aber.

Natürlich wollte sie wissen, warum er es nun so eilig damit hatte, daß sie erwachsen wurde und auch damit, daß sie gleich gehen sollte. Aber da hüllte er sich dann in Schweigen. Der Wind orgelte ordentlich in den riesigen Schwarzpappeln bei den Ruinen der Remise, Carpinus nannte sie die „Sentimentale", die „Schüchterne", die „Sensible"und die „Moribunde". Die nämlich hatte das Pech, nah an der Stelle zu stehen, wo ein Kanister Nitroverdünnung — Sortiment Supernonfood — im Boden versickert war.

Der Ast kam im fürchterlichen Brausen einer Bö herunter, als sie den Zaun erst vor wenigen Sekunden hinter sich gelassen hatte, und versperrte den Zugang mit gläsern splitterndem Krachen. Hätte sie länger bei dem Baum verweilt, sie wäre schlimmstenfalls auf dem Rückweg erschlagen, bestenfalls auf dem Grundstück eingesperrt worden und hätte über den sehr hohen Zaun klettern müssen.

Erschaudernd und durchgefroren, schockiert darüber, vielleicht vom Tode bedroht gewesen zu sein, floh sie zur Bushaltestelle und versuchte, ihre nassen Haare provisorisch mit den auch schon nicht mehr ganz trockenen Fäustlingen zu rubbeln. Sie war zu stolz, um im Supermarkt um Asyl nachzusuchen, denn sie hatte sich kürzlich mit Manfred wegen ihrer allzu großzügigen Warenentnahme in der Wolle gehabt, fand ihn knickerig und verzieh ihm nicht so leicht, daß er sie öffentlich gerügt hatte.

Der Ast verhinderte auf längere Zeit, daß sie zu ihrem Baum kam. Er lag ja auf der Innenseite des Zaunes und war so groß, daß dem ohne Gerät nicht beizukommen war. Es wäre ja Sache der Grundstücksbesitzerin gewesen, ihn entfernen zu lassen. Aber wohnte ja bekanntlich weit weg und wußte noch gar nicht, daß ihre Schwarzpappel einen Ast von insgesamt knapp sieben Metern Länge und mehreren Zentnern Gewicht verloren hatte.

Als es wieder grün genug war, daß Fritzi unauffällig im Gebüsch segensreichem Wirken nachgehen konnte, fertigte sie einen neuen Zugang zum Grundstück an und verzwirnte den alten sorfältig mit Draht. Der Ast lag immer noch an der Stelle, wo er niedergegangen war.

Was für ein Wiedersehen mit ihrem Baum das war! Wie habe ich mich nach dir gesehnt! Sie warf die Arme um den eben erst ergrünenden Geliebten, der sozusagen noch in knappen Boxershorts dastand. Nicht auf den Boden setzen! Er warnte sie. Wir haben erst einen Mond nach Ostern, da ist es immer kalt.

Ja, hat das denn mit dem Mond zu tun? Gewiß. Auch Ostern richtete sich doch danach. Die römische Kirche, die wollte, daß alles um Rom kreise wie die Planeten um die Sonne — aber gegen diese Ansicht haben sie doch gekämpft! — Ja, klar, sie wollten sich doch nicht selber auf die Schliche kommen, und sonst sollte es auch keiner. Aber die wollten halt, daß alles sich nach dem Sonnenkalender richtet, dem Symbol der Männlichkeit. Mit dem Ergebnis, das nichts mehr stimmte. Nur Ostern mußten sie lassen, wo es war. (Es wäre zu eklatant gewesen, es vom Pessach auseinanderzudividieren, wo doch Jesu Lebensende auf Schritt und Tritt mit diesem Fest verknüpft ist. Soll doch dieses Faktum dann auch belegen, daß er Jude war. Bei anderer Gelegenheit kann man es ja getrost abstreiten.) So kommt es, daß die Eisheiligen nicht immer kalt sind. Trotzdem gibt es sie — sie sind allerdings nach dem Mond zu rechnen. Und sie beginnen, wenn der Faulbaum blüht — das sind die Damen Sträucher da drüben mit den weißen Blütentrauben. — Es wird übrigens ein nasser Sommer.

Woher weißt du das denn nun wieder?

Tante Esche hat es mir verraten. Sie will dieses Jahr überhaupt nicht in Wallung kommen. Grünt die Eiche vor der Esche, gibt's 'ne große Wäsche. Grünt die Esche vor der Eiche, gibt's...

Laß mich raten! 'ne große Leiche?

Wo denkst du hin! Nein, 'ne große Bleiche. Also viel Sonne.

Sitzt die Fritzi bei der Buche, gibt's 'ne große Suche. Meinst du, die vermissen mich schon? Wissen die vielleicht, wo ich immer bin?

Keine Spur. Aber mich bewegt was ganz anderes. Der Makler deines Vaters verhandelt immer noch heftig mit den Erben des Grundstückes, mit der alten Dame, die es auf keinen Fall verkaufen will, und mit ihren Kindern, die es auf jeden Fall verkaufen wollen...

Oh, Gott, Carpinus, wenn mein Vater es wirklich bekommt, was dann? Der Baum seufzte. Ich stehe mitten auf der geplanten Trasse, du kannst es dir an den Fingern abzählen.

Sie hielt ihn lange fest in den Armen, bevor sie ging.

Papa ist nicht mehr bei bester Gesundheit. Einen Infarkt hat er schon hinter sich. Darum tendiert er zu gewissen Vorsichtsmaßnahmen. Anläßlich Manfreds Geburtstag läßt er den Notar kommen und überträgt seinem Sohn das Eigentum an dem Supermarkt — und Fritzi, die darüber aus allen Wolken fällt, wird Eigentümerin des darunter befindlichen Grundstückes. Sie schneidet Manfred hinter Papas Rücken triumphierende Grimassen.

...Und wenn erst einmal die nördliche Zufahrt gebaut ist, Friederica, dann wird das Grundstück beträchtlich an Wert gewinnen...

Na, da back' ich mir aber ein Ei drauf.

Erst hat sie große Lust, das blöde Supermarktgrundstück im Tausch gegen den Verzicht auf die nördliche Zufahrt anzubieten. Aber da würde Manfred ihr einen Strich durch die Rechnung machen. Dem ist das ja Lebensziel. Also klug geschwiegen.

Brühwarm erzählt sie es ihrem Baum.

Na, da wirst du ja wohl in der Ferien nach Berlin fahren, überlegt er, ich habe da so eine Idee...

Noch zwei Wochen bis zu den Ferien, da kann viel passieren. Soll ich zu der Naturschutzgruppe „Unkraut" gehen? — Hör' dir mal an, was sie schnacken, aber versprich dir nicht zu viel davon.

„Unkraut" trifft sich im Jugendzentrum Mühlau. Nach Abhandlung ihrer Tagesordnungspunkte wird Fritzis Anfrage behandelt, was sie sich vorstellen, wie man das Grundstück mit dem Reisekornschen Gut am besten gestalten könnte. Oh, dazu fällt ihnen eine Menge ein! Aus dem Umfeld des Teiches soll ein Feuchtbiotop werden. Im Umkreis von mindestens dreißig Metern um den Teich soll das Gelände für Menschen nicht mehr betretbar werden. Das, so überlegt sich Fritzi, schließt ihren Baum mit ein.

„Aber dann wird es doch zu feucht für die Hainbuchen", gibt sie zu bedenken, „die Wurzeln sterben ab, wenn sie ständig unter dem Wasserspiegel bleiben!"

„Die Hainbuchen", so wird Fritzi belehrt, „sind sowieso gutstypische Feudalrelikte. Dir ist vielleicht schon aufgefallen, daß es sie fast immer nur in Parks und auf Gütern gibt. Und wegen mangelnden Unterwuchses außer Moos sind sie ökologisch fast wertlos. Und sollten ohnehin von sinnvollerem Laubwald der wilderen Arten ersetzt werden."

Fritzi verläßt die Gruppe einigermaßen deprimiert.

Auf dem Hof hinter dem Jugendzentrum bindet Dickkopf eben sein Fahrrad los. Dickkopf ist einer der fünfeinhalb Punks von Ellerbach. Und eben, als er — der Bullenhitze zum Trotz in Schwarz, mit Lederjacke und Fliegerstiefeln — losradeln will, weiß Fritzi, daß er der Mann für ihre Pläne ist, nämlich das Recht der Ersten Nacht dem Baum zu schenken und sich zu diesem Zweck des Dickkopfes zu bedienen.

Technisch wird das kein Problem sein. Er steht auf Fritzi. Er sagt, sie trägt schon auch einen Iro, also die schockierende Haartracht, den Hahnenkamm von der Stirn bis zum Genick, aber sie trägt ihm eben innerlich. Er bleicht das mausblonde Haar mit Peroxyd und färbt es maigrün. Somit ist er der Kandidat, mit dem sie es machen wird, eine würdige Gabe für ihren Baum. Carpinus darf aber auch nicht eifersüchtig werden. Leidenschaft wird sie ihm nicht vorführen.

Dickkopf zu ihrem Lieblingsplatz zu verschleppen ist eine Kleinigkeit. Lokaltermin des Feuchtgebietsausschusses. Er legt die Lederjacke auf den Boden und lädt Fritzi ritterlich ein, darauf Platz zu nehmen.

4 Serie „Bedrohte Art", Chinatusche

Der Rest ist ein Klacks. „Du kriegst deine Tage!" stellt Dickkopf fest, als das Werk vollbracht ist. Sie schüttelt ruhig den Kopf. „Nee — das war das erste Mal."
„Scheiße!!" schreit Dickkopf und springt auf. „Warum ich?? Ich habe keinen Bock auf Jungfrauen! Die sind immer so anhänglich! Warum hast du das nicht gleich gesagt?"
„Ich bin ja nun keine mehr", entgegnet Fritzi stoisch.

„Eben drum! Biste verknallt oder was?"
„Schon, aber nicht in dich."
„Warum dann aber mit mir? Warum mit mir? Hat dein Typ keinen Bock auf dich?"
„Das geht dich einen Dreck an."

Es ist schrecklich, sich zu streiten, wenn man gerade eine Rolle geraucht und dann noch miteinander geschlafen hat. Zu allem Überfluß hatte sie auch noch nicht viel davon. Dieser egoistischen geile Bock...
— Oh, still, Fritzi! Dickkopf ist ein ganz Lieber und hat seiner Exfreundin lange nachgetrauert, hat Fritzi auch galant gefragt, wie sie es denn gern hat, wozu sie aber noch nicht viel zu sagen wußte, aber dann gingen sie halt mit ihm durch, sorry.

Nachdem Dickkopf durch den Zaun gekrochen ist, mag sie auch nicht mehr bleiben. Sie schämt sich vor ihrem Baum.

Wenn sie ehrlich ist, muß sie zugeben, daß sie den Dickkopf sexuell mißbraucht hat.

Als sie durch das Städtchen geht, sieht sie, daß fast alle Leute zerbrochene Gesichter haben. Sie sehen aus wie ein Blick in ein Mosaik aus Spiegelscherben. Sie ziehen ihr üble Grimassen.

Sie schleicht sich gleich in ihr Zimmer. Oh, weh. Mutti hat ihr bestimmt was angemerkt. Sie geht früh ins Bett. Mit dem selbstangebauten Mühlau-Gras ist ja doch nicht zu spaßen. Sie träumt wild. Endlich kommt auch ihr zärtlicher Carpinus dazu.

„Von Gelbensande. Guten Tag. Wir müßten bitte noch mal die Adresse der Baronesse Reisekorn in Berlin haben... Wir wollen selber mit ihr verhandeln. Ja, ich notiere..."

Fritzi fährt nach Berlin. Niemand erfährt, wohin und warum. Selbst der Dickkopf, mit dem sie sich inzwischen wieder versöhnt hat, wird in die Pläne nicht eingeweiht.

Die Adresse war nicht schwer zu finden. Aber ein neues Hindernis taucht auf, nachdem sie geklingelt hat. Eine Frau in diesem mittleren Alter, das Fritzi nicht mag, öffnet die Tür. Die Frau Baronesse empfängt keine Fremden. Und schon überhaupt nicht unangemeldet. Tut mir leid.

Tut dir ja nicht die Bohne leid, old cop! Tut mir leid, sagen sie immer, wenn sie richtig froh sind, daß sie nichts für dich tun müssen.

„Ich muß sie aber sprechen! Es geht um mein Grundstück und um das, was daneben liegt, und das gehört der Baronesse."

Ein langer Blick geht an Fritzi rauf und runter, vom hellen, kurzen Strubbelhaar über das weite, an den Schultern zusammengeknotete Hemdchen runter zu dem selbstgenähten Ledermini, den pinkfarbenen fußlosen Strumpfhosen und den ausgefransten spanischen Stoffschuhen. Ach, wat, 'ne Jrundbesitzerin. Det soll'n wa jlooben.

Inzwischen hat sich ein wirkliches Fossil am Stock bis in den Flur vorgearbeitet: „Frau Karlowitz, alle Besucher, die mir wirklich Spaß machen, enthalten Sie mir vor. Guten Tag, mein Kind. Kümmern Sie sich nicht um meinen Drachen, der beißt nicht. Kommen Sie, stellen Sie Ihren Rucksack in den Flur, kommen Sie in den Salon, hier entlang. Frau Karlowitz, den Tee bitte heute im Wiener Salon."

Fritzi darf sich unter den Stich von der Gloriette setzen und mit der Baronesse Tee trinken und Kekse essen. Frau Karlowitz macht ein galliges Gesicht und verschwindet in der Küche und behält das „Pönkerliebchen" für sich. Und dann ist die auch noch „von".

Die alte Dame verspeist langsam ihren Keks und führt mit leichtem Zittern die Teetasse zum Mund und kippt den letzten Schluck ein wenig hastig herunter und stellt die Tasse zurück, behutsam, damit sie nicht klirrt.

Fritzi läßt ihren Blick schweifen. Auf der Kommode stehen gerahmte Fotos, ein Hochzeitsfoto... Nein, das ist sie nicht, das muß so um die Jahrhundertwende sein, ihre Eltern waren das wohl. Und in großem Silberrahmen lacht mit schönen Zähnen ein junger Mann mit Locken.

„Mein Großneffe."

„Er sieht sehr glücklich aus."

„Das hoffe ich auch. Er ist schon tot. Er stürzte eine Treppe hinunter. Wir wissen nicht genau, wie es dazu kam. Ein gutes Kind war er, der Erik."

„Oh, das..."

...tut mir leid, bringt sie aber nicht heraus. Das wäre ihr zu klischeehaft.

„Wir wollten doch über das Gut reden."

Oh, ja. Fritzi erzählt ihr von dem Grundstück mit dem blöden Supermarkt ihres Bruders drauf. Und bekennt, daß sie das Grundstück öfter heimlich besucht. Das Gesicht, das die alte Dame beim Zuhören macht, ermutigt sie zu beichten, daß sie das Loch in den Zaun gemacht hat. Die Oma droht mit dem rheumatischen Finger und lacht spitzbübisch. Fritzi erzählt von den hohen Bäumen und dem Libellenteich. Von den seltenen Vogel- und Blumenarten und daß sie unbedingt möchte, daß alles so bleibt, wie es ist.

Das klingt der Baronesse ja nun in den Ohren!

„Ach, mein liebes Kind!" sagt sie, „das ist ja meine einzige Sorge, daß sie das alles abholzen könnten. Und daß da vielleicht noch so eine überflüssige Asphaltstraße gebaut wird. Mein Bruder hatte ja nach Papas Tod nichts Eiligeres zu tun, als das alte Gutshaus abzureißen. Und als das Geld nicht mehr für einen Neubau reichte, weil er Anfang der Zwanziger sein Sparguthaben durch die Inflation verlor — da verkaufte er seinen Teil des Grundstückes. Jetzt stehen im Grunde nur noch die Prellsteine und der Park.. Ja, und die Naturschutzvereine? Kann man denn die nicht in unserem Sinne einschalten?"

Fritzi erzählt von den Plänen der Gruppe „Unkraut".

„Ach, nein." Der Blick der alten Dame wird abweisend. „Die wollen ja nur alles verwildern und versumpfen lassen. Nein, nein, das wäre nicht im Sinne von Papa."

Drei Tage lang ist sie Gast bei der Baronesse. Und um sich nicht von der Frau Karlowitz bedienen zu lassen, um sie nämlich nicht zu verstimmen, wäscht sie ab und deckt den Tisch. Aber das paßt der Karlowitz nun wieder auch nicht.

Als sie die Baronesse verläßt, kennen sie sich schon recht gut. Sie ist ledig geblieben, ist aber keine Alte Jungfer. Verbotenen Freuden verdankt sie, daß ihr Alter nicht neidvoll, frustriert und verbittert verstreicht. „Nicht wahr, Frau Karlowitz?"

„Frau Baronesse, ich belausche Ihre Gespräche nicht, ich weiß nicht, wovon die Rede ist."

„Jawohl, mein Kind, das halte ich für die Ursache des Glücks, daß man zur rechten Zeit genießt und zur rechten Zeit aufhört."

Ein paar Tage lang treibt sie sich noch in Kreuzberg herum. Kein Problem mit Poofplätzen und jede Menge Spaß mit den Punks. Schade, daß Dickkopf nicht dabei ist.

Zurück in Ellerbach, hört sie als erste Meldung am Sonntagmittagstisch, daß das Gutsgrundstück verkauft ist. Papa guckt in die Röhre. Manfred plädiert dafür, gleich mit dem neuen Besitzer in Verhandlungen einzutreten. Fritzi hört sich das alles mit stoischem Ausdruck an.

Zweite Etappe. Papa hat versucht, herauszubekommen, wer der Käufer ist. Die Baronesse hält dicht. Dann versuchen sie, es durch das Grundbuchamt zu erfahren. Da ist noch nichts geändert. Dennoch behaupten die Reisekorns steif und fest, der Verkauf ist rechtsgültig, eine Vorauszahlung getätigt, der Name des Käufers bleibt süßes Geheimnis.

Nächster Skandal. Papas Busenfreund von der Sparkasse hat ausgeplaudert, daß Fritzi ihre drei Krügerrands aus dem Tresor abgezogen hat.

„Was zum Teufel hast du damit vor?"

„Sind schon weg."

„Und?"

„Hab' sie in die Fontana di Trevi geschmissen. Three Coins in a Fountain…" trällert sie.

„Friederica! Im Ernst, was hast du damit gemacht?"

„Vermögenswirksam angelegt."

„Na, dann bin ich ja beruhigt."

Zu ihrem Baum kommt sie nur selten in dieser Zeit. Sie hat viel mit der Schule zu tun. Das Abitur rückt näher. Nachmittags arbeitet sie im Supermarkt mit. Manfred ist unter Streß. Die Kunden aus der Siedlung werden immer mehr. Daß es keine direkte Zufahrt gibt, scheint sie nicht zu stören.

Auf dem Gutsgrundstück tut sich was. Die „Moribunde" hat in diesem Frühling nicht mehr gegrünt und wird gefällt, vorsichtig, um die anderen nicht zu beschädigen. Und der abgebrochene Ast der „Sentimentalen" wird zerlegt. Das Holz fährt man ab, das Reisig wird in einer Ecke der alten Remisenmauern aufgeschichtet, als Unterschlupf für die Igel, sagt der Arbeiter von der Gartenbaufirma, als ihn Manfred fragt, wozu das „olle Gedöns" da aufgehäuft wird, besorgt, da könnten sich Ratten einnisten. Das muß er nicht befürchten, da sind nämlich schon Marder. Das wird ja immer schöner.

Und für wen er da arbeite? Für die Baronesse Reisekorn natürlich.

Sonst passiert nichts, was auf eine Erschließung des Grundstücks hindeutet. Der neue Besitzer hat da offenbar noch nichts zu melden.

„Oder er ist sich mit der Baronesse einig", mutmaßt Fritzi, die mit den Weichspülerkartons auf dem Arm des Gespräch zuhört. Manfreds Reaktion ist ein Hohnlachen.

Das Abitur gelingt mittelprächtig. Andere Themen gibt es zur Zeit eigentlich kaum.

An ihrer Unnahbarkeit haben sich seit Dickkopfs unglücklichem Debüt mehrere junge Männer die Zähne ausgebissen. Ganz anders ihr Bruder Marcus, der Frauenheld. Der grast die Damenwelt von Ellerbach ab. Und wem schenkt Fritzi ihre Gunst? Keiner weiß es. Sie hält sich bedeckt. Hat nur im Traum einen wundervollen Liebhaber, einen sanften, der nie die Geduld verliert, der nicht aus kleinlichen Ängsten und Hilflosigkeit ungalant wird, einen, der sie nicht aus Schüchternheit im Stich läßt. Sondern einen furchtlosen, der Vertrauen hat in die große Siegerin Natur, der ebenso daran glaubt, daß sie sich irgendwann alles wieder holen wird, was man ihr klaut.

Wir Bäume sind halt nicht dazu geschaffen, uns zu wehren. Wenn man einen Teil von mir fällt, muß ich es so hinnehmen.

Und wenn man dich ganz fällt, leidest du nicht?

Moment, da muß ich dir was erklären. Wenn ich „ich" sage, meine ich die Art carpinus betulus. Ich bin der Buhat. Ich bin der Baumgeist. Ich bin die Art. Ich werde getötet, wenn man die Art ausrottet. Darum nehmen es die Pflanzen hin, wenn der Mensch sie nutzt, ohne daß es sich rächt — wenn sie nicht die Art gefährden. Eine Art auszurotten — das ist allerdings Mord an den Artgöttern. Das rächt sich. A propos Mord an der Art: Du gedenkst doch wohl nicht, mir den Rest deines Lebens treu zu bleiben? Der Traum vom Baum wird eine Ehe und Kinder nicht ersetzen. Und auf die Dauer bin ich ein lausiger Liebhaber.

Liebling, wie redest du? Hast du eine andere?

Ich bin zweigeschlechtlich. Manchmal Selbstbefruchter.

Pfui, schäm' dich. — Habe ich dir übrigens erzählt, daß die Gruppe Unkraut dich im Feuchtgebiet absaufen lassen wollten? Weil du ein feudaler Gutsbaum bist. Hast du schon sowas Dummes gehört?

Der Baum schüttelte sich im Wind.

So sehr wird es mir schon nicht schaden, wenn ich näher am Wasser stehe, wenn ich nicht gerade die Wurzeln überflutet bekomme... Naja, ich bin ein Park- und Gutsbaum. Soweit richtig. Sie projizieren ihr „Krieg den

Palästen" auf mich. Aber ich war schon da, bevor es Güter und Parks gab, das nur so nebenbei.

Auf dem Heimweg traf sie Dickkopf. Der konnte ihr Neues aus der Gruppe erzählen. Ein Teil von Unkraut war fest entschlossen, das Feuchtgebiet durchzusetzen. Sie wußten nur nicht, gegen wen. Ein anderer Teil plädierte dafür, daß alles so blieb wie es war, und lobte die neueren Maßnahmen als „für einen bürgerlichen Grundeigentümer ziemlich schonend und ökologisch vernünftig". Sie wollten nun erstmal abwarten und herausfinden, wer der zukünftige Ansprechpartner sei.

Er erzählte ihr das alles auf ihrem Platz, eben an jenem, an dem er sich vor einem Jahr ihre Unberührtheit aufgesackt hatte, man erinnert sich. Zum ersten Mal seitdem sah sie ihn sich näher an. Grün am Haupt war er nun nicht mehr. Er trug den Iro blond, schor sich natürlich die beiden Haupteshälften — Ehrensache! — und war weiterhin der Schrecken der Gemeinde, der allerdings keiner Fliege was tat. Er trug wacker auch im Sommer Schwarz, sogar die Lederjacke, mit mehreren Pfund Zinkplatten und Nieten dekoriert.

Eigentlich ist Dickkopf ein hübscher Junge, zumal mit den großen silbernen Ohrringen, die er sich vom ersten Lohn nach der Gesellenprüfung in der Druckerei geleistet hat. Eigentlich hat er ein ganz süßes. ebenmäßiges Gesicht. Meist merkt man das nicht so, weil er immer irgendwelche Grimassen schneidet. Eigentlich hat Dickkopf eine schöne, athletische Figur.

Dickkopf heißt eigentlich Balthasar Lemmle. Wirklich Grund genug, sich einen Spitznamen zuzulegen.

Eigentlich ist Dickkopf ein wunderbarer Liebhaber.

Man muß ihn nur lassen.

Zur großen Enttäuschung der Familie beginnt Fritzi nicht sofort mit dem Studium. Sie tritt als Anwaltsgehilfin eine Ausbildung beim Notar und Rechtsbeistand Doktor Shulmann an. Papa fand das dann aber doch nicht so schlecht. Da lernt sie was Vernünftiges. Und studieren kann sie ja immer noch. Kenntnis der Praxis ist dafür keine schlechte Grundlage.

Kurz nach ihrem einundzwanzigsten Geburtstag tat Fritzi etwas Unerhörtes: Sie nahm eine Hypothek auf ihr Grundstück auf. Manfred erhob vergeblich Protest. Und dann kam der Hammer: Sie verlangte eine Pacht.

„Kill it before it grows!" entfährt es Manfred unvorsichtigerweise. Da pfeift ihn Papa aber ordentlich zurück. Dem gefällt es sogar, wie sie sich durchsetzt. „Die wird schon nicht untergehen im Geschäftsleben." Mit ihr hat er noch etwas vor.

Manfred nimmt einen Anwalt — nicht Dr. Shulmann, der ist auf Fritzis Seite. Gewohnheitsrecht? Sie hat ja drei Jahre lang keine Pacht erhoben. Da gilt doch Gewohnheitsrecht, oder? — Gewohnheitsrecht ist abgeschafft. Außerdem ist sie neuerdings voll geschäftsfähig, und nun schlägt sie zu. Aber Sie wollen doch nicht gegen die eigene Familie prozessieren! Man kennt Sie doch in Ellerbach, denken Sie, wie peinlich. Und es steht auch in keinem Verhältnis. Wegen einer Pacht! Die nehmen Sie doch aus der Pfandflaschenkasse.

Ein dicker Hund folgt dem anderen. Die alte Dame hat nun also amtlich verkauft. Der Preis ist noch unter einer Schätzung von 1954 angesetzt. „Lächerlich!" trompetet Manfred, „das hätten wir doch achselzuckend hingelegt! Will der überhaupt verkaufen? Und wenn nicht — was hat er vor? Kriegt Superfood jetzt Konkurrenz? Papa, wirst du mit ihm verhandeln? Sollte nicht vielleicht besser ich…"

„Ach, Manfred, nun gib Ruhe. Schick lieber Friederica zu mir."

Da sitzt sie also beim Papa drin, und er holt den teuren Cognac aus dem Schrank, als sei sie ein guter Kunde.

„Willst du mir nicht auch eine Zigarre anbieten, Papa?"

„Nein, Friederica, mal im Ernst, sich möchte dich in einer geschäftlichen Angelegenheit beauftragen. Ich möchte, daß du dich mit der alten Scharteke, der Reisekorn, in Verbindung setzt und herausfindest, wem sie das Grundstück verkauft hat. Erzähl' ihr doch, du wolltest dafür sorgen, daß da alles beim alten bleibt, dann beißt sie vielleicht an."

„Und wenn der neue Besitzer genau das will?"

„Friederica, mal' den Teufel nicht an die Wand! Dann muß er an uns verkaufen, er muß einfach. Friederica, das mußt du deichseln, ich möchte unseren Namen im Grundbuch sehen!"

„Will sehen, was ich tun kann", versprach sie.

Zum ersten Mal sichtbar und unverborgen, spaziert sie auf der Nordseite zum Tor, ohne durch den Zaun zu kriechen.

Sie müht sich mit dem großen Schlüssel ab, schafft's dann auch, es ging nur schwer. Da sind die Prellsteine. Der gepflasterte Weg dorthin, wo das Gutshaus stand, endet am südlichen Zaun hinter dem Supermarkt. Irgendwann soll hier wieder ein Haus stehen.

Sie schaut nach, wie die jungen Eichen angegangen sind, die sie hat pflanzen lassen, um den Raubbau des Vorgängers auszugleichen. Der Star quietscht und klappert. Wasser quillt unter ihren Schritten aus dem Moos. Bevor sie zu den Hainbuchen hinübergeht, grüßt sie die Sensible, die Schüchterne, die Sentimentale und stellt sich endlich auf den Stumpf der Moribunden, auf diese hölzerne Plattform von achtzig Zentimetern Durchmesser.

So steht sie auf dem Holz, das Sonne und Wind schon getrocknet haben, mit leicht gespreizten Beinen, etwas in den Knien federnd, wie sie es vom Tai Chi Chuan kennt. Und durch ihre Fußsohlen, innen und außen an den Beinen entlang, hinauf zu ihren Hüften, kriecht ein Vibrieren: Die Zärtlichkeit des Baumes, von der die Wurzeln noch wissen.

Schockgereift

Vergewaltiger, wir kriegen euch!

5 Selbstmord der Lucrezia, Kleinskulptur, 16. Jh.

Auf einen richtig schönen ruhigen Abend hatte sich Richard gefreut, hatte alte Briefe sortieren und einen Film sehen wollen, hatte wieder einmal die Regelmäßigkeit und Ungestörtheit seines Rentnerdaseins genießen wollen. Es kam ihn daher recht ungelegen, daß noch das Telefon läutete, und er ließ es fünfmal läuten, ehe er sich durchrang, den Hörer zu nehmen. Zuerst meinte er, da hätte sich jemand verwählt, der den Kontakt mit einer Hure wünschte, denn er hörte nur jemanden atmen. Dann, als er ein wenig ungeduldig seinen Namen wiederholte, kam ein Räuspern: „Hm — Onkel Richard — kann ich zu dir kommen?"

Mario war das, der Sohn seiner jüngeren Schwester. Dem irgendwer den blöden Spitznamen „Speedy" angehängt hatte, und den fand er auch noch gut. Zwar ging er seinem Onkel mit seinem Speed-Metal-Tick auf die Nerven, und Mario wiederum konnte mit Onkels Free Jazz nichts anfangen. Egal — sie liebten sich über das Familienübliche hinaus. Nur

Richards beharrliche Weigerung, wieder in die Kirche einzutreten, hatte verhindert, daß er Marios Taufpate geworden war, und später waren sie wieder in Heidentum vereint. Als Mario merkte, daß ihm der Konfirmationsanzug zu kurz geworden war — und das war schon recht bald nach der Konfirmation gewesen —, wurde Richard erst richtig sein Pate, der Marios verkrampftes Verhältnis zum Christentum durch fundierte Aufklärung löste, so daß der Jüngling mit gesundem aufrechtem Gang in die Volljährigkeit hineinschritt, aber bevor Richard so recht Zeit hatte, sich dafür selber auf die Schulter zu klopfen, fing sein Schützling allerdings an, ein wenig zu übertreiben mit der Freiheit eines Christenmenschen.

Als Mario jetzt vor seiner Tür stand, erschrak Richard. Gerötet waren die Augenlider seines Neffen, das Gesicht war gelblich-grau. In leicht gekrümmter Haltung an den Türpfosten gelehnt, wartete er, daß ihm geöffnet wurde. Er kam herein und ließ sich auf das Sofa fallen.

„Willst du was trinken?"

„Weiß nicht... Moment..."

„Dann geht's dir ja wirklich nicht gut, Junge! Wärst du bei einem Arzt nicht in besseren Händen?"

Mario tat ein kurzes, verzweifeltes Auflachen: „Von denen lasse ich mich doch schon seit zwei Wochen 'rumreichen! Die sagen alle, vegetative Dystonie, sonst fehlt mir nichts, und geben mir Valium."

Alle Tests sind negativ. Nicht einmal ein paar lumpige Salmonellen lassen sich als Schuldige ausmachen. Morgens friert er, vormittags erbricht er, mittags hat er keinen Appetit und auch sonst nicht, nachmittags Durchfall, abends Magenschmerzen, und nachts kann er nicht schlafen. Und keiner findet was. Malariatest, Suche nach Parasiten, Zuckertest, Aids-Test, Krebstest, Allergietests, Tuberkulosetest — nichts.

„Wenn ich das Wort 'psychosomatisch' noch einmal höre, laufe ich Amok."

Valium, Kohletabletten, Kodein, Bierhefe, Serenum, Somnin, Dormito-Relax, Vegetamin, Refekzin, Intesan, Eucholin retard... „Oh, Gott!" sagt Richard, als Mario die Pillenkärtchen aus den Blousontaschen schaufelt, „das nimmst du doch nicht alles?"

Mario schüttelt den Kopf. „Nur die, wo draufsteht: 'Gegenanzeigen unbekannt'."

„Hast du dich schon auf Woodoozauber testen lassen?" scherzt Richard. Aber mit sowas scherzt man nicht.

„Wie wär's denn mit einem Wein?"

Mario studierte die Beipackzettel „Mal sehen, ob mir davon Hörner wachsen, wenn ich hierauf einen trinke… Ach, egal, ich brauch' jetzt einen. Wann das losging? Nachdem ich die Tochter des türkischen Handelsattaches gebumst hatte."

Am Sonnabend vor zwei Wochen war er auf eine Fete geraten. Es war eine jener Lustbarkeiten, die den Veranstaltern aus den Händen gleiten. Das geschieht vorzugsweise dann, wenn Kinder die Reisen ihrer Eltern nutzen, um Hausherren zu spielen.

Hülya war mit ihrem viel älteren Bruder (notorisch brav, nie ein Ausrutscher) allein im Haus, nur ein Wochenende lang war er für Haus und Sitte verantwortlich. Was Hülya auf die Idee brachte, ein paar Freundinnen in ihr Zimmer einzuladen, und dabei dachte Erkan an nichts Böses. Die kleine Freude wollte er ihr nicht versagen. Aber siehe da, die Freundinnen hatten Freunde, die Zahl der Gäste verdreifachte und verzehnfachte sich binnen kurzem, und immer noch läutete es an der Tür.

Zuerst wollte Erkan, der sich Manns genug glaubte, die Lage zu kontrollieren, kein Spielverderber sein; er nahm also huldvoll ein Getränk in wilden Farben entgegen, das nicht das letzte blieb, und er vertat sich gewaltig in der Einschätzung des Alkoholgehaltes. Nachdem ihm Hülyas Verehrer noch ein paar verschärfte Longdrinks eingetrichtert hatten — unter Berufung auf eben jene Mannhaftigkeit, mit der er die Gäste hatte hinauswerfen wollen — war von der Autorität des Erkan Gülerbahçe nicht mehr viel übrig.

Hülya war mit ihren einundzwanzig Jahren schon fast ein spätes Mädchen. Ihre Verheiratung erwies sich als schwierig. Denn bei den Familien, die für eine gute Partie in Frage kamen, galt sie als verdeutscht und verdorben, denn sie war in diesem Land aufgewachsen und zur Schule gekommen, hatte gemeinsam mit den Jungen Sport, Schwimmen und

Sexualkunde gehabt, und nur die Teilnahme an den Klassenreisen — Allah! — hatte man verhindern können. Es ging das Gerücht, sie sei keine Jungfrau mehr.

Sie amüsierte sich glänzend. Längst ließ sich das Fest nicht mehr auf den Oberstock begrenzen, sondern hatte sich wie Ameisenbefall auf das ganze Haus ausgebreitet. Als Mario eintraf, mitgeschleppt von Freunden von Hülyas Freunden, bat diese gerade um Nachsicht mit dem Teppich, einer originalgetreuen Nachknüpfung eines Seldschukenteppichs, dessen Vorbild im Museum hing und dessen Nachbildung Vater Gülerbahçe allerhand Geld gekostet hatte.

Er setzte sich und sah sich um. Er bemerkte die riesengroßen runden Zinntabletts, die als Tischchen dienten, aber auch Glastische auf Stahlbeinen. Der Teppichboden, die Polstergarnitur, Lampenschirme und Vorhänge waren sämtlich auf die Krapp- und Indigotöne des seldschukischen Museumsstückes abgestimmt. Mario nahm das alles nur insofern wahr, als es gar nicht zu seinen Vorstellungen von der Einrichtung bei Türken paßte, ebensowenig wie die vollen Bücherschränke, die offenbar mehr als den Koran enthielten. Und was macht ihr mit Flügel und Notenständern? Spielt ihr nicht nur Saz? Und wo ist der Wandteppich mit der Ansicht vom Goldenen Horn?"

Oh, Mann, war ich bescheuert.

Die Villa am Rande des Parks dröhnte von Musik. Erkan war nicht mehr Herr seiner Sprache noch seiner Arme und Beine. In den frühen Morgenstunden brachte man ihn zu Bett. Es entging den Fürsorglichen, daß er eigentlich nicht schlief, sondern eine Ohnmacht aufgrund einer Alkoholvergiftung erlitt. Hülya, nun auch alles andere als nüchtern, sammelte die letzten Gäste ein und warf sie hinaus.

Einen übersah sie, weil er im Garten auf der Schaukel saß. Sie öffnete die Terrassentür weit und hoffte, sie werde den Qualmgeruch bis zur Rückkehr der Eltern aus den Räumen herausbekommen.

Mario fühlte sich, als es hell wurde, wieder hinreichend erfrischt, um sich der hübschen Gastgeberin unter vier Augen zu widmen. Sie hatte seine Eintreten nicht bemerkt. Den Saustall wollte sie gleich im Anschluß an die entgleisten Feierlichkeiten in Angriff nehmen. Erstmal ließ sie sich ein Bad ein und zog sich aus. Indessen schlich Mario die Treppe hinauf, um sich zu vergewissern, ob Erkan wirklich schlief.

Das war natürlich keine Fürsorglichkeit um den Sturzbetrunkenen, sondern Teil seines Plans, und wenn seine Wiederbelebungsversuche ihn wecken sollten, konnte man sie immerhin als Fürsorglichkeit ausgeben.

Erkan lag da wie auf den Müll geworfen und röchelte mit offenem Mund. Ihn zu wecken, war ein Ding der Unmöglichkeit.

Hülya prüfte eben im rosa Morgenrock und mit hochgestecktem Haar die Temperatur des Bades. Sie wurde des Eindringlings just in dem Augenblick durch den Spiegel gewahr, als sie den Morgenrock auszog. Ihn wieder anzuziehen, blieb ihr keine Zeit, und indem sie ihn an sich preßte, floh sie die Treppe hinab. Den Weg zum Zimmer des Bruders hatte der Frevler verstellt, und auf ihre Rufe reagierte Erkan nicht. Durch die Terrassentür wollte sie zu den Nachbarn fliehen, verlor Zeit, weil sie nun doch hastig den Morgenrock überzerrte, aber er hatte an alles gedacht, der letzte Gast, und die Einbrechersicherung geschlossen. Ehe sie es schaffte, die zu öffnen, war er bei ihr. Es gab einen Ringkampf mit der Süßen, der ihn so richtig in Fahrt brachte, scheppernd flog das große Zinntablett zur Seite; die leeren Gläser klirrten und purzelten umeinander. Auf dem wunderschönen Teppich stillte er eilig seinen Drang an ihr, und ein Fleck verriet: Sie war doch noch Jungfrau gewesen.

„Eines hat mich gewundert", sagte Mario, „sie hat sich ja erst gewehrt, und Donnerwetter, sie ist stark. Aber als sie merkte, daß sie mir nicht entkommt, hat sie sich nicht mehr gerührt. Sie hat aber die ganze Zeit geredet, ich wollte schon sagen, sie soll endlich die Klappe halten…"

„Was hat sie denn gesagt?"

„Keine Ahnung! Kann ich Türkisch?"

„Wie klang das denn?"

„Weiß nicht… Eben dieses tschok-tok-tschük, was sie immer reden."

„War das rhythmisch? Verse?"

„Wo du's sagst — ja, irgendwie. Eyh, was hat die Gedichte aufzusagen, während ich sie ficke?"

Richard reinigte seine Pfeife, wie um es noch spannender zu machen.

„Ich schätze mal, ich weiß, was sie da aufgesagt hat", sagte er dann bedächtig, „sie hat einen Schutzvers gesprochen. Und wenn du Türkisch verstehen würdest, hätte der sie auch geschützt, dann wärest du nämlich nach drei Worten aufgesprungen und hättest deine Waffe gut im Futteral verpackt. Und hättest beschleunigt den Heimweg angetreten."

„Wieso? Was ist denn das für'n Text?"

Richard trank einen Schluck.

„Wetten, du hast seitdem keinen mehr hochgekriegt?"

„Also — danach stand mir der Sinn nun echt nicht."

„Ah, dachte ich's mir."

Ja, dieses peinliche Symptom hatte in Marios Bericht noch gefehlt.

„Tja, mein Lieber — das war eine Verwünschung für den Fall, daß du von ihr nicht abläßt."

Mario kam wieder hoch: „Aber man muß doch was dagegen tun können! Du kennst das ja anscheinend, (aha, subtile Retourkutsche für die Entlarvung männlicher Schwäche!) — du mußt doch wissen, was man dagegen tun kann!"

Richard lachte. „Schon! Einen großen Strauß rote Rosen kaufen und bei den lieben Eltern um sie anhalten."

„Nee, nä?"

„Das wird noch nicht mal reichen. Kann nämlich auch sein, daß sie dir die Fußsohlen peitschen mit deinem Rosenstrauß. Wenn sie nicht sogar Brüder oder Vettern hat, die dich zu töten schwören, wenn du sie nicht heiratest. Damit mußt du rechnen. Was vielleicht was bringt: Ruf' sie an und sprich mit ihr. So kriegst du auch spitz, ob die Eltern es überhaupt wissen. Vielleicht hat sie ja auch aus Scham geschwiegen und gesagt, sie hätte auf dem Teppich ein Huhn geschlachtet. Falls sie meint, man wird ihr nicht abnehmen, daß sie nicht wollte. Weil Erkan sonst hätte wachwerden müssen, wenn sie geschrien hätte… Nicht so wahrscheinlich. Eher ist anzunehmen, daß sie den Fall angezeigt hat, denn wenn sie mal heiratet, wird das Argument, daß sie vergewaltigt wurde, nicht mehr so recht ziehen, wenn was fehlt. Kannst du mir folgen?"

„Mühsam."

„Naja, schlau genug, um dir dieses Abenteuer zu verkneifen, biste ja auch nicht gewesen."

Er packte seine Rauchutensilien liebevoll zusammen. „Nun knack mal ein paar Runden, dann kannst du sie ja mal anrufen. Ein Wunder, daß sie dir nicht schon nachstellen! Vielleicht haben sie dich nur noch nicht ausfindig gemacht. Höchste Zeit, daß du das in Ordnung bringst. Na, dann schlaf' mal gut."

Ein schwüler, grauer Julitag kroch herauf. Die Vögel sangen ohne rechten Elan. Mario schlich zum Klo und verlor wieder ein Gutteil Substanz, Flüssigkeit und Lebenskraft.

Indessen hatte Richard ihm in seinem Studierzimmer das Klappbett zurechtgemacht. Und eine Ahnung sagte ihm, daß er es in den nächsten Tagen und Wochen wohl würde ausgeklappt lassen können.

Mario rief nicht gleich an. Ihm fehlte der Mut. Er schob es hinaus, bis es ihm besser gehen würde.

Es ging ihm schlechter.

Richard wuchs über sich selber hinaus. Er kochte seinem Neffen alles das, was ihm damals in Indien über die Durchfallkrankheit hinweggeholfen hatte, fuhr ihn zum Arzt und holte ihm seine Klamotten aus seinem Zimmer in dieser Wohngemeinschaft chaotischer und zugleich zielstrebiger Leute, die den Vormittag verschliefen, Nachmittage lang an Motorrädern bastelten und abends gutes Geld dafür kassierten, das sie dann bis zum Schlafengehen im ersten Morgensonnenschein ausgaben.

In der verqualmten Küche diskutierten Armand und Suse ihre Beziehung durch.

Richard packte Marios Sachen ein. Viel war's ja nicht. Ein paar T-Shirts, fetzige Jeans, die Bekenntniskutte mit den Ikonen der am höchsten verehrten Rockidole (die Richard insgeheim so peinlich fand). Nichtsdestoweniger nahm er seine Schallplatten mit und vergaß auch nicht den Kopfhörer.

Er hielt nach Anzeichen Ausschau, ob Leute die Wohnung beobachteten, die vielleicht aussahen wie Hülyas Brüder, aber in diesem internationalen Stadtviertel, dem politisch und religiös grünen Bezirk — sonst gab es wenig Grün — ließ sich derlei wahrlich nicht ausmachen.

Als Richard ins Auto stieg, fiel ihm ein Plakat ins Auge, halb abgerissen, aber noch lesbar:

„VERGEWALTIGER — WIR KRIEGEN EUCH!"
Eine Maskierte legt auf den unbekannten Übeltäter an. Erschaudernd stieg er ins Auto.

Als er zurückkam, saß Mario in eine Decke gewickelt im Wohnzimmer und zitterte vor sich hin.

„Ich hab' mit ihr gesprochen", artikulierte er verkrampft.

Man hatte sie sogleich an den Apparat geholt. Der Name sagte seiner Mutter nichts.

Auch Hülya konnte mit dem Namen offenbar nichts anfangen. Sie erkannte ihn erst an der Stimme, und es gab eine Schrecksekunde, in der er fast sicher war, sie werde auflegen.

„So. Und was willst du?"

„Ent... Bitte verzeih' mir."

„Ach!!"

Und nach einer Pause: „Und du meinst, das reicht?"

„Nee. Aber irgendwie muß ich ja anfangen. Was soll ich denn machen?"

„Machen, machen... Kannst du mich wieder lebendig machen, wenn du mich getötet hast?"

„Na, nun übertreib' nicht!"

„Oh, nein, ich übertreibe nicht. Weißt du, was 'namus' ist? Meine Ehre und mein Leben. Meine Eltern mögen modern denken, aber in unserer Tradition ist es so: Wenn ich nicht auf sein 'namus', auf seine Ehre habe aufpassen können, dann stirbt er, ich oder du, das ist nur mit Blut reinzuwaschen. Mach' den Fleck aus dem Teppich! Mach' den Fleck aus meinem Leben! Kannst du das?"

„Nein. Aber ich..."

„Eşşekoğlueşşek! Hast du noch nicht kapiert, daß das eine Sache auf Tod und Leben ist?"

„Hör' zu, für mich doch auch, es geht mir total schlecht. Der Arzt sagt, weiter so, dann sind Sie in drei Monaten tot. Ich kann nichts bei mir behalten, du erkennst mich nicht wieder…"

„Ach, dir geht's schlecht? Mir kommen die Tränen. Hast du nicht zugehört, was jetzt mein Problem ist? Hast du mich gefragt, wie's mir geht? Hast du mich das gefragt, als du's machtest? Du hast ja nur ein bißchen mein Leben zerstört. Wie schade."

„Hülya, hast du mich verflucht?"

„Oh, ja, fast stündlich seitdem."

„Ich meine, hast du eine Verwünschung gemacht, als ich… Einen Zauberspruch oder sowas?"

„Was?? Bist du des Teufels?"

„Aber was hast du denn die ganze Zeit gesagt, als ich wir… Als ich dich…"

„Nix wir!! Als du mich vergewaltigt hast, wolltest du sagen. Da habe ich *gebetet*. Da habe ich gebetet, daß Allah mich schützt."

Mario schwieg betreten.

„Ich hatte gehofft, du kannst das von mir nehmen, den Fluch oder was…"

„Ich habe dich nicht behext!" Sie zwang sich merklich zur Ruhe. „Du bestrafst dich selber und machst das Opfer zum Täter — das ist ja wohl das Letzte!"

„Aber es geht mir wirklich…"

Sie hatte schon aufgelegt.

„Noch einmal komme ich nicht an sie ran", sagte er dumpf.

„Und was hat sie gesagt? Eschol-Eschol…"

„Escholleschek! Arschloch heißt das. Wörtlich: Du Esel und Eselssohn. — Immerhin hat sie mit dir gesprochen", versuchte Richard, einen Lichtblick daran zu finden, indem er Marios Tasche mit seinen Habseligkeiten aus dem Flur hereinholte und sie auf dem Couchtisch absetzte.

„Meine Scheiben… geil…" murmelte Mario.

„Möchtest du was hören?" rang sich Richard zu musikalischer Großherzigkeit durch. Mario schüttelte den Kopf. „Ich pack' mich mal wieder hin."

Richard beschloß, die Sache mal selber in die Hand zu nehmen. Mochte der Neffe es auch als Einmischung betrachten — Richard sah die einzige Chance darin, daß er für Mario hinging und Abbitte tat. Das kündigte er an, als Mario sich nach ein paar Stunden Schlaf hinreichend von dem Telefonat erholt hatte und etwas Toast mit Hühnerbrust zu essen versuchte.

„Schmeckt alles wie Stroh!" klagte er, „naja, entschuldige, du gibst dir so viel Mühe."

Noch immer konnte er kaum schlafen, und wenn, dann verkrampft und naßgeschwitzt. Sein eigener Geruch war ihm unerträglich. Duschte er, so zitterte er hernach vor Kälte. Deckte er sich warm zu, war er binnen kurzem wieder durchnäßt. Sein Mund war so empfindlich, daß er nichts Hartes, nichts Scharfes oder Salziges essen konnte. Den Toast tauchte er in Tee. Die Hölle — vielleicht ist sie, was er erlebte, als ihm alles zur Qual wurde, was uns sonst selbstverständlich und sogar angenehm ist, so daß uns zudem auch noch niemand versteht in unserem Elend. Und so muß es auch die Hölle sein, wenn Frauen Gewalt erleiden und Männer argumentieren: „Sie mag es doch sonst auch!" — und kann sich der Zustimmung aller anderen männlichen Kumpane sicher sein... Doch das nur nebenbei.

Nicht einmal rauchen mochte er. Das will schon was heißen.

Am späten Abend kam Richard zurück und verkündete einen Erfolg.

„Erstens. Ich war bei meinem Freund Lee Phan Hong, und er hatte tatsächlich was für dich." Er legte eine Zellophantüte mit einer winzigen Menge einer bröckeligen Substanz auf den Tisch. „Damit stoppen wir deinen Durchfall, und dann kannst du auch wieder schlafen. Zweitens: Ich war bei den Gülerbahçes."

Mario machte große Augen.

„Es ehrt Sie, daß Sie sich für Ihren Neffen einsetzen", sagte Hülyas Vater, „was eine eventuelle Rache betrifft, kann ich Sie beruhigen. Wir halten nichts von der ländlichen Sitte der Blutfehde. Wir sind moderne und gebildete Leute, wenn ich das mal so sagen darf. Ich glaube zwar, daß Sie aus Angst um Ihren Neffen gekommen sind, weniger wegen der Gefühle meiner Tochter und unserer Familie. Mit einer einfachen Entschuldigung ist die Sache noch nicht aus der Welt. Aber wir sind auch nicht der altmodischen Ansicht, daß eine Schande wie diese nur mit Blut oder einer Heirat abgewaschen werden kann. Sie hat einen großen Fehler gemacht. Wie ich das in der Familie vertuschen soll, ist mir noch nicht klar. Wenn er sie heiraten will, kommt es ja äußerlich in Ordnung. Aber im Grunde ist mir meine Tochter für diesen Strolch zu schade."

„Du kannst von Glück sagen, daß sie so einen Vater hat", stellte Richard mit Nachdruck fest, „und zwar nicht nur, wenn's dir um dein eigenes Fell geht…"

„Warum denn noch?" fragte Mario naiv.

„Es hat zum Beispiel Väter gegeben, die sich nach so einem Fall umgebracht haben, wenn sie die Tochter nicht verheiraten konnten. Manchmal wurden auch solche Töchter getötet. Die Vergewaltiger auch, nebenbei gesagt."

Er hatte auch nicht den selben Fehler gemacht wie Mario, von der Verwünschung zu reden. Er fand, es sei auch nicht an der Zeit, nach einer angemessenen Sühne zu fragen. Aber er sah eine Chance, wenn man Geduld hatte. Auch, wenn sie Mario nicht nach dem Leben trachteten, sah Richard Grund genug, über eine Wiedergutmachung nachzudenken, auch, wenn sein Neffe, der Lümmel, mit seinen Einsichten noch nicht so weit gediehen war. Sie wiesen ihm nicht die Tür — es gab Hoffnung.

Die Großherzigkeit der Gülerbahçes beruhigte Mario ein wenig. Ein Übriges tat die Medizin von Hong, die Richard sorgfältig zubereitet hatte. Richard kannte sie aus seiner Zeit als Fotoreporter in Südostasien. Er wußte, daß sein Neffe danach schlafen werde wie ein Bär, daß der Durchfall aufhören und ein wenig Gleichmut in Marios Seele einkehren werde. Auch Richard nahm etwas davon. Seit seiner Verwundung in der Patet-Lao-Offensive kämpfte er permanent gegen diese Versuchung und erlag ihr periodisch. Nun hatte er sich zwei Jahre wacker gehalten und belohnte sich dafür.

Es gab Hoffnung.

Am nächsten Tag kam Lee Phan Hong zum Essen. Zuerst sah er Mario an. Er fühlte ihm den Puls an beiden Händen — „Ja, das Armband nimm mal ab" — stellte ihm ein paar intime Fragen zu Klo und Bett und gab dann eine Diagnose ab. Er sprach von innerer Kälte der Organe und ließ sich die Zunge zeigen, ließ ihn die Armmuskeln anspannen und vermutete eine Schwächung der Leber durch unglückliche Liebe und der Milz durch Grübeln.

Er zählte Richard die Heilmittel auf: Ginseng mit ein wenig Honig, Rindfleischsuppe mit Ingwer, Lychee in Rotwein…

Mario hörte sich das alles geduldig an und sagte nichts dazu. Wenn ihm Richard was Nettes kochte — was kann's schaden? Akupunktur macht er ja zum Glück nicht, also wird er mich wenigstens nicht pieken. Das kann Mario nämlich gar nicht ab.

In der Tat — was Nettes gekocht hat Richard. Er ehrte Hongs Bemühungen mit einem richtig schönen Essen, das mit einer Süßspeise begann. — Klar. Die lesen ja auch ihre Bücher von hinten nach vorne. —

Das Huhn und die Klebreiskuchen durfte auch der Kranke essen. Was mit Chili und Knoblauch gemacht war, hatte Hong ihm für die Dauer der Darmschwächung verboten.

Richard hatte darauf verzichtet, eine Delikatesse zu servieren, die zwischen ihm und Hong schon Tradition hat: Gekochte Hühnerfüße in Suppe. Aber Mario hatte gedroht: Wenn er sowas sehen müsse, werde er wieder kotzen. Er knabberte an jedem zweiten Gang ein wenig herum und streckte sich zwischendurch, um sich von den einzelnen Etappen des Banketts zu erholen, auf dem Sofa aus.

Hong aß mit gutem Appetit. Hinterher gab es Jasmintee, und sie rauchten.

Mario schloß die Augen und wartete auf den Effekt der Mahlzeit. Ob sie wieder ankam wie ein Paukenschlag und ihn spontan aufs Porzellan trieb wie meistens. Oder oben rauswollte — oder, oh Wunder, drin blieb.

Heute ging es gut.

Dann kamen sie zu dem eigentlichen Zweck von Lee Phan Hongs Besuch. Richard sagte einen Satz auf Chinesisch, und Hongs Augen, sonst wie reife Schoten nur einen Spalt weit geöffnet, gingen auf und wurden blanke schwarze Kerne und richteten sich auf Mario: „So, sie streitet es ab?"

Er ließ sich den letzten Stand der Dinge berichten, auch Telefonat und Besuch. Dann sagte er: „Wir gehen zunächst mal rein defensiv vor."

Mario beobachtete mit der Gleichgültigkeit der Entkräftung, wie Hong achteckige Spiegel über der Wohnungstür und — nach außen gerichtet — an den Fenstern befestigte. Wie er rote Papiere mit gepinselten Zeichen aufhängte. Außerdem fertigte er ein magisches Diagramm an, malte es auf Papier, nähte es in Stoff ein, und Mario mußte es an einer roten Schnur um den Hals tragen.

Er war an dem Punkt angekommen, wo man alles zuläßt, was nicht schadet, wo Hilfe, egal, welche und von wo, ihm recht war.

Wieder war es Juni, trüb und schwül und voll Hoffnung auf einen wirklichen Sommer. Mario kam aus dem Seminar über Einstweilige Verfügungen, ein fleißiger Student der Rechte. Bevor er in die Mensa ging, wollte er noch rasch seine Haare in Ordnung bringen. Er löste den Haargummi vom Pferdeschwanz, bürstete seine Haare rasch glatt und band sie neu. Er putzte seine Brille und setzte sie wieder auf. Schluß war seit langem mit der Hardrockmähne, die Locken waren eh Dauerwelle gewesen, das war ihm jetzt peinlich. Die waren nun schon bald ausgewachsen. Schluß war mit dem albernen Schnäuzer. Schluß war mit der Eitelkeit, mit dem lachhaften Spitznamen, den ausgefransten Jeans, dem Lederkult, der Bekenntnisweste mit dem Namenszug unsäglicher Schreihälse. Man hörte Frank Zappa, Naked City, Laurie Anderson und — höre und staune — Strawinskij. Die Wirkung des Onkels ist unübersehbar. Mario gefällt sich nun in auffallend schlichten, kragenlosen Hemden, Leinensakkos und wohlgeschnittenen Beinkleidern.

Seit einem Jahr wohnt er bei Richard. Die Wohngemeinschaft hat sich aufgelöst. Armand hatte einen Unfall gehabt und war nach der Entlassung aus dem Krankenhaus zu seiner Mutter gezogen. Unmerklich war aus der Zuflucht, die Mario bei seinem Onkel gesucht hatte, eine bleibende Verbindung und eine machtvolle Wandlung sämtlicher Lebensumstände geworden (dabei traute niemand dem Richard günstigen Einfluß auf die Jugend zu). Aus den windigen halblegalen bis illegalen Geschäften war der ernstliche Wunsch nach einer soliden Ausbildung geworden. Die Wahl fiel auf ein Studium der Rechte, speziell des Strafrechts. Er wollte ein Verteidiger werden, denn er sah eine große, eine pädagogische Aufgabe darin, junge Leute für ihre Fehltritte zwar zur Rechenschaft zu ziehen, sie aber doch gegen das antiquierte und inhumane Sühneprinzip in Schutz zu nehmen und statt dessen die Einsicht in die Notwendigkeit gewisser Grundsätze von Recht und Ordnung zu fördern.

Und da, mit dem Plastiktablett, marschierte Hülya.

Klar! Das war sie. Er saß nun schräg gegenüber. Sie sah nur kurz auf und ihn an, so, um Kenntnis davon zu nehmen, wer da beim Essen in ihrer Nähe saß.

Sie erkannte ihn nicht.

Er betrachtete sie gespannt. Sie entging dem, sie aß mit gesenktem Blick.

Dennoch kam er mit ihr ins Gespräch. Er führte das herbei. Er kannte ja die Techniken. Er griff nach dem Buch, das sie auf den Tisch gelegt hatte, und fragte, ob es ihr gehöre. So dumm, Fragen zu stellen, deren Kontaktcharakter zu offensichtlich war, so dumm war er nicht. Lernte darum auch immer die Mädchen kennen, die ihm auffielen, darauf konnte man wetten. Und er ging von der sachlichen auch nicht zur persönlichen Frage über. Schließlich wußte er, daß er sie wiedersehen würde. Er hatte genug Zeit, sie auf sich zukommen zu lassen. Wind, Zeit und Strömung arbeiteten gewiß für ihn. Auch verbot ihm der Instinkt, allzuviel mit ihr zu reden, bevor sie sich an ihren „neuen" Bekannten, an seinen Anblick, gewöhnt hätte.

Seine Rechnung ging auf. Sie sprach von Mal zu Mal freimütiger, so oft sie sich begegneten. Sie wohnte nun bei ihrem Onkel und studierte Wirtschaftswissenschaft.

„Stinklangweilig!"

Und abends machte sie noch Steno-, Schreibmaschinen- und EDV-Kurse.

„Strafversetzung!" dachte Mario spontan.

Tatsächlich sah das Leben ihres Bruders Erkan, der damals die Aufsichtspflicht vernachlässigt hatte, ähnlich aus. So ganz traf es das aber nicht. Offenbar legten die Eltern großen Wert darauf, daß sie trotz wohlhabenden Familienhintergrundes auf eigenen Füßen stehen könne.

„Ja, logisch! Das ist, weil er sie in der Heimat nicht mehr standesgemäß verheiraten kann", sagte Richard, der die Lage wieder viel schneller peilte als sein Neffe, „wenn überhaupt! Darum muß sie entweder einen Deutschen oder einen sehr verständnisvollen Landsmann heiraten oder einen Beruf ausüben."

Mario sah nun, wie sehr sich ihr Leben durch seine Untat verändert hatte, und in ihm erwachte der Wunsch, etwas davon wiedergutzumachen, Hauptsache, er wurde dabei nicht entlarvt. Er war doch schon bestraft, so, wie er gelitten hatte. Klar. Er hatte gebüßt.

Bloß war diese Buße für sie ohne Nutzen gewesen. Sie war allein geblieben mit der Verarbeitung des Schocks.

Gelegentlich, als sie sich schon besser kannten, machte sie Andeutungen, sie habe ein schlimmes Erlebnis zu verkraften, das etwa ein Jahr zurücklag. Von einem Einbrecher war die Rede, den sie allerdings in die Flucht geschlagen habe, bevor er habe Schaden anrichten können. Er verkniff sich die Frage, was es denn daran zu verkraften gebe. Aber er erkannte an dieser Erzählung und daran, wie sie davon sprach, daß sie ihn nicht erkannte. Und er zitterte davor, daß sie es doch einmal täte.

Sie sahen sich oft. Die Erinnerung verblaßte. Hätte anfangs noch eine Gefahr bestanden, daß sie ihn erkannte, so waren nun die Reste seiner Stimme in ihrem Ohr und von seinem Gesicht vor ihrem inneren Auge durch seine lebendige Gegenwart gelöscht wie ein neu bespieltes Tonband.

Mario las Protokolle von Vergewaltigungsprozessen. Gemeinsam mit den KomilitonInnen ereiferte er sich über die Behandlung der Opfer, die aus unbegreiflichen Fehlleistungen männlicher Juristen mehrmals als „Angeklagte" tituliert wurden. Er las von den psychischen Folgen solcher Gewalttaten, von Fällen, in denen die Frauen rundweg abstritten, vergewaltigt worden zu sein, obwohl es dafür Zeugen gab, und zwar hatten sich solche Szenen auf den Flüchtlingsbooten der Vietnamesen im Chinesischen Meer abgespielt, die von Thaipiraten überfallen worden waren. Er las von den Folgen im Leben der Opfer, über ihre Ängste, ihre Demütigung und ihren Haß. Alle Frauen, die jemals Opfer von Vergewaltigung waren, schienen Schwierigkeiten zu haben, die Liebe zum Partner neu zu entwickeln. Und wenn der Partner der Täter war, dann schien das unmöglich zu sein. Das stand im grotesken Gegensatz zu der regelmäßigen Behauptung, sie habe es im Grunde ja „gewollt". Und er las von dem manchmal nachfolgenden Haß auf das gesamte männliche Geschlecht, auch auf den Mann, dessen ganzer Fehler einer ist, ein Mann zu sein. Warum gilt diesen Frauen fortan jeder Mann als potentieller Vergewaltiger?

Weil auch jeder Mann ein potentieller Ehekandidat und Geliebter sein könnte, so fühlt er. Dem dann auch die Pflicht zukommt, die Frau gegen die Übergriffe anderer zu schützen. Aber wenn selbst der seinen Schützling mißbraucht — wem ist dann zu trauen unter den Männern? Aber so richtig erklären kann er diesen Gedankengang auch nicht. Er brachte nun mehr Verständnis für die traditionellen Töchterhütemethoden auf. Selbst, wenn sie entgleisten — es war was dran.

Er bestand die Zwischenprüfung mit Glanz und nahm die Gelegenheit wahr, bei Hülyas Vater, der gelegentlich einer Geschäftsreise in der Stadt weilte, um ihre Hand anzuhalten. Er vertraute darauf, daß man ihm das beschädigte Gut gern und preiswert verkaufen werde. Daß er kein Muslim war, würde gewiß durch ihren Makel ausgeglichen, über den man nicht sprach — darauf spekulierte er.

Dem Onkel war er trotz Pferdeschwanz schon vorher genehm geworden, denn Mario war fleißig, hatte „cum laude" bestanden, wußte sich zu benehmen und verriet gute Herkunft, bewies in der Wahl seiner Kleidung und seines Rasierwassers guten Geschmack, so daß der Pferdeschwanz verziehen wurde. Der Kandidat bestand auch hier „cum laude". Der Onkel hätte ihn zu gern für die Rechtsabteilung des Berliner Werkes gewonnen, wiewohl Mario standhaft auf seiner strafrechtlichen Orientierung beharrte.

Fast hätte Erkan ihn erkannt. Denn er hatte sich auf jener unseligen Fete länger mit Mario unterhalten. Und als ihm seine Schwester, selbst noch unter Schock, den Übeltäter beschrieb, erinnerte er sich an den Partygast.

Er war am Apparat, als Mario sein Kommen ankündigte.

Er vernahm zunächst die Stimme, nicht den Augenschein. Und bis Mario eintraf, hatte er Zeit, sich zu erinnern, woher er die Stimme kannte. Da erstand der lockige Rowdy mit dem kleinen Schnäuzer wieder vor seinem Auge. Der mit dem Kreuz am Ohrring, schwarzer Lederhose, Nietenarmbändern und bemalter Jeansweste, hemdlos, aber mit umgedrehtem Pentagramm an einer seiner Ketten. Als Mario dann aber im Seidenjackett blumenbewehrt eintrat, wurde Erkan irre an seinem Eindruck, sah sich aber immerhin gemüßigt, seinen Verdacht in der Muttersprache zu verlautbaren.

„Hülya, ist das wahr?" fragte der Vater.

„Erkan irrt sich", antwortete Hülya fest und sah ihm in die Augen.

Die Katastrophe zog an Mario vorbei, ohne daß er die Bedrohung bemerkte.

Die Hochzeit war ein Alptraum aus Lärm, Heiterkeit, schrecklicher verwestlichter Musik, aus einer Lawine enthusiastischer, dicker Cousinen, die die arme grazile Braut fast totdrückten und ihnen, was Mario besonders geschmacklos fand, pausenlos Geldscheine an Brautkleid und Anzug hefteten. Er war auch nicht um die Prozession in großen, hupenden Wagen und auch nicht um die gewaltige Puppe auf dem Kühler herumgekommen. Das war auch nicht nach dem Geschmack der Brauteltern. Aber die Majorität des Clans wollte ihren Spaß und präparierte Überraschungen, gegen die man sich dann doch nicht zur Wehr setzte.

Bis der Rummel abklang, war Mario noch in Sicherheit. Aber als sie dem Trubel entkamen, stand — ohne, daß sie es wußte — wieder die Unwahrheit zwischen ihnen und legte ein Band von Beklommenheit um seine Rippen, das ihn nicht durchatmen ließ.

Der gefürchtete Augenblick war da: Mario war mit Hülya allein. Da saß er in der Falle. Aber sie machte es ihm leicht. Sie übernahm die Bürde seiner Befürchtungen, indem auch sie meinte, sie müsse ihm ein Geständnis machen. Wie sehr sie auch inzwischen moderne Gesellschaft inhaliert haben mochte — es war wohl doch mehr theoretisch gewesen. Denn nun mußte sie ihm bekennen, daß sie eine wichtige Pflicht einer jeden Braut nicht erfüllen konnte: Ihrem Herrn die Erstlinge darzubringen. Und als sie dazu ansetzte, das zu beichten, zog er sie in seine Arme, damit sie nicht in seine Augen sehen konnte und die Scham und die Angst entdecken, die größer war als ihre.

Nun würde er sie Tag und Nacht um sich haben, und die Unwahrheit würde um so zerstörerischer zwischen ihnen stehen. Aber inzwischen erkannte er den Täter selbst nicht mehr. Und löschte mit seiner zurückhaltenden Zärtlichkeit den ersten Eindruck aus. Er war in der seltenen Lage, die traumatischen Schäden beseitigen zu helfen, die er selber angerichtet hatte. Der Täter war zum Tatort zurückgekehrt.

Er sah seine Rettung darin, den Schüchternen zu spielen; so konnte er die Annäherung nach ihrem Tempo gestalten, ohne daß sie glauben mußte, er verschmähe sie, weil er nicht der erste war. Was sie in schwachen Momenten denn doch gelegentlich annahm. Er brachte das Kunststück fertig, sie wissen zu lassen, daß er sie begehre, ohne sie mit dem Geschlecht zu rasch zu konfrontieren, mit dem er sie — wie mit einer Hand — liebkosen oder auch verletzen konnte. Was nur ein Mann kann.

War dies nun die Buße? Er sprach darüber mit Richard.

„Du bringst etwas in Ordnung, was du angerichtet hast. Wo steht geschrieben, daß du dafür auch noch leiden sollst?" sagte der Onkel, „das wäre doch nur Rache. Wem hilft das?"

Die Antwort hätte ihn glücklich machen können. Aber er sah sie vor sich, wie sie ihm bekannte, was er doch verschuldete. Und er wußte deutlicher als nach ihrer ersten Begegnung, daß er ein Schuft war.

Ach, was! Jetzt ist es doch, als sei nichts passiert! Er hat ihr wieder den Spaß an der Sache zurückgegeben, vielleicht hätte sie den sonst überhaupt nie erlebt, dachte er in schöner Bescheidenheit.

Er packte seine karge Habe in die Schränke. Da ist ja auch das Amulett, das Hong ihm gemacht hat. Er hat es lange getragen. Bei seinem Auszug hat er den Inhalt der Schublade unsortiert zusammengerafft. Nun überkommt ihn, angesichts des vom Tragen dunklen Stoffbriefchens am Band, die Erinnerung an seine langsame, langsame Genesung, als er sich in Melancholie erholte, an die traurige Zeit, als es ihm zwar körperlich etwas besser ging, aber Reue und ein Gefühl von Sinnlosigkeit ihn gelähmt und nur zögernd wieder auf die Füße hatten kommen lassen, als er ein neues Leben begann.

Er rang sich zu dem Entschluß durch, es ihr zu sagen, wenn der Zeitpunkt günstig wäre.

Wann ist der Zeitpunkt günstig für Dinge, die man hinausschiebt?

Hülya war schwanger, liebte Mario zärtlich und studierte halbherzig, kochte gut und brachte den feinen Farbensinn ihrer Mutter in die gemeinsame Wohnung. Der Teppich ihrer Schande gehörte nun ihr. Sie verriet Mario nicht, daß der Vater gesagt hatte, er könne den Anblick nicht ertragen. Eine Ahnung von dem Fleck war noch drin, Hülya behauptete, der Einbrecher habe die Kanne mit dem Tee-Extrakt umgeworfen, und Tee geht nicht aus, wie jeder weiß. Sie plazierte das große Zinntablett darüber, und hier saß man auf Kissen mit Freunden, lauter arrivierten jungen Leuten, an denen einzig kleine Narben früherer Ohrlöcher an wilde Zeiten erinnerten.

„Mario, Liebling, was ist das für ein Gelump? Kann ich das wegschmeißen?" kam sie eines Tages mit dem Amulett, das sie mit spitzen Fingern am roten Band hielt.

„Allah! Das nicht! Das hat mir Hong doch damals gegeben. Gegen die Durchfallkrankheit von dem Bannzauber…"

Im engen Zusammenleben kann man sich so sehr daran gewöhnen, alles zu teilen, daß man vergißt, was man schon geteilt hat und was nicht. Vielleicht war es auch das lange Unbehagen an der Lüge, das sich nun gegen seinen Willen Luft machte.

Hülya zog ins Wohnzimmer und betrat das eheliche Schlafgemach nicht mehr, weinte nächtelang, studierte Flugpreise, und Mario wagte kaum, das Wort an sie zu richten.

Auf dem Flughafen, vor dem Abflug nach Istanbul, wo ihre Eltern nun wohnten, sprachen sie noch ein paar klamme, mühselige Worte miteinander. Sie könne ihm noch so halbwegs verzeihen, daß er nie den Mut hatte, sich ihr zu offenbaren. Aber daß er niemals von der Unterstellung ließ, sie habe ihn verhext, daß er sogar das Amulett mit in die Ehe gebracht hat, das verzeiht sie ihm nicht.

„Aber es ist mein Souvenir, wie sich mein Leben inzwischen verändert hat…" versuchte er stammelnd eine Ausrede, „ich bin doch ein anderer geworden, du hast mich doch selbst nicht erkannt…"

„Führ' das nicht noch mal gegen mich ins Feld!" schnitt sie ihm entnervt das Wort ab.

„Wo hast du es hingetan?" wollte er unvorsichtigerweise wissen.

„Willst du es noch immer?" Sie schrie fast. „Ich habe es tatsächlich weggeschmissen. Daß du's nur weißt. Jetzt wühl' den Mühleimer durch!"

Da gibt es nur eins", sagte Richard, als Mario wieder einmal verzweifelt auf dem Sofa saß.

„Hinterherfliegen! Nicht aufgeben! Weißt du ihre Adresse?"

„Natürlich."

„Na, dann los."

„Ihre Brüder schlagen mich tot."

„Warum sollten sie? Du hast sie geheiratet, du hast die Schande wieder abgewaschen…"

„Einen Dreck habe ich", murmelte Mario. Und verwünschte die ganze Magie. Denn — das verstand er — wenn sie einem dazu dienen soll, die Folgen eigener Schuld abzuwenden, dann kommst du in Teufels Küche.

„Hong kennt da ein Ritual", fuhr Richard unbeirrt fort, „man muß die Namen der Liebenden und bestimmte Formeln auf zwei Zeichnungen von Schildkröten schreiben, je eine Silbe auf ein Teil der Panzer, dann klebt man die Zettel Bild auf Bild und läßt sie einen Fluß runterschwimmen, und am nächsten Vollmond — peng — kommt sie zu dir und weiß selber nicht warum."

„Was habe ich davon, wenn sie nicht wirklich will?" gab Mario dumpf zurück.

Er wartete. Kein Anwalt hat sich bislang mit ihm in Verbindung gesetzt. Je länger ein Scheidungsantrag ausblieb, desto mehr Hoffnung faßte er. Er war entschlossen, nicht aufzugeben. Er hat ihr Briefe geschrieben, in denen er sich bemühte, sie auf eine bescheidene und liebevolle Art anzureden, frei von Anmaßung und voller Sehnsucht...

Das heißt, darum brauchte er sich nicht zu bemühen. So wurden sie von alleine. Er weiß, daß sie einige Briefe schon bekommen hat, denn das hat er geträumt. Und er ist sich gewiß, daß sie irgendwann antworten wird.

Der Tod eines gutaussehenden Mannes

Auch ein Dummchen kommt in den Himmel

6 Parkanlage in Edinburgh

CHOR.
DIE WELT DER MENSCHEN VERZEIHT
DIE UNWISSENHEIT, DOCH DIE ERINNYEN
BESTRAFEN SIE. DENN DASS UNWISSENHEIT
VOR STRAFE SCHÜTZT, IST EIN IRRTUM
& TEIL DER UNWISSENHEIT. DARUM STREBE
DER MENSCH NACH WEISHEIT, DIE IHM
WAHRE GÖTTLICHE UNSCHULD VERLEIHT.

Mit Kopfschmerzen fing alles an. Zuerst meinte Erik, das käme von dem Kater. Wieder eine durchzechte Nacht. Wieder ein Morgen mit zu hellem Licht und ein viel zu kurzer Sonntag, ein munterer Sonntagabend, an dem er nicht ins Bett fand, eine wiederum zu kurze Nacht und ein schwerer Montag.

Das Kopfweh war zunächst ein allgemeines und versammelte sich dann immer konzentrierter dort, wo Erik den Ansatz von Geheimratsecken befürchtete. Eine Beule? Sich zu prügeln ist nicht Eriks Stil.

Wenn er sich gestoßen haben sollte — erinnern konnte sich daran nicht —, dann erklärte es nicht, wieso die schmerzenden Stellen exakt spiegelgleich lagen.

Er teilte die Haare und untersuchte die Kopfhaut sorgfältig auf Veränderungen. Zu sehen war nichts, trotz des penetrant juckenden Schmerzes.

Am späten Nachmittag flaute es ab und weckte ihn dafür in den frühen Morgenstunden. Er legte sich also eine kalte Kompresse quer über die Stirn und versuchte, noch ein bißchen zu schlafen. Um sieben war es so schlimm, daß er beschloß, sich in der Bankfiliale, wo er arbeitete, krankzumelden, was er um acht tat. Zu sehen war immer noch nichts. Er war sich auch nicht sicher, ob sich die Stirn an den schmerzenden Stellen verändert hatte, denn er befühlte sie so oft, daß er schon nicht mehr wußte, wie sie sich normalerweise anfühlt.

Den Arztbesuch verschob er auf den folgenden Tag.

Der Druck hielt an, und es war inzwischen klar, daß er zwei Beulen entwickelte.

Also saß er am nächsten Tag im Wartezimmer des Arztes, den ihm schon früher eine gute Freundin empfohlen hatte, und bastelte an dem Sprüchlein, das er, wenn er dran kam, aufzusagen gedachte und das er beim Eintreten ins Sprechzimmer vergaß. Er hatte lange keinen Arzt mehr gebraucht.

Das Röntgenbild zeigte vollkommen symmetrische, mit dem Knochen verwachsene Geschwülste, die sich — wie man Eriks Angaben über die Vorgeschichte entnahm — sehr schnell entwickelten. In den darauf folgenden Tagen ließ er eine Menge nervtötender Untersuchungen über sich ergehen. Diese ergaben, daß die Zellen im Bereich dieses schnellen Wachstums keineswegs entartet waren, allenfalls unspezifisch für den

Körperteil, es sah nämlich eher so aus, als würden sich da Fingernägel bilden. Über diese Andeutung erschrak er fast zu Tode.

Am vierten Tag der Analysen sagte man ihm, die Geschwülste seien trotz des raschen Wachstums gutartig und sollten erst einmal beobachtet werden. Von einem Eingriff wollten sie zunächst absehen. Nicht gleich mit Kanonen auf Spatzen schießen.

„Spatzen!!", grollte Erik.

Er ging wieder zur Arbeit.

Die zwei Beulen, die inzwischen so groß waren wie die Kuppe, die er von seinem Frühstücksei abzuschlagen pflegte, verbarg er unter aufgebürsteten Locken.

Sein Aussehen, bislang von keinem Makel getrübt, war sein Stolz und seine Schwäche. Er wußte nicht, ob er mehr Erfolg hatte als andere Männer, die nicht so gut aussehen. Er glaubte aber, Erfolg müsse davon abhängen. Er konnte es auch nicht so richtig vergleichen, weil man ja nie weiß, wie viel bei den anderen pure Angabe ist. Aber er war überzeugt, sein Aussehen sei sein Kapital, auch wenn er kein Dressman, sondern ein Bankangestellter war. Und so wuchsen seine Befürchtungen beträchtlich.

Der Doktor mußte offenbar noch einen Weißkittel zu Rate ziehen, dem fiel wohl nichts mehr ein. Da saß noch ein Mediziner im Sprechzimmer, den sein Arzt ihm als Doktor Cornelius Morgenbleich vorstellte.

„Da kommt der Doktor Morgenbleich
und wird an unsern Sorgen reich..."

Erik war ein kleiner Junge auf dem elterlichen Hof gewesen, als dieser flotte Mittdreißiger... ja, das kam hin... Er hatte eine Menge Patienten im Dorf, aber die lagen nicht im Bett, sondern standen im Stall.

Empörend! Erik sprang auf und wandte sich schon zum Gehen. Ein Veterinär!

„Was haben Sie denn?", wunderte sich Doktor Schmied, „Kollege Morgenbleich ist eine Kapazität!"

„Ja. Für Roß und Rind."

„Ach, so… Aber möchten Sie denn nicht wenigstens hören, was wir Ihnen zu sagen haben?"

Ungnädig setzte sich Erik. Immerhin gestand er dem Viehdoktor zu, ihn zu untersuchen. Der befühlte eingehend Eriks Stirnbuckel und sah sie sich an, überflog die Laborberichte und betrachtete die Röntgenaufnahmen, schließlich sagte er: „Kein Zweifel, Herr Reisekorn, Ihnen wachsen Hörner."

„Oh, Gott, nehmen Sie mich doch nicht noch auf den Arm!", jammerte Erik, „ich will das loswerden! Egal, wie! Ich fühle mich dadurch bedroht. Wenn Sie mir nicht sagen wollen, daß es Knochenkrebs ist — na, gut. Aber binden Sie mir nicht so einen Bären auf!"

CHOR.
OH, ERIK, DU BIST KEINESWEGS
DER UNGLÜCKLICHSTE UNTER DEN STERBLICHEN,
DENN ES HAT DEN GÖTTERN GEFALLEN,
DICH MIT MISSGESTALT ZU SEGNEN.

Die Ärzte sahen einander an und dann Erik. In eindringlichem Ton wiederholte Doktor Schmied seine Überzeugung, die Eriks Ansicht ausschloß.

Erik ging verwirrt. Doktor Morgenbleich hatte noch beruhigend auf ihn eingeredet. In der Geschichte der Menschheit habe es doch alle möglichen Sonderformen gegeben: Dicht behaarte Gesichter oder auch Körperbehaarung, die Gesicht und Handflächen frei läßt. Albinos gibt es. Es gab den unglücklichen Elefantenmenschen. Mit seiner Gestalt verglichen, sind Hörner doch gar nicht so entstellend! Indianer und alte Germanen trugen sie als Zier auf dem Kopf, Schamanen und Krieger verschiedenster Kulturen setzten sich Geweihe und Hörner auf…

„…und die konnten sie auch wieder abnehmen!" begehrte Erik auf.

Wenn das so weitergeht, wird es in zwei Wochen nichts mehr nützen, die Haare drüberzubürsten. Er kann kaum schlafen von dem Puckern der gespannten Haut.

Endlich gibt sie nach, die gebeutelte Hülle, und zieht sich ringförmig von den hervortretenden Hörnchen weg, was auch nicht just ein Vergnügen ist. Binnen weniger Stunden verfestigt sich die knorpelige Oberfläche der Kuppen, nun schon deutlich zu Spitzen geformt, zu einer glatten, harten Substanz, die seinen Fingernägeln ähnelt.

Erik nimmt erst einmal Urlaub. Dann will er in Ruhe einen Brief an seinen Vorgesetzten schreiben, in dem er ihn darum bitten wird, ihn aus dem Schalterdienst zu nehmen und ihn in die hinteren Räume zu setzen. Es ist eine bittere Entscheidung, denn Erik liebt den Publikumsverkehr, nicht zuletzt, weil schon einige tiefe Blicke in die Augen schöner Kundinnen zu romantischen Erfolgen führten.

Erik war in diesen Tagen sehr allein. Für den Humor seiner Ärzte brachte er nicht das rechte Verständnis auf. Dabei wußten sie wohl, daß es ihm mehr half, wenn er lernte, sein Leiden nicht gar zu tragisch zu nehmen. Der Gipfel des Zynismus war ja wohl, daß sie ihm sagten, er dürfe sich nur nichts antun, sein Fall sei dazu viel zu interessant.

Solange er nicht an das glaubte, was sie sagten, wollte er sich erst recht niemandem offenbaren; denen nicht, die ihn gut kannten, damit sie nicht mit ihm litten — falls sie nicht ihr „wahres" Gesicht zeigten und Abstand nahmen; die ferner stehenden Bekannten konnte er aus Scham nicht einweihen. Dies konnte in seinem Bekanntenkreis die Böcke von den Schafen trennen, und das fürchtete er. Und als die Diagnose seines Veterinärs sich bewahrheitete, löste zwar Erleichterung die Angst ab, aber auch Angst vor Lächerlichkeit die ehrwürdigen Schrecknisse einer unbestimmten Krankheit.

An dem Abend nach der Begegnung mit den beiden Ärzten hat er geweint. Und auch am nächsten. Er war voller Rebellion gegen sein Schicksal, ausgeliefert an zwei bösartige Buckel, und zu allem Überfluß konnte er, wenn er es wagte, sich jemandem anzuvertrauen, damit rechnen, daß er umwerfend komisch statt bedauernswert war. Selbst die Telefonseelsorge wird losprusten, wenn er sein Leiden schildert.

Er ging, als er schon den Hörer in der Hand hatte, alle seine Freunde und Freundinnen in Gedanken durch und stellte sich vor, wie er ihnen sein Problem schildern werde. Wenige blieben übrig, mit denen er überhaupt reden konnte. Und am Telefon — niemand.

CHOR.
O ERIK, VERZAGE NICHT! WIE ALLE STERBLICHEN
HÄLTST DU GLÜCK UND UNGLÜCK FÜR EWIG
IN DEM AUGENBLICK, DA SIE DIR WIDERFAHREN!

Er gehörte zu jenen Menschen, bei denen Freundschaft keine Liebe gebiert. Die Frauen, mit denen er im Vertrauen reden konnte, die ihm geduldig zuhörten, ihm den schreibsteifen Rücken massierten, ihn mit Lindenblüten und Minzöl verfolgten, wenn er an Influenza litt, waren äußerst selten die, derentwegen er den Kopf verlor und die ihn bis zum Hellwerden in Trab hielten, derentwegen er Armevoll Rosen kaufte und ähnlichen Unfug anstellte. Nein, die Mammis, wie er sie nannte, waren meistens in ihn verliebt gewesen, genasen dann und sublimierten den süßen Wahn, den Erik geschickt mit dem lenkte, was die Psychologie „double bind" nennt: Er sagte ihnen klar, er liebe sie nicht oder nicht mehr; es würde auch nichts werden, sie sollten die Hoffnung fahren lassen. Seine Augen hinwiederum hatten eine andere Botschaft für die unglücklich Glücklichen, und damit, daß er ein winziges Flämmchen am Brennen hielt, versicherte er sich ihrer Wohltaten. Denn Männer wie er wären sonst einsam. Sie hätten nur Rivalen oder Geliebte, die beide zur Freundschaft nicht recht taugen. Wären da nicht diese masochistischen Mütter, wäre ein Leben ständig unter Spannung und ständig auf der Hut viel zu anstrengend.

An eine dieser Mammis erinnerte er sich nun: An Juanita Nemitz, deren Name schon ein ziemlich reales Bild ihrer ethnischen Abkunft gab. Das erotische Potential dieser Beziehung war schon ausgeschöpft. Was geblieben war — siehe oben.

Er sagte ihr am Telefon nicht, was ihn plagte. Es gehe ihm schlecht — das verriet er immerhin. Und als sie dann kam, küßte sie ihn genau auf die Art, die ihm zweifelsfrei verriet, daß er sehr schlecht aussehen mußte.

Juanita war unglaublich schön. Und überhaupt nicht arrogant. Da siehst du mal. Klar, daß sie es war, der er sich als erster zu zeigen wagte. Die Hörnchen schauten nämlich inzwischen bei jeder unvorsichtigen Bewegung aus den Locken hervor. Alles mit Haarspray zusammenzukleben erschien ihm weibisch. Und natürlich sanken die Locken gerade dann so recht in sich zusammen, wenn es ihm schlecht ging.

Machen wir's kurz und schmerzlos. „Sieh mal", sagte er und schob die Haare von den Hörnchen weg..." Juanita barst vor Lachen. Sie hatte ein wunderschönes melodisches Kinderlachen. „Wer hat dir denn Hörner aufgesetzt?", jappte sie, als sie wieder zu Atem kam. Dann erstarrte sie und wurde ernst, so blaß war er geworden. Nein, dies war kein Spaß.

„Was ist? Wie?... Was, die sind echt? Komm', verarsch' mich nicht! Die sind echt..." Sie befühlte sie. „Oh, Gott, ich dachte, du machst einen Spaß, weil du schon erfahren hättest..."

„Was erfahren?", fragte er hastig. Gerade so, als hätte sie sich verplappert, fing sie die Situation auf, indem sie rasch sagte, „naja, es gibt halt Kulte um Gehörnte, da müßte ich jetzt weiter ausholen..."

Er erzählte ihr von der rätselhaften Entstehung seiner Hörner. Er maß sie jeden Tag. Sie waren jetzt 4,3 cm lang und hatten an der Wurzel einen Umfang von 9,4 cm, waren also kegelförmig mit einer leichten Tendenz zur Krümmung nach oben. In ihrer entschlossen wirkenden, gedrungenen Form versprachen sie noch ein kräftiges Wachstum. Sie waren von perlgrauer bis elfenbeingelblicher Farbe und liefen zu den Spitzen in vornehmes Anthrazit aus. Dem war mit Lindenblüten und Minzöl nicht beizukommen. Juanita wußte anscheinend auch keinen Rat.

Ja, es war genau das passiert, was er befürchtet hatte: Seine beste Freundin hatte gelacht. Er nahm es ihr nicht übel. Es war ja nur ein Irrtum gewesen. Als sie begriffen hatte, was los war, nahm sie ihn ja gleich ernst.

Trotzdem: Es war ein Knick in der Freundschaft. Also probierte er, wie es mit einer anderen gehen würde: Mit Agnes. Die nahm sich zusammen und gluckste nur verstohlen. Sie fand sich bereit, ihm die Karten zu legen. Die Schrecknisse der Bilder, die er zog, wurden nur wenig von den euphemistischen Erklärungen gemildert, die das Begleitbuch zu den Karten anbot. Der Narr sei also eine gute Karte, er fordere dazu auf, Humor zu bewahren. Und der Teufel bedeutet, daß Hilfe schon unterwegs ist. Und was ist mit dem Tod? Wie verklären wir den?

„Es heißt halt, daß ein Bruch stattfindet mit deinem ganzen bisherigen Leben."

Das kann man wohl sagen.

Nur eine Karte, auf die sich Agnes in ihrer Deutung besonders stützt, nämlich „amusement", die mit den nackten indischen Weibern, war jene, die Erik nicht glauben konnte. Und dann noch der Tod... „Werde ich an der Operation sterben?" fragte er ungewohnt furchtlos. Agnes schüttelt den Kopf. Es wirkte nicht so ganz überzeugt und überzeugend. „Der Tod ist wirklich nur symbolisch, das kann eine Trennung sein und ein ganz starkes Umdenken..."

Ach, was.

Was war das mit der Operation?

Er hatte seine Tier- und Menschenärzte so lange bequatscht, bis sie zugaben: Ihm die Hörner abzunehmen, liege wohl im Rahmen des medizinisch Möglichen. Man sägt Kühen die Hörner ab oder entfernt die Ansätze bei jungen Kälbern — warum nicht auch ihm?

Sie sagen ihm, daß es bei ausgewachsenen Hörnern ein Risiko gibt. Der Hohlraum hat eine Verbindung zur Stirnhöhle, da können sich Infektionen bilden. Bei Rindern enthornt man im Stadium, bevor der Hornansatz fest verwächst: Ganz am Anfang.

Ach, ja. Nett. Das haben sie nun glücklich verpaßt.

Aber inzwischen haben sie ja auch eingesehen, daß er damit kreuzunglücklich ist, wenn auch Doktor Morgenbleich sagt, er bedauere sehr, daß man „einem jungen Bullen von so viel Rasse, der zudem gar nicht stößig ist, ohne Not gesunde Hörner amputiert." — Ohne Not??

Den „jungen Bullen" verzeiht Erik ihm schon eher. Wegen „so viel Rasse". Schließlich ist er beruflich und privat am Ende, wenn er's nicht tut. Das ist wohl irgendwie einzusehen.

Die Ärzte sind inzwischen seine besten Freunde geworden. Er fährt mit dem Auto zu ihnen. Vorher tanken Juanita oder Agnes den Wagen auf. Außerdem trägt er einen Hut, den er nur noch mit Mühe aufbekommt. Inzwischen kann man schon die Spitzen der Hörner sehen, wenn er sie mit der ganzen Hand umfaßt.

Er hatte ein wenig Angst vor der Operation. Und er langweilte sich, da er ja kaum ausging, in seiner Einsamkeit. Er las, er hörte Musik, er schlief, er verbrachte Stunden vor dem Spiegel. Und maß und trug die Werte in sein Tagebuch ein. Er stellte fest, daß das Längenwachstum stetig blieb, das Dickenwachstum verlangsamte sich jedoch.

Ich vergaß zu erwähnen, daß ihm gelegentlich ein drittes Horn wuchs. Zuerst hatte er wirklich keinen Nerv dafür gehabt, ausgerechnet daran zu denken. Aber dann fiel ihm doch auf, wie scharf er war. Er führte es darauf zurück, daß er, seit ihm Hörner wuchsen, enthaltsam war. Es wurde immer ärger. Eine diskrete Dame, die ins Haus kam und nicht über ihn lachte — das war es, was er jetzt brauchte.

Er blätterte die Kontaktseite der Zeitung auf.

CHOR.
O ERIK! EROS IST AUCH EIN TUNICHTGUT,
DER MIT DEN MENSCHEN
SEINE UNZIEMLICHEN SPÄSSE TREIBT!

Da waren sie doch, die Anjas, Sylvias und Yvonnes, die man anrufen durfte und ihnen gegen ein diskret überwiesenes Honorar erzählen, was immer einem in den Sinn kam. Er hatte einen solchen Service noch nie in Anspruch genommen.

Nach wenigen Sätzen war Erik klar, daß diesem Mädel nichts Menschliches fremd war, sondern daß es jede, aber auch jede Art von Seemannsgarn kannte.

„Ich habe da ein Problem", begann er mutig wie nie, seit ihm die Beulen zu wachsen begonnen hatten, „ich habe da auf dem Kopf ein Paar Hörner... echte..."

„Wie sehen die denn aus?" fragte die Stimme sanft und teilnahmsvoll. Kein bißchen Amüsiertsein hörte man darin, geschweige denn Gackern oder verlegene Stille.

Claudine nannte sie sich.

Er beschrieb seinen Mißwuchs und bemerkte mittendrin, daß er ein wenig davon schwärmte. Er sprach von der seidigen Oberfläche, zart geriffelt, feiner als Muscheln, aber ebenso wie Muscheln halb durchscheinend und von erlesenster, sacht rauchiger Färbung.

Claudine warf kurz entschlossen ihre Prinzipien um. Sie hatte noch nie einen Anrufer zu Gesicht bekommen.

Telefonsex wird von strickenden Hausfrauen gemacht. Die kämen nicht im Traum darauf, einen Anrufer treffen zu wollen. Jene, mit denen sie schlüpfrige Gespräche am Telefon führte, schilderten immer ähnliche, verfängliche, dabei konstruierte Situationen, die sie schon auswendig herbeten konnte, wenn sie anderthalb Sätze gehört hatte. Aber der hier hat Phantasie! Worauf will er hinaus?

Ausnahmsweise wird sie einen Anrufer aufsuchen.

Keine halbe Stunde hält ein Taxi vor der Tür. Und nun muß er ein flottes, hochbeiniges Mädel mit Namen Heike und superkurzem Ledermini und neongrünen-schwarz gestreiftem T-Shirt unter neongrünem Teddymantel damit schockieren, daß er, seine Hörner betreffend, die Wahrheit gesagt hat.

Das Gartentor klappt im Morgengrauen zu. Ein Taxi fährt ab. Heike fährt heim. Erik geht zurück ins Schlafzimmer und bleibt nackt vor dem großen Spiegel stehen.

Er wird sie behalten.

Er wird sie sich nicht nehmen lassen, die Zier seines Hauptes. Denn Heike, die alles kennt, was sich auf halbem Wege zwischen Kopf und Füßen abspielt, hat sich in ein seufzendes nymphomanisches Monster, in ein gurrendes Pumaweibchen verwandelt, hat gar nicht mehr von seinen Hörnern lassen können und hat sie gerieben und geküßt und sich daran festgehalten, während er sie mit seinem dritten beglückte. In blinde Balz riß es sie hinein, bis beide am Ende ihrer Kräfte waren.

Doktor Schmied betritt um halb acht seine Praxis. Da eben ruft Erik an, um ihm zu sagen, daß die Operation abgeblasen werden kann.

„Ich habe mich entschlossen, die Hörner zu tragen", sagt Erik ein wenig stolz.

„Gratuliere. Und der Kollege Morgenbleich wird sich auch freuen." — Wieso das eigentlich?

Die Saison erweist sich als hilfreicher Umstand. Im Karneval wagt er die ersten Schritte in die Öffentlichkeit. Drei Kostümierungen probiert er aus: Eine als Germane mit Hörnerhelm, was allerdings ein wenig Bastelei bedeutet, bis alles sitzt; als Dakotakrieger „Rising Horn" mit Büffelfell, wobei sich das Fell allerdings als ziemlich lästig, weil stark wärmend erweist, und abnehmen kann er es ja nicht, ohne daß die Frage aufkommt, wie die Hörner denn befestigt sind. Die dritte Version zeigt ihn als Bacchanten.

Die Weiber liegen im zu Füßen. Er kann kaum selber an seinen Erfolg glauben. Mit der Schönsten zieht er zeitig ab. Sollte sie schokkiert sein, wenn sie begreift, daß die Hörner echt sind, ist immer noch Zeit, noch einmal auf der Fete aufzutauchen und den nächsten Versuch zu machen.

Aber siehe da: Christine ist fasziniert. Sie baden zusammen. Sie will die Hörner bei nassen Haaren sehen. Es ist ähnlich wie bei Heike, anders zwar, was ihren Stil im Bett angeht, aber sie ist ebenso entzückt und sagt nachher, sie sei schon lange nicht mehr so in Fahrt gekommen.

Dies war also der Abend des großen Kriegers der Dakota.

Am nächsten Abend ist der Bacchant dran. Er traut sich ohne Fell unter die Menge, leicht gewandet, ein weißes Laken um den Adonisleib geschlungen, mit Weinlaub bekränzt, mit nachgemachtem, das er seinem Weinhändler abgeschwatzt hat. Wie denn die Hörner am Kopf befestigt seien, wollen alle wissen.

Das ist sein kleines Geheimnis.

Aber er war vorsichtig: Er gummierte seine Ekstasen. Er war ein konservativer junger Mann, und — untypisch für seine Generation — er wollte lange leben. Vielleicht nicht gleich wie Methusalem, aber doch etwa so wie Moses, der angesichts eines Lebenswerkes auf einem Berg starb, das Ziel vor Augen, das seine Nachkommen erreichen würden.

Wurde Moses nicht immer mit Hörnern dargestellt? Er schaute mal wieder in seine Kunstbücher — das konnten auch Lichtstrahlen sein.

Schade… In der Renaissance tauchten die antiken Satyrn und Faune wieder auf. Wurden dann um ihrer ungenierten Sinnlichkeit willen zu Teufelchen. Hörner und Bocksbein als Höllenmale. Er konnte das kaltlächelnd übergehen. Keine Frau ließ sich dadurch in ihrem Genuß an dem schönen Pan stören.

Er war wieder glücklich.

In dieser Zeit traute er sich auch mit offenem Gehörn auf die Straße. Es war eben Karneval. Niemand hielt die Zier für echt, manchmal kamen gut gelaunte Bemerkungen geflogen, mehr oder weniger geistreich, am besten gefiel ihm, daß eine sehr gut gekleidete und sehr seriös wirkende Frau von gewiß vierzig Jahren sich nach umdrehte und hörbar sagte: „Teufel auch!"

Der Erfolg war umwerfend. Nach Christine kam Gabriele, die Wert darauf legte, daß sie nicht Gaby hieß. Dann Ruth, Conny, Sabine — und dann bekam er sie nicht mehr zusammen.

Am Donnerstag sollte sein erster Arbeitstag nach längerer Pause werden. Den Aschermittwoch beschloß er als ruhigen Ausklang zu genießen. Wie der Alltag wieder werden würde — daran dachte er ungern.

Den größten Teil des Tages blieb er im Bett und rekapitulierte seine aktuellen Amouren. Er war zwar erst ziemlich am Anfang der eben aufgezählten Riege weiblicher Schönheit, aber es hatte das Wagnis gelohnt.

CHOR.
O ERIK. IM GLÜCK VERLIEREN DIE STERBLICHEN NOCH LEICHTER DEN KOPF ALS IM UNGLÜCK, DARUM BLEIBE WACH UND VERGEUDE DIE GUNST DER GÖTTER NICHT!

Am frühen Abend stand er auf und machte sich eine riesigen Salat aus allerlei frischen Blättern und Kräutern, dessen Sauce sein Geheimnis war. Zufrieden kaute der Gehörnte sein Grünzeug und hörte dabei — ohne irgend einen Zusammenhang zu bemerken, man denke! — den Après-Midi d'un Faun von Debussy. Dann streckte er sich wieder im Bett aus.

Er schlief spät ein, so daß ihm nur sechs Stunden Schlaf blieben, zudem von schweren Träumen perforierte. Er war voller Angst und wurde verfolgt; er versuchte zu fliegen und hatte vergessen, wie das ging. Er entkam durch die Kanalisation, durch die eklig gurgelnde Unterwelt, während eine Zither sein Los beklagte, durch die stinkenden Röhren irren zu müssen. Von dort verschlug es ihn auf ein Riesenrad. Der Sturz aus der Gondel endete — und er pries seine Schöpfer dafür — als weiche Landung auf grünen Wiesen. Von ihnen erhob er sich wieder mit leichtem Flügelschlag und glitt an blauschattigen Hängen im Aufwind umher, hoch ins Sonnenlicht, und Dunst verhüllte den Horizont. Meere, Wüsten und blühende Länder grüßten seinen Flug, Wein und Öl bekränzten die Hügel, und da war er in Arkadiens schattigen Hainen, wo Marmorbilder aus tiefem Grün hervorleuchteten. Weiß gewandete Frauen priesen die unschuldig-sinnlichen Faune, die ihm zulächelten und sprachen: „Erik Rising Horn, wir heißen dich als einen von uns willkommen."

Die weißgewandeten Frauen trugen Körbe mit Früchten und Brot auf dem Kopf und stellten sie vor das Bild des Dionysos und ermahnten Erik: „Vergiß nie das Opfer an unseren Herrn, auf daß es dir wohlergehe und du lange lebest auf Erden."

Erik erinnerte sich dann noch dunkel — dunkel war das richtige Wort —, daß sie dann in die Unterwelt zu steigen sich anschickten und daß sie ihn fragten, ob er mitkommen wolle? Er müsse aber wissen, daß die größte Glückseligkeit nur dem Furchtlosen sich eröffne, und das müsse man prüfen. Dies sei ihr Ritual der größten Liebe zueinander und der höchsten Einsicht, der Weisheit, die hinter dem Sieg über den Tod liegt. Erik wurde es richtig unheimlich, und er hätte vor diesem Angebot sicher gekniffen, hätte da nicht die Elektronik der Neuzeit in seine antiken Träume hineingepiepst und ihn unausgeschlafen aus dem Paradies vertrieben, in dem — er ahnte es — eine weit wichtigere Arbeit auf ihn wartete, als alle Filialen seiner Bank ihm je abverlangen könnten.

Bei Aufwachen fühlte er sich einen Augenblick wieder in diese unschuldige Zeit vor dem Wachsen seiner Hörner versetzt. Zum ersten

Mal erwachte er nicht in dem Bewußtsein seiner Qual. Kurz darauf fiel es ihm wieder ein. Aber er prallte weicher auf als sonst.

Er war unsicher, als er den Wagen abgestellt hatte und die Bankfiliale betrat. Denn er mochte sich in seinen schönen Anzügen nun nicht mehr. Er hatte im silbergrauen Anzug vor dem Spiegel gestanden und sich mit den Hörnern über die Maßen lächerlich gefunden. Der Teufel in Zivil. Nur nackt kam er gut. Er hatte im Grunde nichts im Schrank, dem doch wohlgefüllten, was den Hörnern das Groteske hätte nehmen können. Das wog die Schönheit nicht auf.

Ein Glück, daß er mit seinem Vorgesetzten ausführlich gesprochen hatte. Dabei hatte er allerdings nur eine entstellende Erkrankung erwähnt, die ihm den Dienst im Kundenverkehr unmöglich machte. Und der Zweigstellenleiter hatte die Mitarbeiter der Filiale darauf eingestimmt, daß sie ihn taktvoll und diskret behandelten. Und nun kam er herein, das blühende Leben im Teufelskostüm, allenfalls etwas unausgeschlafen. Da war es wohl nichts mit taktvoll und diskret! Sie umringten ihn und wollten alle mal fühlen, und dann kam die Frage, wieso er sich der Dinger denn so schäme, daß er sich aus dem Publikumsverkehr ziehen ließ. Erik blickte verwundet, und sogleich verstanden vor allem die Kolleginnen, die ihm sehr zugetan waren, seine Qualen und seine Vereinsamung.

Auch hier brauchte er um seine erotische Versorgung nicht zu bangen. Sogar ein schwuler Kollege, ganz neu in der Sparkasse, verwöhnte Erik mit Aufmerksamkeiten, tat das allerdings höchst unauffällig und war doch so bestechend um Erik bemüht, daß dessen Sympathie hauptsächlich in Dankbarkeit wurzelte und darin, daß der andere ihm schmeichelte — nein, das wäre zu böse gesagt. Vielmehr verwöhnte er ihn mit der ausgefeilten Minne dessen, der die Vergeblichkeit seiner Liebe bewußt angenommen hat. Erik revanchierte sich mit Charme und mit Zeit für Peter Allmer und der seltenen Gabe, als heterosexueller Mann Verständnis für einen homosexuellen zu haben. Schließlich ging er mit Peter ins Bett und ergab sich vorsichtig dem raffinierten, aufregenden Stil seines Freundes.

Er betrübte Peter beim Frühstück damit, dies müsse nun eine Ausnahme bleiben, und schmierte Honig auf den Knüppel, mit dem er ihn niederschlug, indem er sagte, sie könnten immerhin Freunde sein, und wenn er sich überhaupt vorstellen könne, mit einem Mann zu schlafen, dann sei es Peter Allmer. Und er erzählte ihm von dem Traum, den er geträumt. Peter entgegnete ernst: „Hast du angefangen, dem Dionys zu opfern?"

Erik lachte auf: „Nimmst du das denn ernst?"

Peter nickte.

„Wenn dir Gottheiten im Traum Kontakt anbieten, dann heißt das, daß sie dich zu schützen bereit sind. Und durch deine Opferhandlungen gibst du zu erkennen, daß du dieses Angebot annimmst."

„Und wie macht man das?" fragte Erik teils neugierig, teils unwillig, sich Belehrungen erteilen zu lassen. „Du besorgst dir ein Bildnis des Dionys, ein Bild einer Statue, eine Reproduktion von Keramik oder so etwas Ähnliches. Und du legst jeden Tag eine Opfergabe davor, einen Keks, eine Frucht oder eine Praline. Außerdem ist es sehr gut, sich für schöne Erlebnisse auf diese Weise zu bedanken, zum Beispiel, wenn du mit jemandem geschlafen hast…"

„Bedanken? Wieso soll ich mich dafür bedanken?"

„Weil das wieder die Freude an weiteren Erlebnissen vertieft. Du nimmst es nicht als so selbstverständlich. Du nimmst das ganze Leben nicht als so selbstverständlich."

Darauf war Erik noch nie gekommen.

Er fand das aber doch kolossal spannend und lustig. Eine Zeitlang machte er es so, wie Peter es ihm erklärt hatte, dann vergaß er es wieder. Er ahnte auch, daß es hinter diesen Kulten etwas Bedrohliches gab. Weder die Götter noch die Menschen, die sie verehrten, waren bedrohlich. Aber dieser Kult war offenbar dazu da, um mit den bedrohlichen Dingen des Lebens umzugehen und in sie einzudringen, um sie zu ins Auge zu fassen und sie zu verstehen. Und das war das Bedrohliche für Erik.

Er war ein sehr weltlicher junger Mann, immer modisch gekleidet, zum Ausgehen geneigt, ein braver und fleißiger Angestellter der Stadtsparkasse von Ellerbach, der wenig Zweifel an der Richtigkeit der demokratisch-christlichen Weltordnung und der Marktwirtschaft hegte — ob freie oder soziale, dazu hatte er sich noch nicht durchgerungen. Er ging jedes

Wochenende aus, fand sich zu jung zum Heiraten und telefonierte regelmäßig mit seinen fern lebenden Eltern. Von den Hörnern hatte er ihnen noch nichts gesagt, das erfuhren sie dann aus der Zeitung, denn der Medienrummel überfiel ihn gänzlich unvorbereitet, aber davon später; und um die Schilderung seines Charakters abzuschließen: Er war halt ein netter, beliebter junger Mann mit einer komplikationslosen Lebensgeschichte, durchschnittlicher Intelligenz und einem weichen Herzen. Und wie sehr er die griechischen Inseln als Urlaubsort schätzen gelernt hatte — mit eleusischen, satyrischen oder panischen Mysterien hatte er nichts am Horn.

Dann fiel die Presse über ihn her.

Er ließ sich geduldig fotografieren und die Interviews und die Belästigung in seinem Privatleben über sich ergehen, drängte sich womöglich der Presse noch auf. Er hatte sofort gemerkt, daß die Berichterstatter und ihre Fotografen sehr sensibel waren für Aufdringlichkeit. Leute, die unbedingt in die Zeitung wollen, können sie nicht ausstehen. Und sind hinter öffentlichkeitsscheuen Zeitgenossen her wie der Teufel hinter der armen Seele.

Erik machte so seine Beobachtungen.

Frau Bianca Harms, seine Kollegin, die immer mit der Mode ging und jede Diät mitmachte, so daß sie schon an nichts anderes mehr dachte als ans Essen, Frau Bianca Harms ergriff also die Gelegenheit. Bei einem Interview mit Fototermin, der ausgerechnet an seinem Arbeitsplatz stattfinden sollte — Erik ist ja geduldig —, servierte sie Kaffee und versuchte, sich unübersehbar zu machen und war plötzlich eine gute Freundin von Erik.

Er beobachtete und entschloß sich zur Flucht nach vorne: Er würde sich die Medien und Frau Bianca Harms, die offenbar in ihn verliebt war, mit den gleichen Mitteln vom Leibe halten: Durch Aufdringlichkeit. Beißt dich der Hund, mußt du Hundehaare auflegen.

Es funktionierte. Er machte sich der Zeitung so lästig, daß er nach wenigen Tagen seine Ruhe hatte. Es war auch gar so wenig an ihm dran. In seinem Leben gab es keine Skandale. Und so, wie er allen auf die Nase band, was gerade mit ihm passierte, lohnte es sich auch nicht, nach welchen zu suchen. Ein Mann, dem ohne Grund plötzlich Hörner wachsen — so what.

Und sonst? Sonst gibt es über ihn rein gar nichts zu berichten. Eine Eintagsfliege. Der Alltag hat ihn wieder.

CHOR.
ET IN ARCADIA EGO. O ERIK,
WAREN ES NICHT DIE HEILIGEN HAINE,
NACH DENEN DEIN HERZ GESTREBT?

Ja, dorthin fliegt er nun fast jede Nacht. Sobald er mit der aktuellen Gefährtin die Freuden der Liebe genossen hat, nachdem er einen Keks oder ein Glas Wein vor dem Dinoysbild geopfert hat — denn bisweilen tut er das nun doch — und wenn dann der Schlaf sich auf ihm niederläßt, steigt er hinauf zu den fahlen Felsen, die da aus dem Meer aufragen, wie es im letzten Licht still und schwarzgrün die Tempel widerspiegelt. Da grüßen ihn seine Mänaden, die in die Mysterien eingeweihten Frauen, unter ihnen, verhüllt, seine eigentliche Gefährtin. Und sie nehmen ihn in die Mitte, Hermes Psychopompos, der Seelengeleiter, und Pan, und bringen ihn vor den Gott, der ihm erwartungsvoll entgegen den schwarzen, spitzen Bart streckt und ihn willkommen heißt. Keine Nacht vergeht ohne Träume dieser Art, nicht einmal die Nacht, in der er Bianca Harms verführte, um sie durch Überdruß von sich fernzuhalten. Er stellte sich im Bett so ungeschickt und egoistisch an, wie er nur konnte, und dazu muß ein Mann sich noch nicht mal besonders verstellen. Sei nur du selbst. Er hoffte, sie werde nun enttäuscht sein, und er werde für sie den Reiz des Neuen verlieren und ihr langweilig werden. Weit gefehlt.

CHOR.
NEIN, DAS WAR DOCH NUN GAR ZU KURZSICHTIG
VOM MANN AUF DIE FRAU GESCHLOSSEN!
UND, ERIK, WAS HAST DU GETAN! SCHNÖDE POLITIK
MACHST DU MIT DER EDLEN, GÖTTLICHEN MACHT
DER VEREINIGUNG!

Nicht nur besitzt sie die Geschmacklosigkeit, sich in ihn zu verlieben; er muß auch noch dazu herhalten, ihren Mann, der im Bett womöglich noch tölpelhafter und egoistischer ist als Erik zu sein vorgibt, eifersüchtig zu machen.

Eine unerquickliche Episode. Ihm ist, als müsse er sich davon reinwaschen.

Er geht zu seinem Arzt, wie immer, wenn er ein Stimmungstief hat. Denn obwohl sie ihm damals die schreckliche Nachricht überbrachten, hat er sich daran gewöhnt, selbstlosen Rat und Trost nur bei seinem Doktor zu finden.

Doktor Fritjof Schmied läßt ihm einen Termin für den folgenden Abend geben. Nüchtern oder doch mit relativ leerem Magen soll er gegen Mittag bei der folgenden Adresse erscheinen.

Er ist pünktlich. Der Ort, an den man ihn bestellt hat, ist ein versteckt liegendes Privathaus am Rande des Zoos mit Blick auf das Gehege der Axishirsche.

Kerzenlicht begrüßt ihn und ein festlich gedeckter Tisch. Ein Feuer brennt im Kamin. Er sieht, er ist zu einem Essen in kleinem Kreis geladen. Und er kennt alle, die daran teilhaben: Juanita Nemitz, Peter Allmer, Doktor Cornelius Morgenbleich.

Und auf einmal soll er zu seinen Ärzten Du sagen.

Er ist maßlos erstaunt, sie hier mit Juanita und Peter anzutreffen. Was ist das für ein Komplott?

„Ich hatte keine Ahnung, daß ihr euch kennt!" ringt er sich verlegen ab, als er sich setzt. Cornelius und Fritjof sind natürlich alte Freunde, das wußte er ja schon.

Juanita ist Fritjofs uneheliche Tochter. So drückt er es aber nicht aus, er nennt sie „Kind der Liebe". Richtig, sie hatte ihm ja ihren Papa überhaupt als Arzt empfohlen. „Und Peter?" Er ist der Geliebte von Cornelius. Aber Peter ist doch in Erik verliebt? „Lieb' ich dich halt auch", lächelt Cornelius. Nun verraten sie auch, daß Peter, um Erik in dieser Krise zu schützen und notfalls die anderen auf den Plan zu rufen, den Job in der Bank angenommen hat. „Siehst du, Rising Horn, du hast Freunde", sagt er. Fritjof entkorkt einen Wein. „Ja, und darauf trinken wir."

„Dein dummes Gesicht war einfach göttlich", bemerkt Juanita. Erik will es ihr schon übel nehmen. Schöne Menschen wollen immer hören, daß sie klug sind, kluge, daß sie schön sind. Aber in dieser Runde schnappt man nicht ein, Ehrensache. Lach mit!"

Er schielt rechts und links, wie sie den Wein kosten. Er versteht nichts von Wein, würde eine rheinische Spätlese nicht von einem Tokaier unterscheiden können. „Die meisten Weine", sagt Fritjof, „haben ein Aromaloch: Sie geben ein Versprechen vorweg, die Blume entfaltet sich ein wenig; auf einmal ist sie weg, dann ist er flach, und wenn er geht, läßt er im schlechteren Fall eine fremdartige Duftmarke seiner Rückstände von Trestern und chemischen Zusätzen hinter sich wie der Teufel den Schwefelgestank. Ein guter Wein eröffnet, hält dann ein wenig hin, ohne vergessen zu lassen, und vergeht in einer Glorie von Aroma. Ohne die leberverstopfenden Zusatzstoffe mitzuschleppen, die der eigentliche Grund für den Kater sind, erhebt eine guter Wein dich über den Alltag und laßt dich ein wenig fliegen und ein wenig besser formulieren als sonst. Allerdings: Auf dem Wege des mystischen Erlebens ist er mit Vorsicht zu genießen…"

Erik verstand dies alles nicht. Er war auch schon ziemlich benebelt.

Diese vier wußten mehr, wurde ihm klar. Jeder von ihnen hatte ihm etwas verschwiegen, zumindest, die anderen zu kennen. Und Juanita, die ja auch innehielt, weil sie sich fast verplappert hatte. Kulte um Gehörnte! Damit hatte sie sicher das gemeint, wovon Fritjof nun sprach. Zugleich gelang es Erik aber nicht, ihnen zu mißtrauen, da er doch von ihnen nur Freundlichkeit erfuhr.

In rührseliger Stimmung, den Kopf in eine Hand gebettet, ein Horn umfaßt, wie er es neuerdings zu tun pflegte, saß er in ihrer Runde, während sie lebhaft plauderten. Er konnte ihnen nicht folgen, satt und müde, wie er war, ohnehin schon nicht mit dem Intellekt begabt, den die Debatte erforderte.

„Sagt mal", warf er an einer Stelle ein, an der es überhaupt nicht paßte, und seine Artikulation ließ unter dem Einfluß des Weines merklich nach, „sagt mal, wißt ihr eigentlich, warum mir diese vermale-dammten Hörner gewachsen sind?"

„Warum sollten wir das denn wissen?" fragte Fritjof zurück. „Weil — naja, weil ich glaube, daß ihr noch ein ganze Stück schlauer seid, als ihr damit rauskommt."

„Nein, Erik, so schlau sind wir nicht", entgegnete Cornelius, der offenbar keinen Grund sah, ihn weniger ernst zu nehmen als bei nüchternem Kopf, „wir wissen es nicht. Aber eins gebe ich dir zu, weil du es ja schon ahnst: Es ist der Grund, weshalb wir uns so aufmerksam um dich kümmern. Denn so ein — wie nenne ich's denn mal — Naturwunder ist ja offenbar nicht ganz leicht zu verkraften…"

Erik war, wie gesagt, in rührseliger Stimmung. Ihm lag auf der Zunge, daß er sich ohne die wachen Augen seiner Freunde und ohne Cornelius' Schnack von dem jungen Bullen mit so viel Rasse, der ihm noch in den Ohren klang, und ohne Juanitas Lachen, das ihm so drastisch klargemacht hatte, daß die Sache auch ihre komische Seite hatte und so schlimm denn doch nicht war, und ohne Peters Bewunderung in den schwärzesten Stunden seines Leidens an dem „Naturwunder" den Tod hätte geben mögen. Echt. Und nun das Gefühl, Freunde zu haben… Jetzt kam aber ein Mousse au Chocolat auf den Tisch, das es in sich hatte, und Erik vergaß die Bekenntnisse, deren Formulierung eben reif zum Aussprechen gewesen war.

Noch eine Flasche entließ hohl schnalzend den Pfropfen.

„Was unser Fritjof bei seinem Lob des Weins als Gastgeber natürlich nicht aussprechen mochte, ist das Lob des Maßhaltens", bemerkte Cornelius.

„Hört nicht auf ihn", widersprach Fritjof, „ich habe noch genug davon im Keller."

„Was seid ihr eigentlich für ein Club? Was hat es mit diesen Einweihungen auf sich, von denen ihr immer redet?"

Sie lächelten geheimnisvoll. Vielleicht kam es ihm auch so vor. Alkohol stumpft doch nicht immer so ab, hier machte er ihn sogar ein wenig hellsichtig. Er verstand, daß er durch seine Hauptesziel, die nicht abnehmbare, in Gefahr sei, daß ihn seine Freunde aber nicht durch derlei Mitteilungen beunruhigen wollten, sondern nur in Bereitschaft hinter ihm hergingen wie eine Mutter hinter dem Kind am Rande des Wassers.

Er nahm ein Taxi. Den Autoschlüssel gab er Peter, der morgen damit zur gemeinsamen Arbeitsstätte zu kommen versprach. Tief und schwer war sein Schlaf. Und die eleusischen Träume, die er gerade heute erwartet hätte, blieben aus.

Einige Tage später hatte er ein unschönes Erlebnis.

Er saß in seiner Stammkneipe, dem Modus Bibendi, hatte gut gegessen und trank heute mal Wein, weil die Kultiviertheit der Zusammenkunft von neulich ihn tief beeindruckt hatte und er beschlossen hatte, sich auch ein wenig feinere Lebensart zuzulegen.

Da schob sich ein Zeitgenosse an den Tisch, der Erik ausgeprägt unsympathisch war. Er war der Typ des alternden Möchtegern-Rockers, der, während er davon träumt, endlich doch noch ein Rocker zu werden, schon lange ein Spießer geworden ist, der seine Freundin „Muschi" nennt und bald darauf „Mutti". Er warf ein Boulevardblatt auf Eriks Tisch.

„Ich liebte den Hörnermann
Meine Nächte mit dem „Teufel von Ellerbach"

BIANCA HARMS!!
Komm mir unter die Augen, ich würge dich, daß du gluckst!

Ein jäher Ruck riß Erik aus seinen Racheplänen. Der Zeitungsbote hatte ihn mit der Faust bei beiden Revers gepackt und zu sich hochgerissen, daß es bedenklich im Anzug krachte.

Abgeschmackte Klischee-Aktion! Der Mann sah definitiv zu viel fern. Aber dies war kein Fernsehen.

„Hör' zu!" blies ihm eine Fahne ins Gesicht, „wenn du nicht die Finger von meiner Frau läßt, stech' ich dich ab wie'n Ferkel, ist das klar?"

„Du glaubst doch wohl nicht, was da in der Zeitung steht?" entgegnete Erik nach einer Schrecksekunde. Er fiel hart auf den Stuhl zurück.

„Das hat sie doch erfunden!" bekräftigte er mit einem Schlag der flachen Hand auf die Zeitung, „sie ist doch nur meine Kollegin, weiter nichts!" — „Alter, ich kriege raus, wer von euch lügt, und wenn du das bist, Alter, dann gibt's Hölle auf die Fresse, das schwöre ich dir!"

Karl-Heinz Harms verließ mit Imponierschritt das Lokal. Erik hielt es auch nicht mehr lange dort.

Hämisch grinste Kronzeuge Boulevardblatt von allen Kiosken. „Ich liebte den Hörnermann."

CHOR.
WARUM WENDEST DU DICH NICHT AN DEINE FREUNDE? SCHÄMST DU DICH DIESER AFFÄRE MEHR, ALS DIR DEIN LEBEN LIEB IST?

Den Gedanken, sich Fritjof und Cornelius anzuvertrauen, verwirft Erik sofort. Denn dann würde Juanita das erfahren. Und die muß — so geht aus den bisherigen Träumen hervor — seine Mänade sein, seine heilige Ergänzung, seine eingeweihte Gefährtin. Er schweigt. Obschon der Gedanke, daß sie mehr weiß, ihm — wie allen Männern — unheimlich ist. Dennoch sollen Frauen so handeln wie solche, die klüger sind, nämlich die Männer verstehen, beschützen, verwöhnen und tröstend und geduldig ausgleichen. Und sollen aber, ohne klüger zu sein, nachgeben. Solche Kunststücke erwartet jeder Mann von den Frauen.

Juanita soll er seinen Fehltritt beichten? Nein, besser vergessen wir die ganze peinliche Geschichte.

Warum war eigentlich nichts aus der Liebelei mit Juanita geworden? Doch, es war ja etwas daraus geworden, und genau das, was er wollte: Verliebtheit, ein heißer Honeymoon, dann ein Abkühlen, kaum Szenen, denn sie war klug und hielt sich zurück. Das wiederum nahm er ihr übel. Szenen hätte er ihr auch übelgenommen. Ein anderer Flirt verdrehte ihm den Kopf, und Juanita wurde bei den Mammis einsortiert.

Inzwischen regt ihn spätestens nach drei Nächten keine mehr auf.

— Sind wir vielleicht übersättigt? Kann das sein? —

Denn zur Zeit sahnt Erik ab. Er sucht die Schönste aus und definiert seine Elite.

Mindestens dreißig soll sie sein. Jüngere findet er kalt. Erst ab dreißig fangen sie an zu vibrieren und Funken zu sprühen, findet er.

Ferner sollen sie eine antike Figur haben. Keine Knabenhüften oder Schwimmeisterinnen-Schultern. Er will sie oben herum schmal und mit grazilen kleinen, nicht zu kleinen Brüsten, kegelförmig wie die der Nike von Samothrake. Und die Hüften sollen breit sein, ausladend, aber nicht fett. Eigentlich beschrieb er da die Figur einer Frau, die nicht weiß, wie sie sich am besten kleiden soll. Lange Haare, möglichst mahagonifarben, wünschte er sich an ihr und eine helle Haut, möglichst mit Sommersprossen…

So malte er sich sein Ideal aus und kam nicht darauf, daß er es längst gefunden und achtlos beiseitegelegt hatte.

CHOR.
O ERIK, WIE VERGEUDEST DU DIE GABEN DER GÖTTER!
NUR DUMMHEIT IST DAS, ABER DUMMHEIT SCHÜTZT
VOR STRAFE NICHT.

„Liebe ist Arbeit", sagte Peter, als sie sich wieder eines Abends in Eriks Stammlokal trafen. Erik verstand ihn nicht.

„Zu Liebe kann man sich doch nicht zwingen!" widersprach er. „Was du meinst, ist Verliebtheit", sagt Peter, „und zu der kann man sich nicht zwingen, da hast du recht. Aber die dauernde Verbindung der Seelen, die zueinander gehören…"

„Vielleicht sind wir das", plapperte Erik leichthin. Peter schlug die Augen auf und vertiefte sie in Eriks Blick: „Bitte mach' nicht solche Scherze mit mir!"

Erik entschuldigte sich beschämt. Ja, er ist leichtfertig, er sieht es ein, Er stößt die vor den Kopf, die ihn lieben. Wie hat er solche Freunde verdient?

Und zugleich rennt er hinter etwas her, was es gar nicht gibt.

Er gelobt Besserung. Er ist in sentimentaler Stimmung. Vielleicht hätten sie nicht in die Weinstube gehen sollen, ein Mann weint nicht. Aber er hat zu viel getrunken und kriegt seinen Moralischen, und Vollmond ist außerdem.

Darum traut er sich auch, Peter um etwas zu bitten.

„Ihr seid doch so eine Art Sekte…"
„Nicht, daß ich wüßte."
„Doch. Ihr seid eine Kultgemeinschaft."
„Nennen wir's mal eine Loge."
„Genau. Eyh, jetzt redest du doch drüber!"
„Ich mag das Wort Sekte nicht."
„Na, gut. Du, ich möchte auch eingeweiht werden."
„Das wird nicht ganz einfach sein."
„Wieso? Ist das so schwierig zu erklären?"
„Es handelt sich nicht um Dinge, die man erklären kann, sondern um Erlebnisse."
„Habe ich noch zu wenig Opfer gebracht?"
„Nein, das ist es nicht. Sondern es ist deshalb, weil Einweihungen auch Schaden anrichten können, wenn man nicht genügend darauf vorbereitet ist."
„Versteh' ich nicht."
„Große Einweihungen ziehen oft Veränderungen im täglichen Leben nach sich, die dir Angst machen könnten, wenn du nicht vorbereitet bist."
„Und wieso bin ich unvorbereitet?"
„Willst du es wirklich hören?"
„J-ja."
„Du bist gedankenlos, mein Geliebter. Du bist wie ein Kind, das sich etwas wünscht und drängelt und quakt, um es zu bekommen. Und wenn es dann sein Spielzeug hat, achtet es nicht mehr darauf, und die Mamma muß es tragen. Endlich verliert es seine Schätze, und dann gibt es ein großes Geschrei. Und wenn die Sachen wiedergefunden sind, werden sie wieder vergessen und neue verlangt."

Erik schmollte. Aber er mußte doch zugeben, daß es so war.

„Ja — was kann ich denn tun?" fragte er ein wenig kleinlaut. „Achtgeben", war Peters Antwort, „aufpassen. Geistesgegenwart. Du tust oft etwas und weißt es später nicht mehr…" — „Du hast recht", gab Erik überrascht zu. Peter fuhr fort: „Und du bist oft nicht ganz ehrlich. Darum bist du auch unaufmerksam. Das bedingt sich gegenseitig. Denn wer mit zwei verschiedenen Wahrheiten im Kopf arbeitet, ist zu beschäftigt, um wirklich zu sehen, was um ihn herum vorgeht. Ehrlichkeit macht den Geist klar. Und Aufmerksamkeit macht ehrlich."

Was glaubt er, wer er ist, daß er mich so abkanzeln kann?

CHOR.
GLAUBEN SIE NUR NICHT, WEN SIE VOR SICH HABEN!
SIE HABEN KEINEN GRUND ZUR VERANLASSUNG.

Peters sanfte Finger flochten sich in seine. Hoffentlich sieht das keiner, der ihn kennt. „Nicht böse sein!" sagt Peter entwaffnend, „du wolltest eine große Einweihung, und nun verträgst du nicht einmal eine ganz kleine…"

Erik ahnt, was mit Vorbereitung gemeint war.

Aber er wird das auf sich nehmen! Denn er wünscht sich die Große Einweihung.

Aber erstmal pinkeln gehen.

„He! Hörnermann! Ich rede mit dir!"

Ach, Gott. Wieder dieser unangenehme Mensch. Erik wendet sich ihm mit gequältem Ausdruck zu. Sicher nimmt er Eriks Verachtung wahr.

„Meine Frau hat mir mehr erzählt…"

„Das lügt sie!" unterbrach Erik voreilig, ohne zu wissen, was sie denn erzählt habe.

„Ach, was! Du, die Nachbarin hat euch gesehen! Wie Bianca aus deiner Wohnung kam. Morgens um sechs am Sonntag. Jawohl."

Stimmt leider. Die dumme Pute mußte sich ja noch im Flur produzieren und Abschiedsparolen absondern, wie sie so mit klappernden Absätzen die Treppe nach unten in Angriff nahm, so daß die Fritzsche von nebenan im Morgenrock im Flur erschien und sich Ruhe ausbat. Am frühen Sonntagmorgen.

„Im Bett sollst du ja 'ne selten lahmarschige Krücke sein…"

Da hättet ihr aber mal sehen sollen, wie unser Erik in Wallung kam.

„Das lügt sie!" wiederholte er sich hilflos.

Nein, nicht sie log. Denn sie gab ja bei Ehemann und Massenblatt mit ihrem supergeilen Lover an. Es war vielmehr Karl-Heinz Harms, der wußte, wie ein Mann einen Mann provoziert.

Und unser Erik fiel darauf herein.

„Das habe ich ihr doch nur vorgespielt, um sie loszuwerden."

Das Schnappgeräusch zu deuten, das Erik vernahm, war keine Zeit, und er brauchte noch länger, um zu kapieren, daß da ein blanker Stahl sich auf seinen Solarplexus richtete. Dann befahl ihm der Instinkt eine scharfe Wendung, die in Einheit mit nagelneuen Cowboystiefelabsätzen, PVC-Bodenbelag und einer Bierlache den Erfolg zeigte, daß er sich rasch aus dem Wirkungskreis vom Klappmesser des Herrn Harms entfernte, jedoch um den Preis, die hohe Betontreppe zur Weinstube in einem fürchterlichen Salto hinabzustürzen.

Das hatte Karl-Heinz, seines Zeichens eher Maulheld, auch wieder nicht gewollt.

CHOR.
SO EIN BANALER TOD!
WIE UNWÜRDIG!
WIE DURCHAUS VERMEIDBAR!

„Hat er eine Chance?"

„Es sieht schlecht aus."

„Wie ist das eigentlich passiert?"

„Jemand hat ihn mit dem Messer bedroht, als er kurz rausging, und indem er ihm ausweichen wollte, ist er die Treppe runtergefallen und hat sich den Schädel und einiges andere gebrochen. Eine Rippe ist in seinen Brustkorb gedrungen, sie haben ihn operiert."

„Wer war das denn, der ihn bedroht hat? Und warum?"

„Keine Ahnung. Ich habe den nie gesehen."

„Warum hat er uns denn nicht gesagt, daß er Probleme hatte? Es ist eine Katastrophe! Wie hätte er als Faun in dieser Welt überleben sollen ohne die Weisheit der Phänomene? Wir hatten ihn auf die Einweihung noch nicht einmal vorbereitet! Geschweige denn, daß wir ihm sie hätten geben können…"

„Die Vorbereitung für das Ritual der Dritten Tugend habe ich ihm noch rasch gegeben. Gestern erst."

„Pan, das war klug von dir."

„Hermes, wirst du ihn heimgeleiten können?"

„Gewiß, wenn es nötig wird…"

„Aletheia, teilst du die erste Wache mit mir?"

„Gerne, Hephaistos."

„Wir wollen alle mit euch wachen, ist es euch recht?"

„Natürlich. Bleibt, bis er außer Gefahr ist oder…"

„Zeus behüte!"

„Herrschaften, eine solche Party auf der Intensivstation können wir nicht zulassen… Ach, so, Sie sind es, Herr Doktor."

„Dies ist mein Kollege Morgenbleich, das ist Frau Nemitz, die Verlobte des Patienten, das ist Herr Allmer, ein guter Freund."

„Und Sie alle wollen…"

„Bitte! Vielleicht überlebt er diese Nacht nicht."

„Na, das sehen wir doch etwas anders. Gut, ausnahmsweise, weil Sie ja Ärzte sind. Aber leise, ja?"

„Das versteht sich doch."

Nach zwei Stunden sah die Schwester wieder ins Zimmer.

Von beiden Seiten hielten seine Nachtwachen ihm die Hände, strichen ihm übers Haar und Stirn und Wangen.

Sein Zustand war unverändert.

Gerade da begannen sich die Werte zu verschlechtern. Fritjof und Cornelius leiteten rasch und routiniert Wiederbelebungsmaßnahmen ein. Nun hielten Peter und Juanita seine Hände.

Minuten später war der Kampf vorbei.

Erik starb.

Cornelius nahm ihm die Sauerstoffmaske ab. Aber sie gingen nicht fort von seinem Bett, erzählte die Schwester. Sie blieben noch und hielten seine Hände und sprachen leise zu ihm.

„Das soll man aber nicht machen", sagte die andere Schwester, denn sie hatte in ihrer Meditationsgruppe gelernt, Sterbende zögen einem unheimlich viel Energie ab.

„Ich hatte das Gefühl, genau das wollten sie ihm noch mitgeben", sagte die erste Schwester.

Cornelius legte seinen Arm um Eriks Schulter und sprach dicht an seinem Ohr. Er sagte ihm, wohin er gehen sollte, der Hermes Psychopompos, der Seelenführer, geleitete den unerfahrenen jungen Satyr sicher zu den blauschattigen Hängen mit den Reihen aufstrebender Zypressen, zu den im Sonnenlicht flimmernden Ölhainen, zu den Halbschatten weinberankter Pergolen und zu dem Purpur der Bougainvillea an den weißen Hauskuben und zu den Laubenhöhlen unter hohen Bäumen, die sich, schützenden Händen gleich, für ihn auftaten, dorthin, wo jede Sehnsucht gestillt wird.

So leicht und fremd und frei

Am Hünengrab

7 „Geister der Vergangenheit", lavierte Federzeichnung

„O Gott, wie die Hitlerjungen", dachte Richard, als er die bis zum seitengescheitelten Schöpfchen hochgeschorenen kahlen Häupter und Nacken sah und die mit Wasser gekämmte Tolle. Kommt ‚gescheit' von ‚Scheitel'? Nicht unbedingt.

Da reißen sie auch noch den Arm hoch, spreizen nur die Finger dabei, aber ich denke, wenn sie unter sich sind, machen sie einen richtigen Deutschen Gruß. Und deswegen muß ein alter Mann am Stock nun herumhumpeln. Denn trotz Rückenschmerzen sah sich Richard genötigt, die

Demonstration „Nicht noch mal! — Fischerhöger Jugend gegen Rechts" mitzumachen.

„Antifa-Wochenende." Demos, Filmvorführungen, Podiumsdiskussionen. Der ganze Ort scheint auf den Beinen, auch aus Butensen, von der anderen Seite des Stromes, sind sie gekommen. Wenigstens ist heute das Wetter gut, so daß er heute weniger schmerzlichen Schrittes mit den Füßen wird abstimmen können.

Da entdeckt er auch schon einen Bekannten, einen sehr guten Bekannten: Balthasar, den Sohn seiner Ex-Frau, von einigen ‚Dickkopf' genannt, von den meisten jedoch ‚Baldi'.

Erst hatte er gedacht, der müsse sein Sohn sein, aber dem ist leider nicht so, Dora hatte diesen „100% inkompatiblen, neurotischen Egoisten" — O-Ton Dora — schon elf Monate vor der Geburt des Kindes von Tisch und Bett vertrieben. Dabei trug Richard an einigen von Doras Leiden keine Schuld: An den plötzlichen Aufbrüchen zum Beispiel, die ihn an Krisenherde und Kriegsschauplätze in allen Kontinenten verschlugen, wo er nicht nur weit weg war, sondern auch noch in Gefahr; „tapfere kleine Soldatenfrau" nannte sie sich bitter. Und dann ließ er sich tatsächlich für seine Berufung in Laos einen Granatsplitter in den Rücken schießen und kam wieder und rauchte regelmäßig Opium, war abhängig davon. Das war in den frühen Siebzigern gewesen, als Dora in lila geblümter Schlaghose und lila Plateausohlen Ellerbach aufgemischt hatte, bis es ihr „bis hier" stand, das allein zu tun, da wurde sie dann schwanger und heiratete den Kindsvater, zog — meist der Verzweiflung nah — Balthasar groß und gab Richard die Briefe nicht zurück, die er ihr aus Vietnam und anderen Schauplätzen seiner beruflichen Leidenschaft geschickt hatte. Als Richard schließlich darauf pochte, er brauche sie für seine Publikationen als Dokumente der Zeit, sie seien voll von Informationen über die Kampfhandlungen — da bekam er dann endlich Stöße von Fotokopien, von denen die Liebesgrüße abgeschnitten waren.

Sie schien die Briefe als Gegengift gegen die Ellerbacher Spießeridylle zu brauchen, wenn sie nicht an der Normalität ihrer Einbauküche zugrundegehen sollte. Also ließ er ihr das Lebenselixier.

Er fiel durchaus auf, hauptsächlich wegen seines Alters. Man betrachtete ihn aufmerksam. Die feministischen Amazonen musterten ihn erst ein wenig abschätzig, dann taxierten sie den interessanten alten Hippie mit dem schönen Indianergesicht, mit dem langen grauen Pferdeschwanz, den Ohrring und den Stock mit Silbergriff als Senioren der Schwulenbewegung. Damit lagen sie auch nicht so falsch, allenfalls damit, ihn überhaupt irgendwo einordnen zu wollen.

Und da lief also sein kleiner Freund Baldi, natürlich auf der selben Seite der Demonstration wie Richard. Er grüßte den alten Herrn und grinste dabei freundlich über das ganze Gesicht.

Baldis Grimassen sind Legende in Ellerbach und Fischerhöge.

„Was in aller Welt hast du da mit deinen Haaren angestelllt?" frug Richard gespielt entsetzt, „jetzt muß man deinen Namen wohl englisch aussprechen, Baldie…" Er strich dem Jungen über den seitlich geschorenen Kopf: „So viel Unterschied macht da ja nun auch nicht mehr zu den Skins…" — „Nicht viel Unterschied?" empörte sich Baldi, und seine Schultern wurden gleich ein Stück breiter. „Guck sie dir doch mal an, die Typen! Oder erst die Teutonen mit ihrem peinlichen HJ-Scheitel oben drauf! Strohscheune! Lassen andere für sich denken."

„Was haben denn Haare mit Grips zu tun?"

„Laß dir mal einen Iro scheren…"

Was für eine Vorstellung!

„…und lauf damit drei Monate durch Ellerbach, am Schluß weißt du ganz genau Bescheid, wer wie drauf ist, wer wirklich deine Freunde sind und wie es unter dem Führer war und wer von den braven Bürgern das noch genau weiß und wer von ihnen es gerne wieder so hätte. — Da vorne geht es jetzt los, auf in den Kampf." Und Baldi sprintete los und hakte sich bei einer skandierenden Front von bunten Freunden mit ein.

Der Demonstrationszug hatte sich bisher langsam bewegt, aber jetzt kam Aufruhr in die Menge. Stimmen hatten Sprechchöre gebildet, aber nun schrien sie empört durcheinander, gleich darauf hörte man Laute von Angst und Schmerz. Vorne liefen ein paar Autonome auf langen Beinen in schwarzen Lederhosen mit ihren schwarzroten Haßkappen, und die Steine, die sie warfen, knallten auf die Acrylglasschilde der Staatsgewalt. Knatternd schwebte ein Hubschrauber über der Menge, und die ersten Wolken von Tränengas waberten über den Platz. Und da prallten die Autonomen auf die ‚Teutonische Jugend', den radikalen Nachwuchs der Partei ‚Volk und Land'. Beide Gruppen führten einen Zweifrontenkrieg: Gegeneinander und gegen die Polizei, wobei die linke Jugend sich wahrlich härter ihrer Haut zu wehren hatte; auf der teutonischen Seite gingen sie eher mäßigend und deutlich milder vor und schon gar nicht aggressiv wie bei den Palästinensertüchern. Es wurden auch wesentlich mehr Festnahmen auf der roten als auf der braunen Seite verzeichnet, was denn auch als Maßstab für die Gewaltbereitschaft der beiden Gruppen gehandelt wurde. Und dann drangen Warnrufe vor Einkesselung in die hinteren Reihen, wo Richard stand.

„Das hat mir gerade noch gefehlt, daß ich in so etwas gerate", ächzte Richard im Vorgefühl von erkennungsdienstlicher Behandlung, denn nichts traf ihn härter als Einschnitte in seine Bewegungsfreiheit, die ohnehin durch sein Leiden eingeschränkte. Wenn doch Mario mit dem Auto käme und ihn abholte! Aber Mario hielt sich wohlweislich raus aus sowas. „Meine Frau ist schwanger". Als sei er's selber!

Die Straße schien auf beiden Seiten durch Kolonnen von Polizeihelmen zugekorkt. „Komm hier herein!" winkte er Baldi, den die Wogen des Kriegsgeschehens mal wieder in seine Nähe trugen, denn er hatte einen katzenschmalen Durchgang zwischen den Häusern der Altstadt erreicht, den er schon kannte. Von der Straße aus schien der Gang an einer Wand zu enden, nur, wer schon einmal hineingegangen war, wußte, daß der Durchgang rechtwinklich abbog und in einen Hof führte.

Aber Baldi rief ihm zu, er hätte noch eine Mission zu erfüllen: Ehe er nicht mindestens einem Teutonen richtig auf die Glocke gegeben hätte, würde er nicht ruhig schlafen.

„Schön ist die Jugend", seufzte Richard, „und hoffen wir, daß sie schön bleibt und sich nicht Augen und Zähne ausschlägt. Die Jugend."

Und er verschwand in dem Durchgang, den er von früheren Streifzügen her kannte.

Mit etwas Chuzpe, nämlich indem man in ein Haus ging und durch ein Kellerfenster in den nächsten Hof stieg, konnte man die Parallelstraße erreichen. Richard sicherte diesen Fluchtweg schon mal ab, vergewisserte sich nämlich, daß er frei zugänglich war, dann schaute er noch mal vorne nach, ob er vielleicht jemanden würde verarzten oder wenigstens aus dem Getümmel ziehen müssen…

An dem Gang tobt das Leben vorüber. Umso besser. Inzwischen haben die Fronten gewechselt, jetzt drückt ein Pulk von Teutonen auf den Hofeingang, auch sie ziehen allerdings vorbei, ohne ihn als Durchgang zu erkennen. Aber da torkelt jemand an der Mauer entlang, einer von diesen Teutonen, nicht zu verwechseln mit den Skins, denn die sind den Teutonen auch schon zu amerikanisch mit ihren Springerstiefeln und Nylonblousons. Linnen ist die deutsche Tracht. Nur: Zutreten können sie auch. Aber hallo.

Diesem Knaben fließt entsetzlich viel Blut aus der Nase. Das kann ja nicht gut sein. Und so ein hübsches Kerlchen. Trotz Nasenbluten ist das gut zu erkennen. Richard reicht ihm die Hand und zieht ihn in den Hofgang hinein, ohne lange zu fackeln. „Danke, Kamerad", kommt es dumpf. Dankbar für jede Hilfe — sie kann ja nur von der richtigen Seite kommen — folgt er ihm willig in den Fluchttunnel. Sieht in dem Drang, das Blut aufzufangen, das ihm über Hände und Jacke geronnen ist, ohnehin nicht viel. Richard hat immer große Stofftaschentücher, heute blaues Karo, und da hinein fließt nun junges deutsches Heldenblut.

„Wie alt bist du denn?"

„Achtzehn."

„Gottseidank", denkt Richard und merkt daran, was er vorhat. Und daß er sich nicht in etwas Vergebliches verrannt hat, merkt sein Kennerblick von vornherein.

Baldi trudelt spät nachts nach gewonnener Schlacht bei Richard ein. Eigentlich hatte man ihn schon zum Abendbrot erwartet. Inzwischen schläft der verletzte Kämpe auf dem Sofa. Baldi wirft einen neugierigen Blick auf ihn. Ein Jüngling mit verdächtiger Frisur wird hier verdächtig gut umsorgt. Richard war mit ihm in der Notfall-Ambulanz, Kopfverletzungen müssen immer geröngt werden. Das Nasenbluten war rasch gestillt, es kam nicht von dem Schlag auf den Kopf, sondern von einem eigens auf die Nase applizierten.

Richard verschleppt Baldi sogleich in die Küche.

In der Waschmaschine rotieren die blutigen Klamotten. Der Patient ist seiner Kleider beraubt und auf sanfte Art in Arrest genommen. „Meine Mutter hat recht", stellt Baldi fest, „du bist ein abgewichster Hund. Ich muß direkt noch mal nachsehen, ob das wirklich der Typ ist, den ich auf die teutonische Nase geboxt hab…"

„Besser nicht, du weckst ihn vielleicht."

Baldi nimmt sich ein Geschirrtuch und bindet sich ein türkisches Kopftuch. „Ayşe leise gehen, nix auffallen."

„Moment, Ayşe. Wo hast du eigentlich so lange gesteckt?"

„Auf der Bullenwache. Sie hatten uns doch eingekesselt. Und die von uns, die ganz besonders verdächtig aussahen, mußten mit. Ein Iro ist natürlich immer verdächtig. Ich sagte dann nach einigen Stunden vergeblichen Wartens, ich würde nun in Hungerstreik treten und erwartete Zwangsernährung. Döner Kebab und ein Pils. Nicht per Kanüle. Aber ich glaube, sie haben mich nicht verstanden. Irgendwann war dann den Riten Genüge getan, einer von den Bullen meinte, außer daß ich ein richtiger Dickkopf sei, könne man mir nichts vorwerfen, und es entbehre der rechtlichen Grundlage, mich länger dazubehalten, und ich konnte gehen."

Frank wachte erst am anderen Morgen wieder auf. Ihm war noch ziemlich schwindelig, und am Kopf wuchs ihm ein dickes Horn von einer Beule. Unter vorsichtigem Wenden des Kopfes schaute er sich um. Vor dem einfachen, niedrigen Sofa, auf dem er lag, stand ein Lacktisch in müdem Rot, darauf eine Pfeife in einem schwarzen Marmoraschenbecher. Ein Feuerzeug war da, ein paar Fotos, die Teetassen vom gestrigen Abend und ein schwarzes Eisenstövchen. Durch die papierbespannten Paravents kam mildes Licht von den Fenstern her. Die Sitzgruppe auf dem Teppich bildete eine Insel in dem großen Raum mit Kieferndielen. Viel leerer Raum, und doch ist es zum Nächteverplaudern gemütlich.

Dies ist sein Wohnzimmer, wohin er einlädt. In sein Schlafzimmer dürfen allerdings nur allerbeste Freunde. Hier führen die Erinnerungsstücke seiner Reisen ein internationales Kulturfestival auf. Hier reichen die Pinnwände voller Fotos von der Decke bis zum Fußboden und sind nicht auf Kompromittierendes zensiert. Hier outet er sich. Und hier arbeitet er an seinen Bildbänden, breitet Fotos und Manuskriptseiten auf dem Bett aus, schreibt, verteilt seine Skribblezettel, skizziert Layouts und zerschnibbelt Fotokopien, klebt sie in die Seitenskizzen, kippt Kartons mit Fotos auf der Bettdecke aus, sortiert, findet wieder, lächelt erinnerungsselig und verzettelt sich und vergißt, was er vorhatte. Gegen drei Uhr nachts setzen verstärkt die Rückenschmerzen ein, dann rafft er entschlossen die Souvenirs zusammen, legt die Bögen vorsichtig aufeinander samt den nicht eingeklebten Teilen.

Die werden ihm am Morgen aus dem Stapel entgegenfallen, wenn er vergessen hat, daß sie noch nicht eingeklebt waren. Und bis dahin streckt er sich zu dem kurzen Schlaf aus, der ihm seit Jahren genügt.

Längst fotografiert er nicht mehr so viel wie früher. Er hat die leckeren Lügen durchschaut. Er weiß, wie man dem Betrachter suggeriert, diese griechische Ortschaft bestünde ausschließlich aus weißgekalkten und in ihrer bewahrten Altertümlichkeit perfekten Häusern. Es gibt keine Betonbauten, keine Tankstelle, keine Garage, keine Klärgrube, keine Müllhalde, keine Plastiktüten und keine Bierdosen. Nur Bougainvillea in strahlendem Purpur, sich putzende Katzen und häkelnde Omas. Als Richard jünger war, hat er die Betrachter mit Farben besoffen gemacht, in Komplizenschaft mit dem Lithografen natürlich. Das war seine Kompensation für die Leiden der Kriegsberichterstattung. Geradezu unfair kam es ihm manchmal vor, wie er die Schönheit ausgebeutet hat, die andere schufen, ob es sich um Hoftüren in Marokko handelte oder um indische Lastwagen, aufgeputzt mit Girlanden und farbigen Lichterketten und Bildern von Ganesha. Er hat nur zusammengerafft und vermarktet. Dann wieder die Desastros de la Guerra dokumentiert, in Schwarzweiß, weil ihm nur das pietätvoll schien. Da wäre Schönheit frivol. Aus diesem Hin und Her erfährt er, daß es nur Lügen gibt, denn was er zeigen kann, ist niemals die ganze Wahrheit. Fragte man ihn nach dem Beruf, sagte er manchmal „Bildmanipulator". Keiner versteht es. Keiner wirft es ihm vor. Alle verlangen nach Informationen. Statt dessen gibt er ihnen eine Auswahl, die er getroffen hat. Das sind dann kleine Wahrheiten, nach Wunsch dosiert.

Richard trägt das Frühstückstablett ins Zimmer. Angetan mit einem blauen Morgenrock, dem nur der Kenner ansieht, wie teuer er mal war, bringt er Kaffee und Toast, Butter und Orangenmarmelade. Wie's dem Patienten denn geht?

Brummschädel und steif am ganzen Körper — dagegen wird uns schon was einfallen. Erstmal stärken. Richard schiebt die Decke samt Jungenbeinen weiter nach hinten und nimmt im Schneidersitz auf dem Sofa Platz. Richards Ärmel streift Franks nackten Arm, wie er nach der Marmelade greift. Ein Schauer überläuft Frank, eine Gänsehaut. Hat er gemerkt, daß ich schwul bin?

Es ist noch nicht lange her, daß es ihm klar wurde. Das hat er mit sich selber abgemacht. Dann fand er Trost in den „verschworenen Männerbünden" in jener Abteilung der Teutonen, jener nicht ganz kleinen Abteilung, die Frauen zumindest für die Kameradschaftsabende, vielleicht auch für die meisten Bereiche überflüssig finden — bis hin zu jenen, die sich ein Leben ohne sie sehr gut vorstellen können. Wahre Liebe gibt es sowieso nur unter Kameraden. Das findet Frank auch. Zu viel Umgang mit ihnen verweichlicht die Kämpfer. Jawohl.

„Du sagst ja gar nichts."

Richard wendet sich langsam zu ihm und schaut ihn lange an. Schaut ihm tief in die Augen. Sein Blick wird lange beantwortet. Nun ist es klar. Er weiß es, und er ist es selber. Denn heterosexuelle Männer weichen dem Blick eines anderen sehr bald wieder aus. Sie fixieren den anderen nur dann, wenn es gleich darauf eins auf die Fresse gibt.

Diese zwei lassen aber ihre Blicke ineinader ruhen und bald darauf die Hände. Die Zigaretten rauchen sich selber fertig. Die letzte Tasse Kaffee wird kalt.

Richard ist scheu. Je älter du wirst und je Jüngere du liebst, desto eher bist zu zufrieden mit den Brocken, die von des Reichen Tische fallen. Was könnte er für Frank sein? Vater-Ersatz, Lehrer, Kamerad, Guru… Nur, bis Frank seine Ansichten kennt.

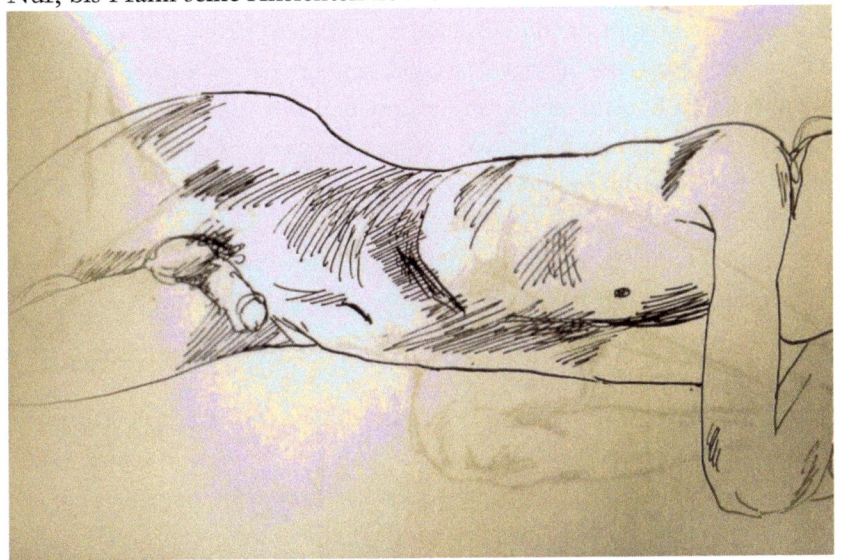

8 Männlicher Akt, Federzeichnung 1976

Was in Richards Schlafzimmer geschieht, wissen nur die besten Freunde. Mario weiß es — klar. Er hat sich aber nicht daran gestört, als er hier wohnte. Und sein Onkel Richard verhält sich immer sehr diskret und bindet seine Orientierung niemandem auf die Nase. Baldi weiß es offenbar, aber sicher nicht von seiner Mutter. Gewiß hat Dora dichtgehalten. Vielleicht findet sie es derartig demütigend, daß sie für die Trennung stets andere Gründe genannt hat.

Frank hat einen schmalen, weißen Ephebenkörper — sehr zu seinem Leidwesen. Er möchte sich im Sonnenschein stählen, aber wenn er es eine Minute zu lange versucht, muß er sich mit Schwindel und Übelkeit in den Schatten legen. Und muß nun erfahren, daß der schöne alte Indianer diesen Fehlschlag von einem männlichen Torso als Kult feiert. Frank wird auf die aufregendste Art massiert — „hast du denn überhaupt auch etwas davon?"

Richard lächelt rätselhaft.

Wer ist dieser Mann eigentlich? Er hat Frank machtvoll verführt, bevor sie überhaupt davon zu reden angefangen hätten, wie es dazu kam, daß er sich um seine blutige Nase gekümmert hat. Wieso er ihn bei sich behalten, ihm Schlafquartier eingeräumt und ihm Frühstück gemacht hat. Er mag ihn nicht einmal fragen, auf welcher Seite er an der Demo teilgenommen hat. Bestimmt auf der richtigen, wenn er sich so freundlich seiner annimmt.

Einen komischen Traum hatte Frank. Ein Punk mit maigrünen Haaren ist einmal durch das Wohnzimmer geschlichen, dann noch einmal vermummt. So einen Typ würde Richard doch nicht bei sich dulden, oder?

Ja, wie das Leben so spielt.

Nachdem er sich von dem erotischen Übergriff erholt hat, zieht er sich an, noch erschüttert und betäubt von der Schönheit seiner Empfindungen. Er ruft zu Hause an und sagt das Sonntagmittagessen ab. Denn Richard hat ihn zu einem Ausflug zu dem Hünengrab von Kreibarg eingeladen.

Es ist vom Bahnhof aus leicht mit dem Rad zu erreichen, und Fahrräder wird ihnen Jan Frey, der Wirt vom Schnuckenkrog, leihen.

Anfangs sieht es trüb aus, aber die Sonne vertilgt den Morgennebel. In Kreibarg, wo die Bummelbahn nach einstündiger Fahrt ankommt, sorgfältig alle Dörfer über 300 Einwohner bedienend, beginnt im Gasthof eben der Betrieb im Schankgarten. Die Heidekrautbewunderer stärken sich nach Einnahme einer Mütze voll Natur mit Schnuckenbraten, tragen Beige, beziehen Rente und wissen nicht, daß die Heide im weiten Umkreis, soweit sie nämlich purpurn erstrahlt, keine Natur ist, sondern Überbleibsel von Raubbau, von Holzeinschlag für den Bergbau, eine gigantische Salzlecke.

Frank fühlt sich nach dem Schlag auf den Kopf schon wieder ziemlich gut. Die Nase ist noch ein wenig geschwollen, ihm kommt das gigantisch vor, am liebsten wäre er nicht unter Menschen gegangen, aber

Richard versichert ihm, daß man es kaum sehen kann, schon gar nicht, wenn man ihn nicht kennt.

Jan Frey hat Fahrräder für sie und auch Decken zum Sonnen. Bis die Kanne mit Tee gefüllt ist und die Stullen geschmiert, setzen sie sich in den Garten. Der Wirt macht eine für Frank unverständliche Bemerkung, sie sollten ein wenig vorsichtig sein, es träfen sich wieder Rowdies am Hünengrab; Richard zerstreut seine Bedenken.

Sie erreichten das Hünengrab nach etwa 15 Minuten Radfahrt. Vom Trampelpfad an der Kuhweide aus sah man es überhaupt nicht. Nur wer den Ort kennt, weiß, daß man hier den Pfad verlassen muß. Dann passiert man einen rechteckigen Platz, den Buchen umstehen, ähnlich einer ausgewachsenen Hecke, aber welchem Zweck mag das hier gedient haben? Und ein paar Schritte weiter öffnet sich unter tonnenschweren Wackersteinen der Erde Schoß. Einladend war dieser. Nichts Gruseliges haftet ihm an. Eine flache mit Laub gepolsterte Mulde streckt sich vier, fünf Meter lang und zwei Meter breit unter den Findlingen aus. Buchen, Birken und Kiefern beschatten den Ort.

Ein starker Platz.

Sie bemerkten, daß sie nicht allein waren. Einige Schritte abseits der Stätte rüstete sich eben ein Grüppchen zum Aufbruch. Es war eine Teutonengruppe aus einer anderen Stadt, die Frank flüchtig kannte und freundlich begrüßte. Der kniebehoste Anführer entgegnet seinen Gruß mit einer Handbewegung, die die Mitte hielt zwischen einem sehr lässigen Deutschen Gruß und einem kurzen Winken.

Mißtrauisch beäugen sie Richard.

„Der ist in Ordnung, ist ein Freund von mir. Er hat mich gestern auf der Demo rausgehauen", bauschte Frank die Angelegenheit auf. Richard verkniff sich ein Grinsen.

Er beobachtete zufrieden, daß sie eben ihre Habe auf die Fahrräder luden. Hier hatte wohl eine Brotzeit stattgefunden, und anderwo wollten sie dann abkochen.

Sie nannten ihr Ziel: Grevenau, den Spökenkamp. Dort befanden sich einige bronzezeitliche Hügelgräber.

„Sollten wir uns das nicht auch ansehen?" schlug Frank vor.

Richard lächelte und sagte, er kenne den Weg, sie könnten ja später nachkommen. Das stellte Frank zufrieden.

Im Aufbruch, einen Fuß schon auf dem Pedal, richtete der Anführer noch einmal das Wort an sie.

„Heute abend wird im Schnuckenkrog ein Film über den Führer gezeigt, ein schändliches Machwerk. Wir wollen die Aufführung verhindern. Kommt ihr auch?"

„Klar doch!" Franks Augen leuchteten.

Dann schien ihm einzufallen, daß der Wirt Richards Freund ist, und sah ihn an. Richard verzog keine Miene.

Die anderen zogen ab.

Sie beschlossen, nur die eine der beiden Decken auszurollen, um sich darauf in die Sonne zu legen. „Schon mal am Hünengrab übernachtet?" Darauf sind sie ja nicht eingerichtet. Schade eigentlich. Zumal bei Vollmond…

„Das würdest du gar nicht durchhalten", sagt Richard, aber nicht, warum.

„Und was war das mit dem Spökenkamp?"

„Das ist ein vielbesuchter Platz", sagte Richard, „gerade jetzt, zur Sonnenwende. Ich kenne ihn gut. Aber er hat nicht annähernd den Zauber von diesem hier. Der andere ist so ein Mekka für Rutengänger und Pendler — aber wie es auch zugeht: Die starken Erlebnisse gibt es immer hier. Nur fallen sie anders aus als erwartet. Darum ist dieser Ort vielleicht auch nicht so populär in der Szene.

Die alten Leute erzählen, in der Zeit der Christianisierung hätte ein Missionar einen der Steine zu einem Kreuz meißeln wollen, einen Opferstein. „Er hatte ihn schon aufgerichtet, da hörte er mitten drin auf und hat ohne ein Wort Hammer und Meißel liegenlassen und ist abgereist in Richtung Rom."

Richard zeigt Frank einen abseits liegenden Findling mit einer eiförmigen Mulde, aus der eine Rinne seitlich am Stein herabführt. Er fegt trockenes Laub und Sand aus der Mulde. „Es heißt, er habe vor seiner Abreise gesagt, nach seiner Rückkehr werde er gerüstet sein, es mit dem Leibhaftigen aufzunehmen, aber er kam nie wieder."

Zauber. Soso. Frank merkt nichts davon. Weder der Buchfinkensang noch die Sonne im Heidelbeerkraut haben etwas ausgemacht Verzaubertes. Sogar sein Entschluß, die Schule am Montag zu schwänzen, kam ins Wanken.

„Eines fehlt uns noch zum Picknick: Frische Milch."

„Ja, und wo willst du die herkriegen?"

„Vom Bauern drüben. Auch ein Freund von mir." Er stieg aufs Rad. „Traust du dich, allein hierzubleiben?"

„Mich trauen? Was meinst du damit? Was gibt es denn hier zu trauen?"

„Manchmal ist dieser Platz ein bißchen unheimlich."

„Pöh."

Frank streckt sich auf der Decke aus. Er war schon halb eingedöst, als ihn Krähenschreie aus dem Baum über ihm wecken — oder war es ein Greifvogel?

Nichts, so angestrengt er auch in die Baumkronen spähte, war zu sehen außer windbewegten Zweigen.

„Es sind nur die singenden Bäume", sagt Richard.

Frank zuckte zusammen. Richard war ganz lautlos hinzugetreten. Und er hatte sich von einer anderen Seite genähert als erwartet.

„Schon zurück?"

„Ich war eine halbe Stunde weg."

Die Uhr gab ihm recht.

Richard stellte die Milchflasche auf einen Stein.

„Singende Bäume gibt es hier auffallend viel", sagte er, „solche, deren Äste aneinanderscheuern und quietschen und knarren…"

„Hab' ich gehört", antwortete Frank eine Spur grantig.

„Der Bauer sagt, es gibt heute noch Gewitter, aber unser Picknick können wir sicher noch in Ruhe abhalten." Sie packten ihre Brote aus und tranken die Milch aus Holzschalen und ließen die Brote sinken, um ihre Blicke ineinander zu vertiefen und waren verliebt, so verliebt.

Davon, daß es eine Katastrophe geben könnte, ahnte nur Richard etwas.

Dann lagen sie nebeneinander und streichelten sich träge und blinzelten nur mal, und Frank glitt weg in einen nie gekannten Zustand von hellwachem und doch wie gelähmtem Dahintreiben und sah, wenn er die Augen schloß, deutliche Bilder aus seiner Kindheit, vergessene Teddybären und die Puppen seiner Schwester, mit denen er heimlich gespielt hatte — nicht absichtlich versteckt, sondern nach Kinderart in seiner „Höhle" unschuldig verborgen — und die bitter würgende Schande, als er entdeckt und verhöhnt wurde... Und da ist jetzt ein großes Haus, hallend von Kinderstimmen, und eine Frau trägt eine Zinkwanne eine Treppe herauf. Oben steht ein Junge. Er reicht der Frau eine Postkarte. Sie trocknet die Hände an der Schürze ab. Es riecht nach Seifenflocken. Sie nimmt die Karte. Es ist Feldpost.

„Oh, war ich eingeschlafen?"

Die Sonne brennt, die Fliegen nerven. Frank schlägt nach einer Bremse und verfehlt sie klatschend.

„Um Gotteswillen, du hättest sie töten können!"

Frank warf Richard einen sehr befremdeten Blick zu.

Richard fuhr fort, Frank zu kraulen.

„Ich kann das gar nicht richtig wiedergutmachen", murmelte Frank träge wie im Schlaf, „ich bin ganz wie gelähmt."

„Genieß es einfach."

„Was machst du da nur mit mir?"

„Nichts. Alles was du fühlst, machst du selber."

Hier wurde er ein Stück wacher und richtete sich auf.

„Und der Platz?"

„Den suchst du auf, weil du bereit bist, so etwas zu erleben."

„So habe ich das noch nie gesehen... Versteh' ich nicht ganz."

„Ist auch besser so."

„Was sollte das nun wieder?"

„Vielleicht würden meine Ansichten dir nicht alle zusagen."

„Ich mag dich, wie du bist."

„Aha, ein Blankoscheck."

„Was hast du denn für 'ne Leiche im Keller? Schieß los."

„Einen chinesischen Freund."

„Ach, du hast einen Freund?"

„Nicht in dem Sinne!"

„Na, gut, wenn der in China bleibt... Oder zurückgeht..."

„Er bleibt hier."

„Na gut, wenn er keine Arbeitsplätze wegnimmt..."

„Wie viele Arbeitsplätze nimmt denn ein einzelner Mensch weg? Schon gut. Er schafft im Gegenteil welche, er hat einen kleinen Computerhandel."

„Also dann haben die einen Chinesen als Chef?"

„Auch wieder nicht gut?"

„Ach, macht doch, was ihr wollt."

„Und mein Stiefsohn ist ein Punk."

„Unschön. Kann man nicht mit ihm reden?"

„Das hat meine Ex-Frau schon versucht. Aber er ist ein richtiger Dickkopf. Und mein Neffe ist mit einer Türkin verheiratet."

„Sag' mal, was willst du mir eigentlich klarmachen? Daß wir schief gewickelt sind mit unseren Forderungen? Du beweist doch gerade, daß wir schon über das erträgliche Maß überfremdet sind. Nun hör' schon auf, mich dauernd zu küssen, damit lenkst du mich nicht ab."

„Will ich gar nicht. Und du weißt ja auch noch nichts über mich, darum erzähl' ich dir das alles."

„Und noch? Beruf?"

„Schriftsteller, Reporter und freier Fotograf. Lichtbild-Berichterstatter, wenn du es lieber so willst."

„Die Spitzen kannst du dir schenken."

„Ach, laß uns doch nicht streiten."

„Wer hat denn angefangen?"

„Ja, hast recht."

Und Richard setzt wieder seine berühmt-berüchtigte Akupressur an, daß Frank mit einem genießerischen Seufzer aufs Lager sinkt, hinein in himmlische Wohltaten. Und da passiert es: Er fällt in ein Zeitloch.

Nicht, daß er einfach weg wäre! Nein, es ist schon eine Form von Wachbewußtsein, eigentlich aber doch näher am Halbschlaf, näher an jener Stufe, in der sich Traum und Wachen so verwirrend vermischen, wo alles aufzutauchen scheint, was du sonst nicht wahrhaben willst. Und wo du auch leicht zu erschrecken bist.

Und dann glaubt er aufzuwachen, hat die Augen auch offen, sieht Wald, Hünengrab, Richard, sieht eigentlich mehr eine zweite Seele voller Liebe neben sich. Er weiß keinen Namen mehr und keinen Tag, nicht seinen Beruf und seine Eltern nicht. Richard schaut ihn an und erkennt den Zustand. Ihn hat es damals Wochen des Sitzens mit Knieschmerzen gekostet in einer heißen Halle in Vientiane, als er über die Mönche schreiben wollte und sie fotografieren, als er den Abt porträtieren wollte und nachher nur ein Licht auf dem Film hatte, wo der Kopf sein sollte, und den Fehler nicht fand. Aber damals, als er selber probieren wollte, was passierte, wenn er es so machte wie die Mönche, begann er es zu verstehen. Da konnte er einem Kollegen, der darüber zu schreiben versuchte, sagen, daß er schief gewickelt war mit dem Satz „Meditation ist extreme Konzentration". Was es denn aber dann sei, war schwer zu beschreiben. Er hatte nur die Fährte in die Nase bekommen. Der Preis schien ihm dann zu hoch, den er zahlte, um dahin zu gelangen, wo kein Wind weht und wo der quälende Gedankenstrom versiegt, ob das nun genau war, was die Mönche da zu erreichen suchten oder nicht.

Darum erkennt er, daß Frank in diesen Zustand hineingefallen ist, daß ihm die Gnade widerfährt, die Normalität seines Ich ohne den Gebrauch von Drogen zu verlassen. Er sieht die Silberschnur, die Körper und Geist verbindet, fein wie einen Altweibersommerfaden schweben und holt Frank, als er denkt es sei genug, sanft, ganz sanft wieder in die Wirklichkeit zurück.

Hoppla! Das ist nicht ungefährlich. Auch aus der Hypnose sind schon Leute nicht zurückgekehrt. Weil es dort so schön war.

„Wo bin ich?" fragt die im Schlaf entführte Heldin.

So ein Sensibler! Den müssen wir mal fester an die Erde ketten. Ordentlich essen, nach dem Abi gleich einen Job, Schlaf nur nachts und nicht zu wenig, nicht zuviel. Freunde, die nicht rumspinnen und am Okkulten naschen. Richard gesteht sich betreten ein, daß er dem Jüngling schon eine zu große Dosis davon gegeben hat.

Was für ein Platz! Richard, altgedienter Castaneda-Leser, ist Mitglied im „Verein für Geo-Monumente", der sich dafür einsetzt, daß alle Steinmale aus alter Zeit an ihrem Platz bleiben. Ein Hünengrab zu versetzen ist eine Farce. Denn die dicken Wackersteine sind ja nur der Finger, der auf den Ort zeigt, nicht das Heiligtum selber. Der Ort ist das Heiligtum. Hier ist die Quelle, die Reinigung, die Wandlung, die Andacht. Die vielen spiralig verdrehten Bäume rundum verraten den Zauber. Wie geht es zu, daß ein Ort dir den Kopf verdreht?

Richard glaubt daß erst jetzt, in neuerer Zeit, die Heiler und Therapeuten, die Sehr und die Prophten dort wieder anknüpfen, wo vor tausend Jahren die letzten Druiden hatten aufhören müssen, als ein verflachtes Christentum, das seinen Guru verraten hatte, die tiefe Lehre unterbrach. Wenn nicht damals die Missionare so mit der Axt gewütet hätten, daß heute noch die Heiden die Bäume verteidigen müssen gegen jene, die die Erde untertan machen wollten, bis nichts für diesen Zweck mehr da ist, könnten wir immer noch das Singen der Bäume und die Windstille im eigenen Geist erfahren. Könnten auch gelegentlich im Schutz der Erfahreneren im inneren Chaos baden und davon ruhiger und furchtloser werden.

Frank ist immer noch sehr schweigsam, als sie ihre Sachen packen und zum Aufbruch rüsten. In Gedanken weilt er noch bei dem Zustand, als er so leicht und frei und fremd war, ganz fremd allem, was er bislang dachte. Sah Bäume und Steine und Himmel wie zum ersten Mal und wunderte sich noch nicht einmal, wie er dorthin gekommen war, wunderte sich erst, als er sich wieder seines Ichs bewußt wurde, wieso er nicht längst und nicht immer in diesem So-Sein weilte. Das wird er niemandem erklären und nie vergessen können.

Sie kommen gerade rechtzeitig beim Schnuckenkrog an. Schon auf dem Weg haben sie gesehen, wie über den Kornfeldern eine blauschwarze Wolkenwand heraufzog. Ein Wind, wie aus dem Backofen einer, hat geweht, und die Vögel sind verstummt.

Vor dem Schnuckenkrog stehen mehrere Streifenwagen. Wachtmeister Bredenbek hat um Verstärkung ersucht. Die teutonische Jugend ist nur eine Handvoll, sie stehen rauchend und prahlend vor der Tür und stellen fest, daß ihre Präsenz für mehr als ein paar Störmanöver nicht reichen wird. Mißtrauisch beäugen sie alle Zuschauer, die nach und nach den Saal füllen. Sie hatten gemeint, gleichgesinntes Landvolk agitieren zu können, breithändige, steilschädelige Altbauern — sie wundern sich, denn hier versammelt sich der Club der ländlichen Alternativen, man glaubt eher an ein Straßenfest im Uni-Viertel: Hier ist Michael von der Bio-Bäckerei mit seinem gesamten Troß, Holger vom Milchhof, Bauer Jürgen, mit dem man sich auf den ersten Blick schon nicht anlegen möchte, Renate die Zimmerfrau und ihre ganze Tischlerwerkstatt, Udo von der Lehmbauzentrale und seine „Rauchschwalben", Heike aus der Töpferstube und ihre bunten Freunde, belächelte letzte Hippies, emanzipierte junge Handwerkerinnen und entschlossene Familienväter, die fast schon allein mit ihren Blicken den Teutonen ihre Dummerhaftigkeit klarmachen.

Als Frank zu ihnen stößt, debattieren sie eben darüber, woher der Wirt von ihren Plänen wußte, denn sonst hätte er sicherlich nicht um so viel Polizeischutz ersucht. Wer hat ihr Vorhaben herausbekommen?

Das beschäftigt ihn auch, als er sich neben Richard setzt, der — wohl wegen seiner Freundschaft mit dem Wirt — auf einen Platz in der ersten Reihe gebeten wird.

„Wer hat uns verraten?"

„Ich war's", informiert ihn Richard kühl.

„Was redest du? Wir waren doch im Wald!"

„Ich hab' vom Bauern aus telefoniert."

Dabei hält er Franks Hand ganz fest im nunmehr abgedunkelten Saal.

„Diktator, Nahaufnahme — Ein Film von Richard Prechtl-Roth."

Es war fast ein Stummfilm. Er bestand aus kaum etwas anderem als aus Zusammenschnitten von historischem Material: Aufnahmen von Adolf Hitler. Richard hat fast zwei Jahre lang an diesem Film gearbeitet. Er hat alles, was er an Filmen bekommen konnte, auf mimische Augenblicke durchsucht, die ihm als die entlarvendsten erscheinen. Er hat dabei entdeckt, daß der Neurotiker — über den kommunikativen Zweck des Ausdrucks hinaus — noch ein Verziehen des Gesichts, ein mimisches Nachdieseln sozusagen, ausführt, das keiner Verbindung, keinem Austausch mehr dient, sonder nur sich selber, der inneren Verarbeitung und Rechtfertigung seines Tuns. Denn die Handlungen sind ja nicht wirklich gerechtfertigt. Vor einer moralischen Instanz sind sie anarchischer Größenwahn, inhumane Selbstherrlichkeit. Sie müssen einfach von einem inneren Konflikt begleitet sein. Die ganze Dramaturgie seines politischen Handeln, wie er seine Untergebenen in den Brennpunkten seiner Karriere nachts herumscheucht, alarmiert und nach nichts wieder entläßt oder unvermutet zu Mitträgern weltpolitischer Weichenstellungen macht, alles das läßt nur den Schluß zu, daß er in einem ständigen Wechselbad von Schuldgefühl und Rechtfertigung rotierte.

Sein Vater, der ihm mit dem Rohrstock Rechtschaffenheit einbimsen wollte, der korrekte Beamte, vereinte Grausamkeit und moralisch entscheidende Instanz. So vereint der Sohn Aufstand und Gehorsam, indem er den Irrwitz zum Ewiggültigen erhebt. Das unter die Knute geworfene Kind sieht seine Rettung nur, in dem es sich seinerseits zu dem macht, der in einer Person urteilt und straft.

In jener Zeit der schwarzen Pädagogik waren solche Väter normal, müssen die Menschen erzogen worden sein, Grausamkeit als Kennzeichen väterlichen Schutzes zu sehen. So bestätigen sie die eigene Erziehung ein Leben lang als richtig, indem sie dem Diktator Grausamkeit nicht nur verzeihen, ja, indem sie sie als Kennzeichen seiner Legitimation von ihm fordern. Ein großes Werk muß bis in die totale Sinnlosigkeit durchgezogen werden, damit der Urheber des Wahns nicht von tausend kleinen Sünden und Strafen seiner Kindheit träumen muß. Eher sollen Millionen den Alptraum des Bombenterrors erleben, als daß der eine große Terrorist zu den Quellen seines eigenen Leides vorstößt.

Und ist doch sein Leben trotz aller Ablenkungsmanöver ein Alptraum aus Leiden, Süchten, Perversionen und Angst vor der einen großen Strafe am Ende seines Lebens.

Richard hat jede Szene bei Annäherung an das, was er zeigen will, sich verlangsamen lassen, bis zu dem nervösen Tic, dem kranken Verziehen des Angesichts. Jeden Filmstreifen hat er von Hand auf das unter Tausenden von Bildern entlarvendste durchsucht. Und bei diesem gefriert die Szene dann zum Standfoto, das der Betrachter einige Sekunden lang in

Ruhe studieren kann. Und waren solche Momente von Emotion noch Zeichen von Leben, wenn auch von einem, das in der Entfaltung humaner Qualitäten behindert war, so zeigte Richard nun mit der Akribie nicht urteilenden Erbarmens Momente der Erstarrung, die stets dann eintraten, wenn der Patient mit dem Wahnthema Politik vor den Massen seinen emotionalen Stau ausgeworfen hatte. Dies tat er im sorgfältig eingeübten Rhythmus dramatischer Steigerung, in Sequenzen von sieben oder neun Sätzen, die in schweren Schlägen, gleich Fausthieben auf einen Eichentisch, wie mit dem Metronom abgemessen, zum gebrüllten Höhepunkt führten. Dann die Erstarrung. Die gruselige Versteinerung, in die er verfiel, wenn sich seine Aufregung den Zuhörern mitgeteilt hatte. Wie er die Vibrationen seines Impulses, indem sie zurückschlugen, auszukosten schien. Nicht wie die führenden Kommunisten in Gegenbeifall eintretend, auch nicht in Übersprunghandlungen befangen wie solche, die den Beifall gerne verlegen übergehen möchten, ihre Papiere ordnend oder ihre Krawatte zurechtrückend — sondern unbewegt.

Dies scheint die Atempause zu sein, in der er nach dem Gebrüll wieder Kraft schöpft für den nächsten Ausbruch, so als seien diese Anfälle einerseits und die autistische Erstarrung andererseits — wie die Dramatik des Krieges und die Lähmung seiner Münchener Asylzeit — Ebbe und Flut, in denen das Leben dieses Menschen vor- und zurückströmt.

Und Richard präsentiert Standbilder des altjüngferlichen und verklemmten Ausdrucks und beschreibt den ewigen „Onkel", den einsamen „Wolf", den, dessen Partnerleben sich anscheinend in der Schlüpfrigkeit der inzestuösen, heimlichen Affäre erschöpft, so daß die Frau keine Partnerin ist, sondern eine rechtlose Geliebte, ein mißbrauchtes Nichtchen, das vor Vernachlässigung vergeht und den Tod vorzieht — oder die nur von der Nähe des Todes in die Legalität gehoben werden kann. Zur Konkubine bekennt er sich mit keiner Geste, keiner Regung von Herzlichkeit. Niemals sah man eine First Lady an seiner Seite, keine Dynastie hat er begründet in einem Reich, das doch tausendjährig werden sollte.

Und Richard zeigt das Chamäleon, das je nach Erfordernis den grausamen, selbstherrlichen Ausdruck dessen trägt, der niemanden über sich zuläßt — oder die Kehrseite, das servile Katzbuckeln, das ihm nötig schien, bis er jemanden eingewickelt hatte. So näherte er sich Hindenburg zunächst, um ihm dann, als er sich seiner sicher war, ohne Respekt über den Mund zu fahren und sein Testament zu manipulieren. Hier hat Richard wild zusammengeschnitten und den Höhepunkt seiner Analyse zusammengestellt. Selbstherrlichkeit und Unterwürfigkeit wechseln sich in raschen Schnitten ab und verdichten sich zum Wechsel von Droh- und Demutshaltung und endlich zum Eindruck gequälter Kreatur. Der Saal tobt.

Mimik ist Signal, sagt Richard immer. Darum kannst du dir ruhigen Herzens die reißerischsten Spielfilme ansehen. Mit etwas Übung siehst du sie ungerührt. Denn auch die besten Schauspieler tun nur ihren Job. Sie wissen, daß die Waffe des Kollegen nicht geladen ist. Und das ist gut so. Denn echte Emotionen sprechen eine ganz andere Sprache. Wenn Richard Dokumentationen von echten Kriegsschauplätzen sieht, Menschen, die wirklich vom Tod ihrer Angehörigen erfahren, Flüchtlinge, die sich barfuß über die Berge retten und erschöpft das Lager erreichen, die nach dem Beschuß ihres Viertels nur noch gelaufen sind — dann heult auch Richard los, obwohl — nein, weil er das alles selber gesehen und den Schmerz im eigenen Rücken gespürt hat.

Frank hat ihm seine Hand schon lange entzogen. Das hatte Richard auch nicht anders erwartet.

Die Teutonen hatten angenommen, sie würden den Filmgenuß durch eine Geräuschkulisse empfindlich stören — aber während der entscheidenden Passagen ist der Film stumm. Allenfalls gerät ihr Gejohle und „aufhören!"-Geschrei zu einer Verdeutlichung der Botschaft. Denn ihr Toben wirkt wie Unmut über den Helden des Films, nicht über den Macher. Und es fällt ihnen nichts ein, um ihren Protest in die gewünschte Richtung zu lenken. Denn Beifall für dieses elende Dasein geriete vollends zur Peinlichkeit.

Schließlich öffnen Jan Frey und Wachtmeister Bredenbek die Seitentüren des Saals. „Wer weiter stört, fliegt raus!" donnert der Gesetzeshüter im Verein mit den draußen tobenden Gewalten. Denn das Gewitter geht nun mit voller Wucht und einem Wolkenbruch nieder. Die anderen

Zuschauer lassen keinen Zweifel, daß sie bei dieser Amtshandlung Hilfe leisten würden. Das beruhigt die Teutonen fürs erste.

Der Film ist vorbei. Frank sieht Richard nicht an. Er geht hinaus, unbeirrt in den Regen hinein, der runterkommt wie aus Eimern. „Wo willst du hin, du Verrückter?" ruft Richard hinter ihm her, „du wirst naß wie eine Katze!"

Um Richard abzuschütteln, muß man nur flott voranschreiten. Fluchend dreht der Alte um und geht seinen Stock holen. Es gibt ja nur ein Ziel, wohin Frank gehen kann: Den Bahnhof.

Um dort zu erfahren, daß der nächste Zug in achtzig Minuten geht. Und der Postbus nach Lüneburg ist eben weg. Zur nächsten Landstraße, an der es Sinn machen würde, per Anhalter zu fahren, ist es ebenfalls ein Marsch von zwanzig Minuten. Im Dunkeln. Und im Regen. Zurück zum Gasthof — vielleicht sitzen da noch ein paar Kameraden? Nein, die hatten geschworen, bei diesem linken Wirt keine deutsche Mark Zeche zu machen. Dann müßten sie schon weg sein. Es war voreilig, sich ihnen nicht anzuschließen — oder hielt ihn etwas anderes davon ab? Vielleicht der Satz „der ist in Ordnung"…

Sitzt da nun also ein nasser deutscher Held im Neonlicht des Bahnhofs, und sein Scheitel ist heute besonders wassergekämmt.

Geräuschvoll pendelt die Schwingtür hinter Richard, als er in die Halle tritt. „Was fällt dir ein," zankt er, „einen alten Mann am Stock durch den Regen zu scheuchen? Hab' ich nichts Gescheiteres zu tun, als hinter dir herzuhumpeln?"

Das würde ja geradezu die Antwort provozieren: „Hab' dich nicht drum gebeten", aber dazu hat Frank zu viel Anstand. Dazu mag er Richard zu sehr.

Richard schüttelt den Schirm aus und setzt sich neben Frank auf die Bank.

Ja, da ist genau das kaputtgegangen, was kaputtgehen sollte: Ein Glaube. Und hier ist Richard ein Instinkt entgegengekommen, den er fatalerweise mit Hitler gemeinsam hat: Dem, was schon im Fallen ist, den Todesstoß zu versetzen.

Zum ersten Mal kann Richard sein Bekehrungswerk aus der Nähe studieren. Und, Herr Regisseur? Zufrieden? — Ach, um welchen Preis! Er spürt den Schmerz bis hier.

Bilder sind stärker als Worte. Haben die Gläubigen auch die Wahrheit über das Dritte Reich als alliierte Propaganda abgeschmettert, die KZ's, den Bombenterror, so haben bei diesem Film doch einige sehr betreten geschwiegen und nur still geschaut. Geködert mit der Gelegenheit, ihr Idol ausgiebig zu sehen, dann gezwungen, es zum ersten Mal wirklich genau zu betrachten — endlich kaputtgeschaut.

Diskussionen, weiß Richard, verbessern nur die Argumente des Gegners. Er bestiehlt sie längst durch Schweigen um diese Chance. Noch nie hat eine Diskussion ein Weltbild verändert, allenfalls ein Gespräch, bei dem einer oder beide wirklich zuhörten. Die einzige gültige Botschaft kommt über die Mimik. Darin sind wir noch Tiere. Das glaubt Richard.

„Er hat alles kaputtgemacht". Frank kann kaum an etwas anderes denken. „Es hätte alles so schön sein können…"

Alles kaputt. So kaputt, daß er sich nicht einmal gegen Richard entscheiden kann. Denn der Weg zu den Teutonen ist ihm nun versperrt. Dieses zu Tode analysierte Gesicht kann für ihn kein Objekt der Verehrung mehr sein.

Das kann er den Kameraden nicht erklären. Alle Zweifel, die er je hatte, klumpen nun zu einem Stück zusammen wie der Käse von der Zwiebelsuppe, der sich trotz Kauens wiedervereinigt und im Magen liegt wie ein Stein.

„Ich will ganz offen zu dir sein", fängt Frank mit rauher, tiefer Grabesstimme an.

— Oh, weh, jetzt kommts —

„Du wirst es nicht zugeben, aber du warst sicher fasziniert von Hitler. Sonst hättest du dir nicht zwei Jahre lang die Filme reintun können. Du suchst nach seiner Magie, um sie zu bekämpfen. Ich habe sie gesucht, um sie zu genießen und zu nutzen. Ich habe geahnt, daß die alten Kultplätze Orte der Kraft sind. Ich hatte mich den Teutonen angeschlossen, weil sie diese Plätze zu gewissen Zeiten aufsuchen. Das dachte ich zu erforschen. Aber sie wissen davon zu wenig. Und ausgerechnet du kannst mir das zeigen. Die Magie."

Richard hörte ihm schweigend zu, ohne ihn anzusehen, und das war das beste, was er tun konnte.

„Alle die Dinge, die sonst angeführt werden, Krieg und Vernichtung, das mit den Juden — das fand in deinem Film nur am Rande statt…"

…Für meine Zuschauer eine Selbstverständlichkeit, dachte Richard.

„…Ich weiß nicht, wie du das gemacht hast, aber ich hab' da plötzlich was begriffen."

Effektvolle Pause.

„Hitler war ein Feind Deutschlands."

Da schau her.

„Vielleicht hat er sich sogar eingebildet, daß er Deutschland liebt. So wie sein Vater sich eingebildet hat, daß es Liebe ist, wenn er ihn schlägt. Ich las mal, er habe Deutschland dafür bestrafen wollen, daß es sich nicht als unbesiegbar erwiesen hat. Dafür sollte es dann den großartigen Untergang haben. Erst habe ich mich geärgert, als ich das las. Aber jetzt fällt mir das wieder ein. Schließlich ist es ja auch keine Liebe, eine ganze Generation von Männern ins Feuer zu schicken. — Ich bin ein deutscher Patriot."

Hört, hört.

„Ich mag keine Überfremdung. Aber mir ist klargeworden, daß ich mich von den Kameraden der Teutonia trennen muß. Ich kann niemanden verehren, der meine Heimat hat über die Klinge springen lassen. Ein Patriot schützt sein Land, indem er mit den anderen Nationen Frieden hält, ob sie ihm nun gefallen oder nicht. Und mit den Juden war Deutschland nicht halb so überfremdet wie jetzt mit den Türken und Negern und all denen. Das wäre ohne Hitler nie so weit gekommen."

Interessante Schlußfolgerungen. Richard hat ja immer nur das gepriesen, was Frank da beklagt. Aber das muß er ihn nicht gerade jetzt wissen lassen.

Noch immer saß Richard still. Er hört sich Franks Rede mit einer Mischung aus Rührung und Widerspruch an. Aber später sehen wir weiter. Die Furcht vor der abrupten Trennung ist immerhin gebannt.

„Außerdem", so fährt Frank fort, „habe ich heute Dinge erlebt, die… Ich konnte mir nie vorstellen, was so ein Platz macht. Ich hatte wohl die Sehnsucht nach Fackelzügen und Lagerfeuern — aber mit dem, was ich heute erlebt habe, dazu am hellichten Tag, damit habe ich nicht gerechnet. Und ich glaube nicht, daß meine Kameraden mir das hätten zeigen können."

Er verstummte und malte mit den Fußspitzen die Fliesenmuster auf dem Boden nach. „Ich wollte dir das eigentlich gar nicht sagen."

Er schwieg und malte, und Richard wußte, daß er ihn jetzt nicht unterbrechen durfte.

„Ich muß erst einmal in Ruhe denken. Ich fahre mit dem nächsten Zug zurück. Ich bleibe nicht über Nacht. Muß zur Schule! Und allein sein. Richard!" Er reichte ihm ungeschickt die Hand, und Richard nahm sie und drückte sie und hielt an sich, um ihn nicht in seine Arme zu ziehen.

„Ich ruf' dich an — ich versprech's", schloß Frank.

Wie gut es nach so einem Gewitter riecht! Es ist, als sprächen alle Bäume triefenden Laubes ein Dankgebet. Fast hallend prasseln die Tropfen, wenn ein Wind geht, auf die Blätter der tiefer hängenden Äste.

Langsam geht Richard zum Gasthof zurück, in dem die letzten Debatten über seinen Film ersterben, und der Wirt poliert seinen Tresen mit einer Heftigkeit, die keinen Zweifel aufkommen läßt an seiner Absicht, die Gaststube nun zu schließen. Der kleine Dieselzug entführt Richard den Geliebten zurück nach Fischerhöge, und in beiden zugleich, hier und dort, ist eine wehmütige Freude.

NICHT FISCH, NICHT FLEISCH
UNTERWERFUNG IST UNGESUND

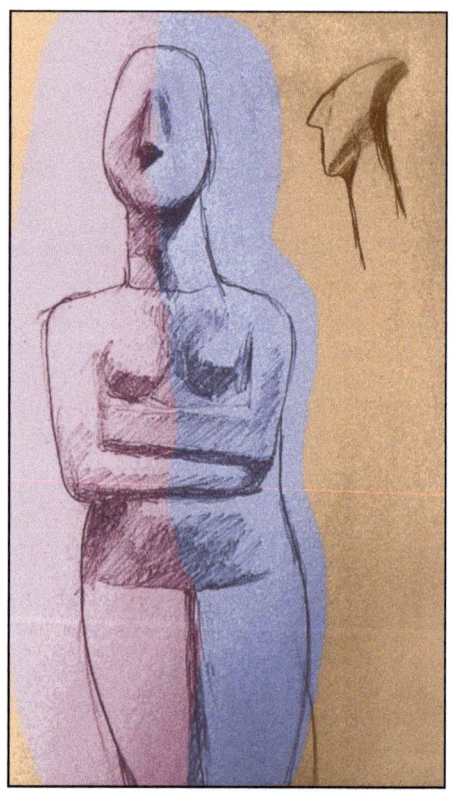

9 Antike Kleinskulptur von den Kykladen, Zeichnung

Der Doktor ist ein Künstler. Er hat eine vollendete Muschi geformt, keiner geborenen Frau wurde sie jemals schöner von der Natur verliehen. Den verhaßten Penis, die Hoden, Ursache langer Leiden, nahm man nun fort und schuf aus ihren Häuten und Hüllen die Vulva einer Frau.

Das wurde Andreas nicht geschenkt. Er hatte wohl gescherzt, es werde leichter sein, als das „s" von seinem Namen abzuschneiden. Aber den blanken Stahl in seine Weichteile einzuladen — das verlangt einem

Mann den Mut der Verzweiflung ab, keiner mehr sein zu wollen, das verlangt den Mut einer Frau.

Noch tief im Wogen der Narkose nickt er mühsam, ja, er hat Schmerzen. Wie sollte es anders sein? Schmerzen leben auf einer anderen Ebene, man kann sie vom Wahrnehmen fernhalten, aber damit sind sie noch nicht beseitigt. Leiden verlagern sich gern.

„Muß ich jetzt Sie sagen?" scherzt Michael, der Geliebte, beim ersten Besuch am Krankenbett. Zum ersten Mal seit der Operation lacht sie ein bißchen. „Natürlich!" will sie sagen; erstmal wird es nur ein Flüstern. Sie räuspert sich und wiederholt es stolz. Vergißt schon, daß es ja auch Distanz vorschreibt. Michael macht sich das nicht bewußt, aber der erste Kuß ist vorsichtig und respektvoll. Jetzt fängt unser Leben richtig an, jetzt bist du Frau und bin ich Mann — Michael war ja schon Mann, bevor Andreas Frau wurde, also weiter wie gehabt.

Rührend fürsorglich ist er angesichts ihrer Schwäche. Er bringt dies herbei und jenes fort, hilft beim Essen, zieht sich bei Mamas Besuch zurück; die schaut so seltsam pessimistisch in die Zukunft. Michael versteht das gar nicht, jetzt hat Andrea doch, was sie sich gewünscht hat! „Gott bewahre uns vor der Erfüllung unserer Wünsche", sagt die Oma, und die nimmt eh keiner ganz ernst.

Da lag er nun und weinte, ein kleiner Kastrat, der vermeinte, glücklich zu sein. Der Preis war — neben anderem — der tiefe, namenlose Schmerz in seinem Unterleib davon, daß sie ihm ein Stück herausgerissen hatten. Aller Regelschmerz seines ersehnten und nicht verwirklichten Frauseins zog sich in ihm zusammen zu einer großen Pein und war doch leer an Sinn, war nicht der Glockenschlag einer Periode.

Er war nun wirklich gebeugt wie ein Wallach, der den Kopf nie mehr trägt wie ein Hengst, er war abgerüstet, entschärft wie ein geglückt entmannter Kinderschänder Bartsch, wenn sie ihn denn hingekriegt hätten. Es ist riskant, einem Mann die Wurzel des Lebens auszureißen. Rohe Instinkte haben das zum Zeichen des Triumphes über den Gegner gemacht. Und er hat sie selber drum gebeten! Er hat andere Männer darum gebeten, ihm Schwanz und Eier abzuschneiden.

Er weinte. Denn — so sagte er später — er war glücklich, daß er es endlich geschafft hatte. Hinter der Spruchtafel mit dem Hurrah erkannte er sein Unglück nicht. Schmerzen, Angst, Zweifel, die Erkenntnis, wie brutal er mit sich selber war — dies waren Fakten von der anderen Ebene, von der, die machtvoll wirklich wurde, wenn es Nacht war und er allein und der dämmerige Vorhang der Schmerzstiller sich hob zu dem Theater, das man vom sicheren Ufer des Tages aus immer unterschätzt. Dann nämlich obsiegte wieder die Einsicht, verschnitten zu sein, über die Legende vom Erreichen des Traumzieles, aber um keinen Preis würde jemand Zweifel von ihm hören, nach all dem, was er dafür auf sich genommen hatte. Die Qual des ungewollten Mannseins war vorbei, nur darauf war es doch angekommen. Nicht immer war das Schmerz, was er fühlte, bisweilen war es eine Vorahnung von Lust, ein Reiz, eine Süße im Schmerz. Und erst recht, wenn Michael kam, war von anderem nicht die Rede, als daß ihr Ziel erreicht war.

Sie saß lange mit dem Spiegel in der Hand und schaute sich an.

Noch nie war sie sich so männlich vorgekommen wie nach dieser Operation, da lagen die Augen tief in den Höhlen, das Unterfutter fehlte, die Wangen waren eingefallen, aber das war wohl auch deshalb, weil die letzte Östrogenspritze länger her war.

Am stärksten war dieser Eindruck gewesen, als sie aus der Narkose erwachte und um einen Spiegel bat.

„Die Nase war's nicht, die wir operiert haben", sagte die Schwester gedehnt. Worauf Andrea schlagartig zurückgab: „Sie müssen Ihre da auch nicht reinstecken." Das kam ziemlich grantig, zickig-schwul, nicht so sehr boshafte Filmdiva, wie sie sich einbildete. So ein Herzchen!

Naja — Frischoperierten verzeiht man dies und das. Sie nehmen ihn nicht für voll, merkt er. Es fällt ihm nicht sofort auf. Eine Frau, die den Zyklus kennt, weiß, wann sie angreifbarer ist von der Wunde in ihrer Mitte. Und die Gereiztheit liefert die Gründe, sie anzugreifen.

Andrea wird niemals eine Periode haben.

Andrea wird immer in ihrer Mitte verwundet bleiben.

Der Heilungsprozeß, obwohl ohne Komplikationen, zieht sich lange hin. die Frist, die der Arzt als Schonzeit genannt hat, ist lange überschritten — Andrea schnellt zusammen wie eine Mausefalle, wenn Michaels sanfte Hand zwischen ihren Beinen aufwärts schleicht. Tagsüber ist sie indessen tüchtige Hausfrau, im Herbst will sie eine Lehrstelle antreten. Vorher ist eine Urlaubsreise geplant. Sie betrat jeden Tag die Straße voll Stolz zu wissen, daß das eins war, was sie zu sein fühlte, was man sah und was man im Paß las. Das trug sie und machte ihr den Rücken grader als je zuvor. Sie war in dieser Zeit so glücklich! Sie ging über den Wochenmarkt, verlangte frohgemut ihr Suppengrün und prüfte den Reifegrad der Melone ohne Furcht, die unreifen Bananen wies sie fast übermütig zurück. Fast wurde er gewöhnlich, als sich wer vordrängelte, aber das war nicht damenhaft, pampig zu werden, das verkniff er sich.

Seine freche Klappe hatte er zu gebrauchen gelernt, als er gerade aus dem Dorf in die Stadt gezogen war und im Rotlicht-Distrikt nach neuen Freundinnen suchte. Was, du auch?

Klar doch. Hast du gedacht, du bist die einzige, der es so geht?

Hier herrscht ein anderen Ton als im Heimatdorf. Andreas entdeckt, daß er schlagfertig ist. Seine Antworten kommen an wie zurückgeworfene Tränengasgranaten. Niemand ist da, den er damit nicht erst einmal verblüfft hätte. So ein ruhiger Typ, Stier, vertippen sich viele. Ein hübsches Ding mit kontrollierter, ein wenig starrer Miene, scheint ziemlich wehrlos, aber wenn du sie lange genug genervt hast, gib's — paff — sauber unter die Gürtellinie. Oh, ja, sie wird nicht nur geliebt.

Sich wehren — das hat sie nicht immer gekonnt. Das Weiblich-Sanfte, das Lächeln und Kopfneigen eines Mädchens hingegen gelang ihr seit der Kinderzeit spontan. Andreas ging und bewegte sich wie ein Mädchen, hegte Abneigung gegen die männlichen, sportlichen Taten, zu denen ihn der Pappi ermutigen wollte, aber Neigung zu Mammis Lippenstiften, Spitzenwäsche und Haarspangen, die haltlos in seinem kurzen Schopf baumelten. Als er das erste Mal in bräutlicher Aufmachung in ihren Stöckelschuhen halsbrecherisch einhergeschwankt kam, lachten die

Großen; da weinte er. Beim zweiten, dritten Mal schien es ein Problem zu werden. Man erwog und verwarf Verbote.

Er hielt sich abseits von den Jungen, starb fast, wollte im hellblauen Fliesenboden versinken vor Scham, als er mit den kreischenden Kameraden unter die Dusche mußte. Inzwischen war ihm klar, daß er anders war. Mit den Mädchen hätte er gerne für Popgruppen geschwärmt und wäre in ihre seichten kleinen Geheimnisse eingeweiht worden. Aber in diese Logen nahm man keinen Andreas auf. So hielt er sich zu den Jungen, entlarvte ihr Gebahren als dummerhaftiges Kerltheater, als großspurige Hohlheit, und schaute ihnen ein paar Tricks ab und wandte sie an, um zu überleben, um nicht ihren Frozzeleien ausgesetzt zu sein, und gewöhnte sich ab, was ihm selbstverständlich und natürlich war. Er gewöhnte sich ab, ein Mädchen zu sein, aber das war beschwerlich und unnatürlich und war auch nichts Dauerndes, nur eine Lüge für die Welt, ganz so, wie auch sein Körper eine Lüge war. Der erhob sich ja sogar gegen ihn — besser: gegen sie. Ein kleines, noch ziemlich unbewußt lebendes Mädchen wacht mit einer Erektion auf, einer erschreckenden Unbotmäßigkeit des Körpers. Da richtet eine Schlange ihr böses Haupt empor. Das Teil, das bislang gehorsam zum Pieschern diente und zu sonst gar nichts, schon gar nicht zum Angeben, tut plötzlich, was es will, macht dem armen Kind Angst, dies sei vielleicht eine krankhafte Entartung; eine schockierende, schamlose Eigenmächtigkeit ist es auf jeden Fall. Pappi klärt ihn auf, will ihn stolz machen und macht ihr Angst. Sie ahnt künftige Leiden und beginnt, das Teil an sich zu hassen, und wünscht es fort. Das Teil versklavt sie, fordert Handhabung oder ergießt sich nachts und verprellt ihr prüdes, kindliches Sauberkeitsbedürfnis. Danach wäscht sie den immer fremder werdenden Körper, als könne sie es ihm damit abgewöhnen.

Ein paar Jahre nach den ersten Zeichen hat der Körper den Gehorsam zunehmend verweigert. Bartwuchs fällt über sie her. Die Stimme entgleitet. Solche Hände, einen solchen Kehlkopf, solche Beinmuskeln, diese Schuhgröße hat ein Mädchen nicht. Schultern wie eine Landesjugendmeisterin über hundert Meter Brust. Ihm würden schon ein paar Zentimeter Brust genügen. Die Mädchen präsentieren ihren Stolz wie teures Konfekt: Wenig drin, aber aufwendig verpackt. Er wünscht, er hätte noch davon einen Bruchteil zu bieten.

Er wird es können! Sie kriegt ein bißchen Busen nach einigen Wochen regelmäßiger Östrogenbehandlung. Die hoffnungsvolle Zeit beginnt, als er androgyn war, sich weiblich zu kleiden begann, zunahm, weicher wurde, sich sorgfältig schminkte, nur durch Bartwuchs überführt werden konnte und doch noch die Insignien der Mannhaftigkeit bei sich führte, träger und gezähmt durch die weiblichen Hormone.

Damals konnte noch jeder Satz mit „wenn" anfangen. Das ist nun vorbei.

„Wie geht es Ihnen denn jetzt, Frau Tiedewalt?"

„Körperlich besser. Viel besser."

Wie läuft der Tag ab? Haushalt, Wochenmarkt, Küche, Tischdecken, Essen mit ihm, Küche, Zweisamkeit, Schlafen.

„Schlafen Sie gut?"

„Nicht so sehr. Damit habe ich Probleme." Sie liest zu lange, friert und schwitzt, denkt nach, hört den Schnarcher neben sich, den Klotz, den Unsensiblen, wird von jedem Schritt im Stockwerk drüber wach. Legt sich wieder hin, wenn der Wecker gepiept und sie Männe Frühstück gemacht hat und er gegangen ist. Schläft dann endlich gut. Läßt es langsam angehen, und wenn sie auf den Tag zurückschaut, hat sie eigentlich nicht mehr getan, als einzukaufen und zu kochen und ihm Hemden zu bügeln, worin er sehr pingelig ist; sonst ist er es eigentlich nicht.

Intimleben? Ja... Wenn überhaupt... Ausweich, stotter.

Hilfe, denkt der Therapeut, da hat sie nun doch eigentlich alles durch einschließlich Coming-Out auf St. Pauli. Und kann nicht über ihr eigenes Sexleben sprechen. Sie weiß auch, daß das ein Teil der Nachbetreuung sein wird, daß der Arzt sich auch um diesen Punkt sorgfältig kümmern wird. „So richtig haben wir es noch nicht gemacht", ringt sie sich ab.

Doktor Holtfurt kennt das. Andrea ist nicht die erste, die den Neubeginn fürchtet, nun, da kein Hindernis mehr im Wege liegt. Den „Königskinder-Effekt" nennt er das nach dem Lied von den beiden, die zusammen nicht kommen konnten und die sicher große Probleme miteinander gehabt hätten, wenn sie das Wasser, das viel zu tief war, hätten überwinden können. Welche böse Nonne blies ihnen da das Licht aus?

„Ich wage es noch nicht. Ich habe Angst, es könnte wieder etwas kaputtgehen…" Und sie hoffte, der Arzt könne noch etwas finden, was ihr den schlichten Satz: „Es geht noch nicht" erlaubte. Aber körperliche Gründe finden sich nicht, eher ist es hilfreich zu trainieren. Das Hindernis liegt in der Psyche.

Er verstand das.

„Lassen Sie sich nicht überrumpeln", sagte er, „tun Sie es nicht allein ihm zuliebe. Seien Sie egoistisch! Er hat so lange gewartet, jetzt ist auch keine Eile. Sie sind noch traumatisiert von der Operation. Das braucht seine Zeit."

Er kriegte sie herum, kurz nachdem sie beim Doktor gewesen war. Je länger du zögerst, umso schwieriger wird es. Irgendwann kriegst du die Kurve gar nicht mehr. Und schau, ich lieb' dich doch. Du mich doch auch noch, oder? Mir wird es doch so schwer, so lange zu warten… Oh, weh. Klartext:

Andere Mütter haben auch schöne Töchter.

So gab sie nach.

Er war ja gelehrig, er wußte, daß er sie erstmal schön geduldig in Stimmung bringen mußte, und sie gab sich auch alle Mühe, sich in die gute alte Spannungskurve einzuklinken, aber das wollte gelernt sein. Das verhaßte, aber doch nützliche Werkzeug war fort, das Fühlen abgestumpft, fremd, der richtige Punkt schwer zu finden, schon für sie, erst recht für ihn. Er kitzelte sie mehr, als daß er sie erregte, ihr war es lieber, er möge aufhören, so wurde das nichts. Allenfalls hätte sie es mit der Zeit gelernt. Aber sie schämte sich, es im Bett neben ihm zu probieren. Würde auch ein bißchen Zeit kosten. Sie scheute sich; selbst, wenn er aus dem Haus gegangen war, empfand sie es als Vorwurf gegen ihn, den er nicht verdiente, da er sich doch Mühe gab, sie zu beglücken. So ließ sie ihn — Los der Frau — über sich ergehen, und das war ein arger Fehler.

Sie verbrachte den Tag darauf im Bett, gekrümmt, obwohl sie nicht wirklich Schmerzen hatte. Sie war eben noch traumatisiert. Der tiefe Schnitt in ihr Inneres war immer noch ein Schmerz geblieben. Denn die

Höhlung war ja nicht Natur, sie war, wie ein Stollen in den Leib des Berges, in ihn hineingetrieben. Er verstand, daß er Manns genug gewesen war, gewaltsame Penetration gegen sich selber zu richten.

Als ihm das klar wurde, weinte er lange und trostlos. Es war kein Entschluß wie sonst das „genug getrauert!", das deine Tränen trocknet und dich antreibt, dich zu erheben und besser etwas Nützliches zu tun. Aber hier gab es nichts Nützliches, das sie nicht für ihn täte. Sie hörte auf zu weinen, weil sie des Weinens müde wurde.

Sie zwang sich zum Blick in den Spiegel. Da war wieder Andreas ohne Unterfutter, die hohlen Wangen, der eckige Männerkiefer.

Sie schlich ziellos durch die Wohnung, unkonzentriert, faßte den Entschluß, nach frischen Taschentüchern zu suchen, vergaß ihn; als die Nase lief, wußte sie wieder, was sie vorgehabt hatte. Sie schneuzte sich und fing dann an, Hemden zu bügeln.

Es muß weitergehen. Wir haben das, wofür ich das Opfer brachte, also jetzt gefreut und gelebt.

Sie legte sich wieder hin.

Sie watet durch einen Schilfgürtel, das Wasser reicht ihr bis an die Hüften. Dabei setzt sich ein schreckliches Wassertier an ihrem Unterleib fest, eine Art behaarter Krebs oder Tintenfisch, und zwackt und kitzelt sie. Sie muß zum Tempel hinauf und sich reinigen. Dort tritt sie vor ein Becken mit glühenden Kohlen. Das Tier fällt von ihr ab. Sie wird in ein weißes Gewand gehüllt und darf mit den anderen in einen frommen Hymnus einstimmen.

Sie wacht auf.

Sie hätte ziemlich viel Zeit verstreichen lassen bis zum nächsten Arztbesuch, wären da nicht die Östrogenspritzen, auf die sie angewiesen ist, um nicht wieder zu vermännlichen. Denn auch beim Kastraten entsteht einiges männliche Hormon. Die Nebennieren erbarmen sich des verwaisten Körpers und nehmen sich dieser Aufgabe an.

Sie steht ruhig und tapfer und läßt sich den Druck setzen. Es ist auch wieder Zeit für einen Blick ins künstliche Paradies.

„Schwellung, Rötung — Sie mußten ja nicht gleich übertreiben."

„Ich habe nicht übertrieben", sagt sie leise und verschämt, „es ging ganz schnell. Ich vertrage eben noch nichts."

„Vielleicht ist er ganz einfach ein Grobian?"

Nein! Da nimmt sie ihn energisch in Schutz. Oh, diese Weiber! Daran erkennst du, daß der Junge recht hat, wenn er sich als Frau bekennt. Diese Scheißopferbereitschaft! Dieser Mangel an Selbsterhaltungstrieb! Der macht doch die Männer erst zu Egoisten.

Und dann sieht ein gesunder junger Berdache kein höheres Ziel, als auch so ein Opferlamm zu werden, das Schaf. Berdache? Was ist das? Bei den Indianern war das ein Mann, der sich als Frau identifizierte, mit den Frauen lebte, Frauenarbeit tat und oft auch einen Mann heiratete. Sie hatten so ihren festen und ungefährdeten, allenfalls ein wenig bespöttelten Platz in der Gesellschaft. Doktor Holtfurt hat darüber gelesen, was die Literatur nur hergibt. Er hat sich ja auch Mühe gegeben, diesen Jungen vor einem voreiligen Schritt zu bewahren, aber der wollte ja ums Verrecken! Er erzählt auch den Kandidaten in der Probezeit regelmäßig von den Auswegen anderer Völker aus diesem Problem. Aber wenn er erwähnt, daß Indianer und Sibirier den Androgynen und auch den Männern mit Frauenseele Zauberkräfte zusprechen, dann sind seine Patienten auf verschiedenen Ohren taub dafür und schalten auf Durchzug. So etwas ist für die meisten papieren und hohl. „Ich hatte eigentlich angenommen, Sie werden mir helfen!" hatte Andrea gegrollt.

Ja. Was hilft uns ein Lebensmodell verschwundener Völker, wenn diese Gesellschaft beinhart auf eine Entscheidung für eine Seite oder der Einhaltung des körperlichen Geschlechtes besteht?

Herr... Frau Tiedewalt, wo kämen wir denn hin, wenn sich jeder sein Geschlecht aussuchen kann?

Sie hat die behördlichen Faxen wirklich dicke. Ein Mann, der sich als Frau verkleidet, wird schon gleich verdächtigt, bestenfalls, daß er die Behörden verulken will, schlimmer, daß er nicht richtig tickt, schlimmstenfalls, daß er eine Straftat vorbereiten oder verdunkeln will.

Den Traum hat sie dem Doktor nicht erzählt. Sie hat das Gefühl, er bedeute, daß sie den Sexus überhaupt abschütteln soll und ein reines und heiliges Leben führen. Das macht man sich aber nicht so gerne bewußt. Sie verneint, verdrängt und vergißt den Traum.

In dieser Zeit war sie furchtbar einsam und ihrem Retter schutzlos preisgegeben.

Es fing an, ein bißchen Spaß zu machen, sie wurde geschickter, gewöhnte sich auch daran, bereitete sich vor, weil die Natur es an weiblicher Feuchte fehlen ließ — und nun bekam Michael Probleme. Genau so, wie sie von Mal zu Mal besser verstand, ihn willkommen zu heißen, verschlug es ihm von Mal zu Mal mehr die Kräft. Selber kam sie nicht darauf, wieso. Der Doktor half ihr auf die Sprünge.

„Worauf haben Sie sich am meisten gefreut, was war Ihre größte Hoffnung für die Zeit nach der Operation? Schaun Sie, Sie standen beide unter Erwartungsdruck — das ist das eine. Und das andere: Ihr verändertes Selbstbewußtsein. Wie hat sich Ihr Leben verändert, gehen Sie alleine aus? Sprechen Sie auch mal Fremde an?"

Oh, ja, sie ist mutiger, unbefangener und fröhlicher geworden, ist gelöster und kontaktfreudiger. Ist das Ihr Hund? Gott, ist der süß! Das Blaue — soll ich das mal anprobieren? Finden Sie, daß mir das steht?

Sie hat nicht mehr dauernd die Sonnenbrille auf, sie geht auch allein ins Café. Ja, mich wollte schon mal einer zu einem Drink einladen, die schauen mich schon mal an und auch pfeifen hinter mir her. Aber ich bin ja treu.

Ja, wenn Michael da ist und rumnörgelt, wird er auch schon mal Opfer ihrer berüchtigten Klappe. Sonst hatte er ihre unberechenbaren Hiebe beifällig belacht, wenn es nicht gegen ihn ging. „Kein Wunder," meckert er, „daß es nicht schmeckt, wenn du dich den ganzen Tag nicht ums Kochen kümmerst!"

„Klar habe ich mich ums Kochen gekümmert, nämlich um die Kochwäsche. Und die servier' ich dir morgen zum Abendbrot, damit du's glaubst, daß ich was tu' den ganzen Tag. Ich habe deine blöden Oberhemden langsam satt!"

Gleich darauf tut es ihr leid. Weiblich lenkt sie ein: „Hab's nicht so gemeint!"

Er hat wieder Oberwasser, legt das Pfeifenanzünden zwischen Anfang und Ende des Satzes: „Deine Nerven, meine Liebe — pft, pft, pft — pfff — sind wohl im Moment nicht die besten?"

Pfeife raucht der Milchbart! Ich habe ja immer noch, trotz Behandlung, mehr Bart als du! Lächerlich! Selbst jetzt bin ich mehr Mann als du!... Verdammt: Das ist der springende Punkt: Sie konkurrieren.

„Schicken Sie mir doch bitte mal Ihren Michael in die Sprechstunde, Frau Tiedewalt."

„Sagen Sie mal, Herr Bendt, was ist eigentlich in letzter Zeit zwischen Ihnen los?" Nee. Sowas Plumpes fragt der bestimmt nicht. Trotzdem bewegt Michael im Wartezimmer früher gesagte Worte des Doktors in seinem Herzen: Andrea ist ein Mensch in der Krise, Herr Bendt. Diese Umwandlung ist nicht ohne Gefahren. Sie haben auch einen Teil der Verantwortung...

Geschenkt!

Außerdem ist sie ein erwachsener Mensch und wird allmählich zickig. Widerworte! Jawohl. Früher war sie so anschmiegsam. Da war sie fast noch eher eine richtige Frau als jetzt. Das hat man nun davon, daß man sich um sie gekümmert hat, als sie nicht Fisch, nicht Fleisch war. Da hätte nicht jeder drüber weggesehen! Ja. Ich habe mich nicht daran gestört, daß die Nixe noch einen Schwanz hatte! Ich liebte sie halt so, wie sie ist. Dabei hat sie Haare auf den Zähnen! Andrealein... Im Mimikry nennt man sie Adrenalin, wußten Sie das? Aber ich liebe sie gleich. Und das war eben nicht selbstverständlich. So leicht fand die auch keinen. War ja niedlich, gut, aber wenn dann einer hinlangt und merkt, das ist ein Kerl — Sie, da bleibt aber nicht jeder bei der Stange! Und den Schwulen ist sie wieder zu weiblich.

Was meinen Sie damit, dann sollte sie mir wohl dankbar sein?

Wohl ironisch gemeint? Also, ich finde das schon, irgendwo sollte sie das. Ich bin auch ein bißchen enttäuscht, ehrlich gesagt. Wenn ich mit ihr — hm — Geschlechtsverkehr habe — pft, pft (das ist die Pfeife) — also, ich vergleiche das eben doch mit meinen früheren Erfahrungen mit Mädchen. Wissen Sie — der gewisse Funke, der springt eben nicht mehr über. Genauer ausdrücken? Das ist so eine Gefühlssache… Wissen Sie, dieses Gefühl, wenn ein Magnet mit dem Pluspol auf den Minuspol des anderen trifft, klack, dann tauschen sie ihre Kraftströme aus. Aber bei uns, das ist Pluspol und Pluspol, verstehen Sie, was ich meine? Aber sagen Sie es ihr nicht, ich glaube, sie würde das nicht verkraften."

„Andrea", sagte der Doktor, „ich hatte gerade ein Gespräch mit Ihrem Freund."

Andrea ist heute womöglich noch steifer als sonst, prophylaktisch erstarrt vor dem, was er ihr zu sagen hat; sie setzt sich bequem und graziös zugleich hin und schaut aufmerksam dem Doktor entgegen, schaut in seine lieben, runden, grünbraunen Augen und auf den sanften Mund unter dem Walroßschnurrbart. „Der liebt mich ja!" denkt sie einen Moment lang, und auf eine Art stimmt es auch, aber sie muß nichts befürchten, es ist eine Liebe, die gut ist zwischen Arzt und Patient.

„Er hat ein Problem mit mir", sagt sie zaghaft und zu früh resignierend. „Kann sein, daß ich ihm wirklich zu selbstbewußt werde. Anscheinend verträgt er es nicht, daß ich mich jetzt wohler und sicherer fühle in meiner neuen Existenz, dabei haben wir uns immer ausgemalt, wie schön das sein wird, und jetzt ist es ihm anscheinend auch nicht recht. Ich gebe mir ja auch alle Mühe, ich gehe auf ihn ein, ich tue alles Mögliche ihm zuliebe — aber habe ich das alles denn auf mich genommen, um wieder abhängig zu sein? Ich wollte doch frei werden. Vorher war ich eine Gefangene im falschen Körper. Soll ich jetzt wieder bei jedem Schritt auf ein Hindernis stoßen?"

Wie verwandelt sich die sanfte Andrea! Da leuchtet ihr Entschlossenheit und wilder Wille aus den Augen.

Feuer-Pferd-Mädchen, so glaubte man im alten China, sind nicht zu bändigen. Sie sind kaum zu verheiraten, weil sie sich dem Gatten nicht unterwerfen. — Doktor Holtfurt liest nämlich auch Quellen, die seine Kollegen eher belächeln. — Früher ertränkte man sie reihenweise gleich nach der Geburt; im modernen China treibt man sie zeitig ab.

Doktor Holtfurt schaut sie an und überlegte sich die Antwort gut. „Sie sollen sich auch nicht verstellen. Das mußten Sie lange genug. Und Sie sollen keine Angst haben, ihn zu verlieren."

„Aber wenn ich mich nicht auf ihn einstelle, schmeißt er mich raus."

„Unsinn. Der hat genau so viel Verlustangst wie Sie."

Andrea schaut ungläubig und spielt mit ihrem Armband.

„Wie viele Männer wollen denn schon eine transsexuelle Partnerin? Und außerdem hat er mich ja schon geliebt, bevor ich einen weiblichen Körper hatte, das hätte nicht jeder getan."

„Wie viele Frauen sehen denn unverdächtig weiblich aus und haben doch einen männlichen Körper?"

Andrea kapiert sofort. Sie tut es deshalb, weil der Therapeut einen Verdacht ans Tageslich zerrt, den sie auch schon gefaßt und gnädig wieder verhüllt hat: „Sie meinen, er ist schwul?"

Doktor Holtfurt sagt erstmal nichts.

„Nein! Bestimmt nicht! Sonst hätte er mir doch nicht zugeredet, es zu machen! Nein. Da sind Sie auf dem Holzweg."

Sie springt auf und läuft im Zimmer herum und schaut aus dem Fenster und schaut auf die Uhr. Mein Feuer-Pferdchen geht mir durch! Der Haken daran, wenn sie jetzt geht, ist, daß sie sich ja umsonst geopfert hat, wenn ich recht hatte, vor allem, wenn sie ihn wirklich liebt, und dann ist sie suizidgefährdet.

„Ich muß jetzt gehen", sagt sie, plötzlich ganz Dame, „ich finde, unser heutiges Gespräch hat eine unerfreuliche Wendung genommen."

Sie reicht ihm die Hand. Die Diva, wenn auch pikiert, bewahrt Contenance.

„Übrigens: Sie brauchen sich keine Sorgen um mich zu machen, es war trotzdem nicht umsonst, ich habe es für mich getan. Ich bereue nichts."

Vorhang.

Andrea läuft erstmal in die falsche Richtung und legitimiert dann ihre Zerstreutheit durch einen Cafébesuch. Und in ihr rotiert es um und um: „Warum hing er jeden Abend im Mimikry herum, wenn er nicht schwul ist? Warum fühlte er sich von mir so angezogen? Er muß gespürt haben, daß ich einen männlichen Körper habe, aber er wollte es nicht merken.

Aber er wollte doch auch, daß ich mich operieren lasse!...

Klar. Er weiß es selber nicht. Er will es nicht wahrhaben. Was da an seiner Seite geht, das soll vor aller Welt einen Rock tragen."

Andrea zahlt eilig und geht.

Jeder Gedanke zieht einen anderen nach sich. Das Ende dieser Kette möchte ich bitte zu Hause überleben.

„Und damit er nicht einsehen muß, daß er einen Männerkörper begehrt, habe ich meinen opfern müssen. Das besiegelt seine Überlegenheit. Unter Blinden ist der Einäugige König.

Der Preis dafür ist, daß er bei mir keinen mehr hochkriegt.

Meine Rache.

Am Schluß garnieren wir das Parfait mit ein paar frischen Früchten und schieben es ins Kühlfach. Guten Appetit. Das haben wir schön hingekriegt. Gratuliere.

Sie hatte geglaubt, während sie sich auf dem Heimweg zusammenriß, gleich werde sie in Tränen aufgelöst sein. Aber jetzt trieb eine Empörung sie an, die ihr Kraft gab. Ich als das Sprachrohr seiner Lebenslüge! So ein unwiderstehlicher Charmeur ist er, daß sich Männer zu Frauen umoperieren lassen!

Oh, warte. Und sie fing an, die Koffer für den gemeinsamen Urlaub zu packen.

„**O**h, ist das hier herrlich!"

Andrea steht auf dem Balkon, Blick über Scilla, die Sonne geht unter.

Die Ankunft hatte gleich eine Panne für sie bereit: „Scusi, wir haben keine Einzelzimmer für Sie frei."

„Aber wir haben doch ein Doppelzimmer gebucht! Und das wurde anstandslos bestätigt!"

„Ja. Signor Michael Bendt — sind Sie das? — Und Signor Andrea Tiedewalt. Aber nun kommen Sie mit einer Dame — scusi, Signorina.

Doppelzimmer vergeben wir aber, wenn an Paare, dann nur an verheiratete."

Andrea gerät fast in Panik. Sie haben gedacht, ich sei ein Mann — wieso? Sie konnten das doch nicht wissen...

Sie faßt sich und fragt mit einem leichten, einem ganz leichten Schwanken in der Stimme: „Wieso Signor Tiedewalt? Das bin ich! Hier — mein Paß."

„Ma — Andrea — C'è un nome maschile in Italia!"

„Was? Maskiert?"

„Nee, männlich!" sagt Michael, der besser Italienisch versteht, „Andrea ist im Italienischen ein Männername, sagt er."

Ach, so.

Wir sind verlobt. Und wir haben uns ja auch zusammen angemeldet. Sie haben es doch auch bestätigt... „Will er jetzt auch noch wissen, ob wir konfirmiert sind?" — „Andrea, laß mal."

Das Hotelmanagement macht einen Rückzieher. Sie trinken Sekt auf dem Balkon. Der laue Wind weht ihr die Haare ins Gesicht. Michael nimmt ihr das Strähnchen von den Lippen. Es ist wie im Film. Sie glauben fast wieder, daß sie verliebt sind. Na, gut, verloben wir uns halt. Für's Hotel.

Kann die Frau denn nicht die Klappe halten? Schon kippt die Stimmung wieder um.

Tief unter ihnen brandet das Meer an die Felsen. Scilla ist das alte Scylla der Odyssee. Zwischen ihr und der Charybdis mußte der Seefahrer hindurchnavigieren.

Sie gehen früh schlafen. Die Reise hat sie müde gemacht. Andrea badet noch. Michael schnarcht schon, als sie ins Bett steigt. Ihr ist es nur recht.

Das Meer ist ihr Lebenselixier.

Michael versteht nicht, daß sie stundenlang direkt am Wasser sitzen kann ohne irgendwas zu tun. Er möchte etwas unternehmen, Gruppenaktivitäten, Ballspiele, Ausflüge.

Sie schaut ins Wasser. Es ist ihr Gebet und ihre Vorlesung, ihr Raumflug und ihre Meditation. Manchmal stellt sie ihre Füße in die spielenden Wellen, manchmal zieht sie sie heraus und läßt sie auf dem Felsen wieder von der Sonne wärmen. Ihr Atem wird so ruhig und träge. Sie fühlt sich ganz eins wie nie zuvor. Sie wird es später beschreiben, sie habe von Schizophrenie zu gesunden begonnen, als sie am Wasser saß. Du kannst Menschenbeine bekommen, die finden sie schön und unsere Fischschwänze häßlich. Aber jeder Schritt wird sein, als gingest du über scharfe Messerklingen. Aus Liebe zu ihm wirst du es tun, aber du wirst stumm sein dein Leben lang. Willst du das?

„Ich schwimm' ein bißchen raus."

„Gut, aber sei vorsichtig."

Michael schaut gar nicht auf von seiner Zeitung. Er ist schon geschwommen, da wollte sie nicht mit.

Sie entfernt sich schnell vom Ufer, zu schnell für ihren Geschmack. Sie ist keine geübte Schwimmerin. In der Schule war der wöchentliche Gang zum Schwimmbad ein Alptraum: Das Umziehen mit den anderen Jungen. Die Mutprobe Turmsprung.

Jetzt ist es ganz anders! Hinein in den Schoß von Mutter Meer, die eigene Weiblichkeit auffüllen.

Endlich fällt ihr irgendwann auf, daß ihr Strand mit Michael und dem Hotel drüber sich schon ganz nett entfernt hat. Zügig schwimmt sie darauf zu. In direkter Richtung jedoch ist das Meer stärker als ihre Muskeln. Sie merkt, sie nähert sich dem Ufer nur, wenn sie nicht direkt zu ihrem Ausgangspunkt zurückzuschwimmen versucht. Jetzt spürt sie den Sog und bekommt Angst. Skylla und Charybdis, und kein Boot, das sie aufnehmen könnte! Sie schaut sich um. Diese Muskeln sind auch nicht mehr, was sie mal waren. Vielleicht sollte ich mal ein bißchen Body-Building... Andrea! Pfui! Was ist das denn?

Doch nur für solche Fälle wie diesen!...

Sie erreicht das Ufer ein gutes Stück, ein wirklich gutes Stück nördlich. Da steht sie nun im Badeanzug auf fremden Felsen. Direkt am Wasser zurück geht nicht wegen der Klippen. Also die Landstraße entlang im nassen Badezeug und mit nassen Haaren. Autofahrer hupen und glotzen, warum die sie gerne mitnehmen würden, kann man sich denken. Endlich erbarmt sich ein Landsmann mit nervigen Kindern. Somit dient sie auch als lebende Moral. Das kommt davon, wenn man hier einfach rausschwimmt. Bei der Strömung.

Michael macht ihr Vorwürfe. Es soll besorgt klingen, sie fühlt sich aber nur wieder bevormundet. Überhaupt: Je mehr sich sein Konzept herausschält, sein Muschilein zu beschützen und sie an der Hand durch die böse Welt zu führen, umso mehr fällt er damit auf den Bauch.

Andrea, so hat ein anderer Hotelgast ihr erklärt, als sie das Mißverständnis bei ihrer Ankunft erwähnte, Andrea ist im Italienischen nicht nur ein Männername, er bedeutet auch „der Männliche", das kommt aus dem Griechischen. Und da das griechische Erbe in Süditalien noch nicht so lange erloschen ist, kann man mit dem Begriff hierzulande etwas anfangen. Andrea als Mädchenname — darauf wären sie nie gekommen.

Er ist ein interessanter Mann, mit dem sie sich immer unterhält, der Herr Prechtl-Roth, kosmopolitisch und polyglott, die Wörter lernt sie von ihm, weltbürgerlich und vielsprachig. Richard heißt er mit Vornamen, sagen Sie ruhig so… Ich finde eigentlich nicht, daß wir schon beim Du sind! — Das meine ich auch nicht. Sie und Vorname, wie gefällt Ihnen das?

Er beobachtet Andrea aufmerksam. Ausnahmsweise macht es sie nicht nervös. Sie ahnt, daß er sie schon durchschaut hat. Sie ertappt sich dabei, daß sie des Versteckspielens manchmal auch schon so herzlich müde ist. Ihrem neuen Freund scheint ihr Geschlecht ziemlich gleichgültig, die Aufmerksamkeit gilt offenbar ihrer Person an sich, das ist sehr erholsam.

Den Michael bürstet er manchmal ein bißchen ab. Der mag ihn deshalb nicht und mag auch nicht, daß Andrea dauernd bei ihm sitzt und mit ihm redet. Worüber denn eigentlich? Ach — alles…

Alles?? Ich muß doch sehr bitten!

Herr Prechtl-Roth hat Freunde weiter südlich, in Catona. Sie haben ein kleines weiß gekalktes Haus mit türkisblauen Fensterläden. Von der Straße aus sieht man es kaum. Sie gehen durch eine grüne Höhle von weinbewachsenen Pergolen, über einen kiesbestreuten Hof, den tönerne Kübel mit mandelduftenden Lorbeerrosen und Limonenbäumchen umgeben. Hier wird man essen. „Das wird ja ein Laubhüttenfest", sagt Andrea, die Gastgeber schauen sie seltsam an. Richard stellt Andrea und Michael Anna und Adam vor.

Hinter dem Haus liegt ein fruchtbares Paradies, von kleinen Bewässerungskanälen durchzogen. Hier gibt es Feigenbäume mit ihren hodengleichen Früchten, Auberginen, Tomaten und alle diese Gemüse, zum Aufzählen zu viele; Zitronen- und Granatapfelbäume schließen den Garten nach hinten zum verdorrten Flußbett ab.

Man ißt, man plaudert, Michael steckt nach dem Obst seine Pfeife an und redet dummes Zeug. Richard ist nach dem Essen zu träge, um es zu widerlegen, er nippt nur an seinem verdünnten Wein und amüsiert sich über die Monologe. Michael hat pur getrunken, Andrea nur Mineralwasser, soll man beides nicht tun, meint Richard, das wußte schon Goethe. Michael verbreitet milden Nationalismus, abgepuffert durch die Versicherung, er sei kein Nationalist, aber.

Andrea sagt dazu nichts. Früher hat sie sich das angehört und ihn dabei angehimmelt und nicht so hart über den Inhalt geurteilt, weil er das so souverän und männlich vortrug. Später nahm sie dann an seiner Meinung Anstoß und versuchte in unguten Stunden, mit ihm zu diskutieren, da merkte sie, daß er gerne zu der Ausflucht männlicher Überlegenheit griff, wenn ihm die Argumente ausgingen. Frauen verstehen davon nichts — aber das haute wohl nicht ganz hin! Damit kam er bei ihr nicht mehr durch. Das war seine größte Enttäuschung.

Der Gastgeber heißt Adam Glicksmann, seine Frau Anna Brodskaja. Sie ist klein und untersetzt, blond mit braunen Augen und Wangen wie goldrote Äpfelchen, zart gesprenkelt. Michael läßt seinem Deutschtum freien Lauf. Annas Akzent hat er noch gar nicht bemerkt. Schließlich kommt wieder seine Einschätzung der Nahostprobleme; er kritisiert die israelische Aggressionspolitik, wie er es sieht. Andrea tritt ihm unter dem Tisch ins Schienbein, denn sie hat die Blicke wohl bemerkt, die Adam und Richard austauschen. Sie weiß nicht genau, was diese Blicke besagen. Sie kennt nur Michaels Talent, die außenpolitische Tolpatschigkeit, die er am Regierungschef nicht bemerkt, im Detail nachzuvollziehen, Wer Karriere machen will, muß von den Siegern lernen, sagt Michael immer.

Als er mal raus muß, geht sie ihm nach. „Das hast du ja wieder schön hingekriegt!" zischt sie ihn an. Wenn sie nichts getrunken hat, sieht sie ihn überkritisch und ist von allem genervt, was er tut.

Es ist ein schrecklicher Streit. Sie wirft ihm vor, die Gastgeber brüskiert zu haben, aber mit denen hat ihr Streit schon gleich nichts mehr zu tun. Er unterstellt ihr, sie sei ja schön völlig von Richard hypnotisiert. Sie rede ihm zum Munde. Sie nehme jedes Wort von ihm als Offenbarung.

Sie darauf: „Hör auf, mich zu bevormunden, ich brauche deinen Schutz nicht, ich bin nicht behindert!"

Dann er wieder: „Du bist ja hysterisch!"

Sie gibt prompt zurück: „Hysterisch kommt von Uterus, und sowas besitze ich nicht."

Taktischer Fehler.

„Eben! Aber ich bin ein normaler Mann, ich will mal Kinder. Manchmal bist du ja Frau, aber wie eine, die gerade ihre Tage kriegt, und so bist du immer! Krieg sie doch endlich mal!!"

Er verschwindet durch den Garten, durchquert das trockene Flußbett und marschiert zur Landstraße hinüber. Sie ist zu verletzt, um ihm zu folgen. Plötzlich fühlt sie auch Schmerzen, als würde sie ihre Tage bekommen. Aber das war nur der Schlag unter die Gürtellinie.

Anna schaut nach, wo sie hin sind, und findet nur Andrea.

„Es ist aus", sagt sie.

Richard muß mitkommen, als sie ihre Sachen aus dem Zimmer holt. Na, dann ist sie eben ein wenig feige. Sie flieht in die wärmenden weiblichen Tröstungen, die Anna ihr gibt. Es kommt schon wieder in Ordnung, bleibst solange bei mir.

Den nächsten Tag verbringt Andrea im Garten. Anna spricht wenig, schaut Andrea nur unauffällig, aber aufmerksam an.

Andrea hilft ihr bei der Arbeit. Sie bewässern die Gemüsebeete, ein wenig Kraut ist abzusammeln. Als sie Pause machen, setzt sie sich einfach platt auf die Erde und läßt den pudrigen Staub durch ihre Finger rinnen. Sie fühlt sich ähnlich wie am Meer.

Naturgebet nennt sie, was sie da tut.

Zwischendurch fällt ihr die Trennung ein. Einen Moment lang schaukelt der Garten. Möchten wir weinen? Ach, eigentlich nicht. Tränen sind gerade aus.

Richard ist gekommen. Andrea deckt den Tisch. Richard wohnt im Hotel, weil er seine Freunde mit seinem exzentrischen Tagesrhythmus nicht stören will. Von abends sieben Uhr bis morgens um drei pflegt er an seinem Bildband über Minderheiten Chinas zu arbeiten. Er breitet die Fotos auf dem Fußboden aus — auch dazu wäre in Adams Häuschen zu wenig Platz —, tippt die Texte, zerschneidet die Fahnen und klebt vorläufige Layouts. Gegen Morgen, wenn die Rückenschmerzen kommen, legt er sich für ein paar Stunden schlafen. Nun erscheint er zum Essen im Halbschatten der Weinranken. Das Schicksal der beiden jungen Leute rührt ihn an, er hat viel über sie nachgedacht. Michael lief ihm im Hotel noch einmal über den Weg, er grüßte kühl. Der kommt schon zurecht. Dem anderen möchte er helfen, dem Andrea.

Anna räumt ab. Adam geht wieder an seine Arbeit. Andrea will auch aufspringen und Anna helfen; „laß nur", sagt Anna, und Richard hält Andreas Hand fest, da wird ihr ganz heiß.

„Sind Sie denn schon operiert?" fragt Richard direkt und sieht ihr in die Augen. Sie erschrickt so, daß ein Ruck durch sie geht, und wird puterrot. Er versteht ihr Zusammenzucken als Kopfschütteln. Er will rasch loswerden, was er zu sagen hat, solange dafür Gelegenheit ist. Er springt oft mit beiden Beinen in anderer Leute geheimen Obstgarten. Das Leben hat ihm so oft rechtgegeben, daß er die Konvention gering achtet. Und diese kleine Transe muß er vor einem Unglück bewahren, die gefällt ihm. Wie viele hat er gekannt, die nach dem Eingriff, oft Jahre später, den Kopf hängen ließen und die massiv die Reue überkam.

„Tun Sie's nicht", sagt er, „Frau kann man nicht werden, als Frau muß man geboren sein. Ein Mann ist weniger als eine Frau, und ein kastrierter Mann ist das Doppelte weniger. Das Urgeschlecht ist die Frau, der Mann nur eine Zutat, die Wissenschaft hat das belegt…"

Andrea zog sanft ihre Hand aus Richards und sagte: „Es ist zu spät."

„Gott, ich Idiot! Andrea! — Anna! Geh ihr nach, um Himmelswillen, der tut sich was an!"

„Wer?"

„Andrea."

„Wieso: der?"

„Ach, egal. Rasch! Auf mich hört sie jetzt nicht, aber du als Frau…"

Als Anna nach ihrer Schulter faßt, will sie sie abschütteln, aber Anna hat ihr ja nichts getan, im Gegenteil.

Wahrheit tut weh, aber dies ist nicht die Wahrheit, und darum wird sie auch gleich umdrehen und mit Anna zum Haus zurückkehren und Richard sagen, daß er sich irrt. Eine Frau ist mehr als ein Mann, damit hast du recht, aber eins kannst du nicht verstehen, Richard: Ich bin eine Frau. Ich war immer schon weiblich. Mein Körper war ein Betriebsunfall. Weißt du denn, was das bedeutet? Weißt du, was es für ein Leid ist, ständig gegen die eigene Natur zu leben? Nein, das kannst du nicht wissen.

„Später erzähle ich dir was über mich", sagt Richard, „aber sprich weiter. Sag', was du sagen wolltest."

Andrea spricht von seinem alten Unglück, von dem Haß auf den eigenen Körper. Vom Opfergang und den Freudentränen hernach.

Du warst zu jung, denkt Richard, zu jung, um das zu entscheiden. Du hast dich einer blutrünstigen Männerwelt geopfert, du hast dich ihren Forderungen unterworfen. Würdest du nämlich dein Frausein ausleben und dabei körperlich Mann bleiben — du wärest eine Gefahr für das ganze patriarchalische System der sogenannten zivilisierten Nationen. Eine Frau, die Macht übernimmt, indem sie die erbarmungslosen Tugenden der Männerwelt abguckt, ist keine Gefahr, weil sie die Seite gewechselt hat. Die wäre eine Kriegermutter, eine Einpeitscherin. Aber ein Mann, der Phallus trägt und Frieden lehrt — der muß weg. Jesum haben sie gekreuzigt. Aber auch die Christen schwenkten bald wieder in die Tradition ein. Also haben sie Jesu den Sexus abgesprochen, nicht einmal durch Sex entstanden sein durfte er…

„Ja, ich höre dir zu."

„Und was wolltest du mir erzählen?"

Richard hält beide Hände des jungen Eunuchen in seinen und schaut ihm in die Augen.

„Ich habe es gehaßt, ein Mann zu sein", sagt Richard, „als ich in die Pubertät kam, waren nur Frauen um mich und waren mein Schutz, und Männer trugen Helme und zerstörten meine Welt. Meine Tanten hatten die Idee, mich durch Frauenkleider vor dem Volkssturm zu bewahren, wenigstens bewahrte es mich davor, auf dem Feld gesehen und aufgegriffen zu werden, und dann war eh alles durcheinander und das Geburtenregister verbrannte. Aber ich hatte mich einmal in Frauenkleidern wohlgefühlt, und nun war es passiert. Und ich begriff, daß ich mich trotz allem nach den Zerstörern sehnte, so wie die Frauen es taten, anders gesagt, ich verstand, daß ich schwul bin. Der Krieg war noch nicht lange her, es waren kaum Männer da, schwule noch weniger. In den Bars in den Ruinenkellern griffen sie mir schon mal unter den Rock und wurden fündig, da kriegte ich Prügel. Ich ging ins Ausland, da gab es Schwule, die griffen nach meinem Paß und wurden fündig: Ein Deutscher! Da kriegte ich wieder Prügel. Ich bin in den Knast gegangen, damals war Homosexualität auch unter Erwachsenen strafbar. Willst du mehr hören?"

Andrea schweigt.

„Mit knapp neunundzwanzig habe ich zu akzeptieren begonnen, daß ich ein Mann bin...Wie alt bist du?"

„Ich bin eine Frau. Und vierundzwanzig. Und auf dieser Ebene können wir nicht diskutieren."

„Wir diskutieren nicht, dies ist eine Übertragung vom Lehrer auf den Schüler."

Na, der bildet sich was ein!

„Und was war damals, als du neunundzwanzig wurdest?"

„Wahrscheinlich wäre das kein Rezept für dich."

„Käme drauf an. Was ist es denn?"

„Mir wurde klar, daß ich gar kein Geschlecht habe."

„Gibt's doch gar nicht."

„Hör' weiter. Ich war damals Fotoreporter und hatte schon einige Jahre über sogenannte Naturvölker gearbeitet. Und ich stieß auf das Phänomen, daß manche Völker, obwohl Männer und Frauen sehr fest umrissene Rollen einnehmen, es recht gelassen sehen, wenn einer sich für die andere Seite entscheidet. Für sie ist es Faktum, daß immer wieder Menschen im falschen Geschlecht geboren werden. Sie trauen ihnen besondere Kräfte und supernatürliche Kontakte zu. Diese Menschen stehen den Geistern nah. Irgendwo auch logisch, wenn der Geist sich so gegen den Körper sträubt. Manche Völker glauben, die Seele sei eigentlich gar nicht geschlechtlich differenziert, sie strebe beim Eintreten in einen Körper halt danach, die einen oder anderen Aufgaben zu verrichten, und wähle danach einen Körper aus. Mein nepalesischer Freund erklärte mir, ich hätte halt nicht gewußt, was ich mir wünsche. Ich hätte die Aufgaben eines Mannes übernehmen wollen, zugleich aber noch an einer weiblichen Existenz, vielleicht im früheren Leben, gehangen.

Ich sagte damals, ich bin aber eine Frau, so wie du es tust. Ja — wer ist das, ich? fragte mich Sherab. — Na, diese Frau, die ich im früheren Leben war. Irrtum, sagte Sherab, auf dem langen Weg durch die Existenzen warst du mal Mann, mal Frau, mal Mann, dann Frau, wieder Frau, wieder Mann. Wer bist du dann? Du hast kein ewiges Geschlecht. Der Geist haftet an der Form, aber er ist nicht Form. Geist wandert durch die Formen. In Wirklichkeit hat er keine Eigenschaften, das, wovon wir sagen: Das bin ich — ist in Wirklichkeit etwas, worauf wir uns irgendwann mal fixiert haben, und das schleppen wir nun als Gepäck mit uns herum. Und wehe, wir lassen uns davon terrorisieren."

„Genau!" sagte Andrea entschieden, „weil ich mich von meiner äußeren Form nicht habe terrorisieren lassen wollen, weil ich das eben nicht bin, darum habe ich mich operieren lassen. Und ich bereue es nicht."

Er zog seine Hände aus denen von Richard.

Der schwieg und sah auf den Tisch. Nach Punkten verloren. Sie will mich nicht verstehen, aber wahrscheinlich ist das auch besser für sie. Erstmal jedenfalls. Er hob den Blick wieder zu Andreas klaren, blauen Augen.

„Tut mir leid, daß ich davon angefangen habe."

„Aber du, mein stummes Findelkind, sollst an unserer Seite gehen", sagte der Prinz, und unser Glück mit uns genießen."

Doch als er mit der Braut in der Kammer lag und als blutrot die Sonne über dem Meer aufging, da brach ihr Herz, da stürzte sich die kleine Seejungfrau über Bord und wurde Schaum auf dem Meer.

„Hast du's für ihn getan?" fragte Richard.

Ja, da, wo andere verstummen — das kann man doch nicht machen! — da fängt Richard erst an, und er kann Dinge sagen, daß man nach Luft schnappt.

„Der dumme Kerl ist es nicht wert, das weißt du", sagt Richard.

Andrea malt mit den Weinresten Kringel auf den Tisch.

„Ich bin aber überzeugt", fing sie wieder an, „daß mein Ich weiblich ist. Und das ist mein echtes Ich. Darum war es richtig, was ich getan habe, tausendmal richtig."

„Ohne dieses Opfer hättest du nicht glücklich werden können. Wir können unseren Erfahrungsweg nicht abkürzen. Du hast geglaubt, die Operation wird alle deine Probleme lösen, nicht wahr?" Wieder umfaßte er ihre Hände. Andrea, noch vor wenigen Minuten entschlossen, sich ihm nie mehr zu offenbaren, fühlte ihre Hände in seinen weich werden. Sie nickte verzagt. „Jetzt weißt du, daß es nicht das Allheilmittel war. Aber wie hättest du es je erfahren können, wenn du es nicht gemacht hättest?"

Innerlich rebellierte Andrea gegen alles, was er hörte, selbst, wenn es in seinem Herzen Widerhall fand.

„Es mußte sein! Sag' ich ja immer! Aber warum wolltest du es mir dann ausreden?"

„Weil ich es für den schwereren Weg halte. Davor hätte ich dich gerne bewahrt, wenn noch Zeit gewesen wäre. Aber eigentlich zählt nur, ob man seinem wahren Wesen näherkommt."

„Verstehst du dein wahres Wesen?"

„Noch nicht. Aber ich höre nicht auf, danach zu streben."

Andrea stand auf und schritt langsam durch den Garten.

Richard behielt sie im Auge, aber er machte sich nun keine Sorgen mehr. Andrea ging vor dem Granatapfelbaum in die Hocke und nahm eine Frucht, die im Aufprall auf die Erde geplatzt war. Ihr Blut floß, die fahle Haut klaffte, die glitzernden, saftigen Teile sahen hervor. Er riß die Haut auf und pulte die Früchte heraus und aß sie langsam. Die Kerne krachten zwischen seinen Zähnen.

Er hatte Frau sein wollen, weil er meinte, dann werde er das haben, was eine Frau ausmacht. Aber darauf haben sie ein Monopol. Sie tränken uns nur. Sie geben uns nur Wasser, niemals den Brunnen. So groß war sein Wunsch, damit eins zu sein, daß er geglaubt hatte, er sei es schon.

Aber die Frau ist mehr als ein Mann ohne Penis.

Andrea wußte nun mehr als Freud.

Er legte den Granatapfel sorgsam beiseite. Richard sah, wie er sich auf dem staubigen Boden zu Füßen des Granatapfelbaumes langmachte, wie er mit Wange und Händen die Rinde des Baumes liebkoste und sich mit Leib und Beinen an die Erde ankuschelte.

Tumbleweed der Geschichtenerzähler

Der Mund der Wahrheit

10 Like a Rolling Stone, Aquarell in einem Reisetagebuch

„Aber das ist doch Tumbleweed!" — Gott, wie hieß er gleich richtig?

Armand saß vor dem „Eisberg", wartete auf Agnes und meinte schon, sie versetze ihn mal wieder; schon eine Weile hatte sich sein Blick an dieser Gestalt im wallenden safrangelben Gewand und dem kahlgeschorenen Kopf festgesogen. Ein buddhistischer Mönch in der Ellerbacher Fußgängerzone. Interessant.

In der Hand hielt er eine Schüssel, die er mal diesem, mal jenem mit einer scheuen Geste hinstreckte. Mitleidig schauten sie auf seine stockdünnen Arme. Manche wollten Geld geben, dann sagte er mit seiner leisen, heiseren Stimme: „Danke, kein Geld bitte, nur etwas zu essen."

In der Tat ungewöhnlich.

„Hallo, Armand. Hast du was zu essen für mich?"

Armand durchforscht seine Einkaufstüte. Alles Dosen und so… Mit festem Griff riß er ein Drittel vom Brot ab.

„Danke", sagte Tumbleweed.

„Warum willst du kein Geld?"
„Weil sie mich alle für drogenabhängig halten."
„Bist du aber doch nicht."
„Bin ich nicht."
„Ich habe dich zuerst gar nicht erkannt."
„Das war auch Absicht." Er strich sich mit der flachen Hand über den kahlen Kopf.
„Bist du jetzt Mönch?"
„Nicht richtig. Ich wäre es vielleicht gern, aber ich weiß hier niemanden, der mich ordinieren könnte. Ich bin's nach meinem Bekenntnis, sagen wir mal. Und du? Warum hat man dich so lange nicht gesehen? Das letzte, was ich hörte, war von deinem Unfall, dann warst du weg."

„Ja, ich war sehr weit weg. Und dann habe ich bei meiner Mutter gewohnt."

Und Armand sah, daß Tumbleweed „richtig dachte".

Manche Menschen sehen sich über Jahre nicht, treffen sich dann wieder und stellen dann fest, daß sie die ganze Zeit nebeneinander hergegangen sind, ohne es zu merken.

Als Tumbleweed noch richtig kiffte, sah Armand ihn auf allen Feten. Als er ihn aus den Augen verlor, war Tumbleweed etwa siebzehn Jahre alt, ziemlich grau-gelblich im Gesicht, was jeden wunderte, weil er sich schließlich jeden Tag auf der Schloßwiese rumtrieb, wo die Joints rumgingen und immer jemand eine Gitarre dabeihatte und ‚House of the Rising Sun' oder ‚Stairway to Heaven' zu Tode quälte, je nachdem ob ein Kiffer oder ein Junkie den Musikwunsch äußerte. „Noch mal einer von den beiden Songs, und ich kotze", versprach Tumbleweed und hielt es.

Tumbleweed — woher kam dieser Name?

Man kennt doch diese Wildwestfilme mit Geisterstädten, durch die im Wüstenwind Rollen von ausgedörrtem Gestrüpp jagen: Das ist eben Tumbleweed. Zuverlässiges Zeichen von Verwahrlosung.

In diesem Moment hielt ein Wagen, und eine blondierte Dame von Mitte Vierzig stieg hastig aus und kam auf Tumbleweed zu: „Lorenz, was fällt dir denn ein? Was tust du hier? Geht das denn wieder los? Das ist doch nun zu peinlich! Armand, entschuldigen Sie. Lorenz! Was sollen denn die Leute denken? Daß du zu Hause nichts zu essen bekommst?"

Gnädige Frau, dieser junge Mann ist volljährig, vierundzwanzig, sozusagen. Feuerpferd nach chinesischer Rechnung, und die unterwerfen sich niemals.

„Mama, wein' nicht. Ich bin halt obdachlos. Meine Schuld, ich wiegere mich, nach Hause zu kommen. Hörst du? Ich weigere mich, dann könnt ihr ja auch nichts dafür."

Armand wird das ganze immer peinlicher. Aber er rennt nicht weg, weil er den beiden noch beistehen möchte.

Tumbleweed ist bekannt dafür, daß er kein Blatt vor den Mund nimmt. Und so erfährt er auch, daß es Frau Regina Toller war, die ihren Sohn damals in die Klapse hat bringen lassen. Ich konnte doch nicht mit ansehen, wie er gelitten hat.

Darauf sagt Lorenz Toller einige Dinge, und wenn er alles sagen würde, was er denkt, hätte er seinen Alten den Todesstoß versetzt.

„Ach. Ihr konntet nicht mitansehen, wie ich leide. Wer leidet? Ich oder ihr — an meinem Anblick? Ich tut euch doch nur selber leid, denn wie das leidet, was ihr seht, das könnt ihr gar nicht beurteilen, da verschätzt ihr euch in jeder Richtung" — das deckte sich eigenartig mit Armands Erfahrungen nach dem Unfall. — „In früheren Jahrhunderten waren sie wenigstens ehrlich. Aus meinen Augen mit dem Wechselbalg! Entfernt den Schandfleck. Heute zweifeln sie mitfühlend an der Lebensqualität des Alraunchens. Es kann ja auch kein menschenwürdiges Leben führen. Die Geräte zeigen es an. Die Kurven auf den Monitor sehen nicht eben aus wie Brüsseler Spitzen. Also kann in ihm nichts Kluges vorgehen. Es wird den Glanz seiner Erzeuger nicht durch Einsen in der Schule erstrahlen lassen. Vielleicht, wenn es volljährig, aber nicht mündig ist, wird es unbeliebte Ansichten verstreuen. Erlösen wir uns — äh, es — von seinen Leiden. Das ist was für die Fachleute. Schließlich gibt es eine vorgeburtliche Diagnose. Wir können zurück auf Start und den Fehlversuch löschen. Wir haben ein Recht darauf, daß uns beste Ware geliefert wird, das können wir ja auch vom Partyservice verlangen."

Nein, das hat er nicht bei dieser Gelegenheit gesagt, aber bei einer anderen, verbitterten.

Was er sagt, ist aber immer noch arg genug.

„Was sollen denn die Ellerbacher denken? Was sollen denn die Nachbarn denken? Die Tollers haben einen durchgeknallten Sohn, krank wäre ja noch eine Entschuldigung, aber er soll ja leidlich intelligent sein, und trotzdem sitzt er nachts im Regen auf einem Baum und singt. Oder er schläft im Schloßpark und raucht Haschisch und sagt die Wahrheit. Und steckt Zettel mit Bildern von Walen auf Schaschlikhölzchen auf dem kalten Buffett für den japanischen Botschafter. Da lassen wir ihn doch schnurstracks von den starken Männern in den weißen Kitteln…"

„Lorenz! Bitte! Mach jetzt keine Szene, steig' ein, wir fahren nach Hause, und es gibt was zu essen, aber mach uns hier nicht unmöglich!"

„Was soll ich bei Leuten, denen ich so peinlich bin, daß sie nicht einmal aus den Auto steigen?"

„Du weißt doch, der Papi ist etwas…"

„Ja, mein Papi ist etwas. Gratuliere."

„Lorenz! Bitte!"

Tumbleweed stand auf. „Hast du was zu essen dabei? — Nein, bitte kein Geld."

Und damit drehte er sich um und rollte mit seinem wankenden Gang, wirklich wie ein Kraut im Wüstenwind, die Fußgängerstraße entlang und verschwand.

Wenige Tage später traf ihn Armand wieder, dieses Mal auf der Schloßwiese. Heute trug er keine gelben Gewänder, nur eine überdimensionierte Latzhose, in der sein Körper noch schmächtiger aussah. Auch seinen verkrüppelten Arm sah man nun, da er ihn nicht unter der üppigen Robe trug.

„Kein Mönchsgewand mehr?"

„Nein, ich habe doch kein Recht, das zu tragen."

„Wie kam das mit deinem Arm?"

Armand fällt gleich darauf ein, daß es taktlos ist, so nach einem Gebrechen zu fragen. Aber Tumbleweed nimmt das gar nicht übel.

„Oh, das kam von meinem Selbstmord", entgegnet Tumbleweed vergnügt, „ich hatte doch Tabletten genommen, hast du das nicht mehr mitgekriegt?"

„Nein, das wußte ich nicht."

„Ja, denk' dir, ich hatte mich umgebracht!"

„Ach, was."

„Ja, weißt du — das Bewußtsein verlieren in dem Glauben, du stirbst jetzt — das ist doch nichts anderes als sterben, oder?"

„Doch, das ist was anderes, ich hab's erfahren. Aber wie kam das denn nun mit dem Arm?"

„Also, ich hatte diese Tablettenvergiftung und lag damit sehr lange da, ungefähr 36 Stunden, bis man mich fand. Und dabei lag ich die ganze Zeit auf einem Arm. Die Durchblutung war unterbrochen, die Nerven abgeklemmt..."

Er hob den dünnen Arm mit der verkrampften, kraftlosen Hand. „Ich schlafe immer auf der rechten Seite. Ende mit Schreiben, Maus halten, Zeichnen... Und Wichsen. Kann jetzt Mönch werden. — Kleiner Scherz."

„Würdest du es noch einmal versuchen?"

„Was? Mich zu töten? Bestimmt nicht", strahlt Tumbleweed Armand an, „die große Bocca della Verità hat mich ausgespuckt. Ich soll halt leben."

„Die — was?"

„Der Mund der Wahrheit. In den mußten die Leute früher die Hand stecken, wenn sie der Lüge verdächtig waren."

Tumbleweed hebt seine starre Kralle. „Der Tod hat meine Lügen zerbissen mit seinem Steinmaul. Manche sagen, ich sei ein Lebenskünstler, aber das stimmt nicht. Ich bin ein Sterbensdilettant. Leben, das ist das, was ich am zweitschlechtesten kann, darum tu' ich das eben. Weiter kann ich nichts."

„Ich auch nicht", sagte Armand schüchtern, doch angestiftet, mit Tumbleweeds Unglück zu wetteifern. „Ich kann in meinem früheren Beruf auch nicht mehr arbeiten, weil es mir am Leuchttisch vor den Augen flimmert. Und ich könnte davon epileptische Anfälle bekommen. Ich darf auch nicht mehr in der Dunkelkammer arbeiten, da sehe ich nichts, und mir wird schwindelig von dem roten Licht…"

„Man soll auch nicht im Dunkeln arbeiten, so wie man nicht im Hellen schlafen soll…"

Armand schaut in Tumbleweeds schräge graue Wolfsaugen. Er hat ihn nie für voll genommen, erinnert er sich. Und Dickkopf, damals noch Balduin Bählamm genannt, belegte ihn mit der rüden Bezeichnung „Ditschie", vornehmer gesagt, nicht im Vollbesitz seines Verstandes. Er hatte ihn nur kurz gesehen, als er aus der Psychiatrie kam. Wie bringt es ein so dünner Mensch fertig, aufgeschwemmt auszusehen?

„Sie haben mir die inneren Zäune geflickt, nachdem ich so schöne Kriechlöcher hineingeschnitten hatte mit meinen Trips. Ich konnte frei zwischen den Abteilungen in meinem Kopf zirkulieren. War manchmal erschreckend, aber erhaben. Und die machen alles wieder dicht und nennen das Gesundheit."

„Wie haben die das gemacht?"

„Psychopharmaka. Ich fühlte mich damit völlig stumpf. Kriegte dicke Augenlider und wollte nicht mehr aufstehen. Nicht, daß ich nicht mehr gelitten hätte — es litt, aber ich wußte nichts davon. Ich lag nur da und wußte, es ist da was nicht in Ordnung, aber ich fand die kaputte Stelle nicht. Das ist nicht Heilung. Das ist nur Stoned-sein. Wenn du ohne sowas lebst und hast ein Problem und schläfst drüber, dann sieht am nächsten Morgen schon alles anders aus, das heißt, du hast es im Schlaf ein Stück weit verarbeitet. Aber damit? Nichts davon. Gut, ich will nicht abstreiten, daß es andere davon abhält, aus dem Fenster zu hopsen. Aber so bin ich nicht. Ich muß wissen, nachsehen, dran weiterarbeiten. Ich hätte einen Therapeuten gebraucht, der ganz unten anfängt. Damit, was mein vermurkster Arm bedeutet. Aber darüber sprach keiner mit mir."

„Bißchen verdrängen soll manchmal auch nicht so schlecht sein…"

„Und du, Armand? Verdrängst du?"

Armand lacht bitter. „Wie würden wir es fertigbringen zu leben, wenn wir uns immer an so ein Todeserlebnis erinnern würden wie meinen Unfall?"

„Wie würden wir es fertigbringen zu leben, wenn wir uns an alle die Tode erinnerten, die wir in früheren Leben gestorben sind? Und trotzdem glaube ich, daß es einen Weg gibt, sich an alle früheren Leben und Tode zu erinnern, ohne daran zugrunde zu gehen…"

„Du kannst dich immer noch so verrenken, nicht wahr?"

Armand spielt auf Tumbleweeds enorme Beweglichkeit an. Er war in der Lage gewesen, in den erstaunlichsten Yogapositionen zu verharren. Der Lotussitz war eine seiner leichtesten Übungen.

Tumbleweed ließ sich hintenübersinken in eine Haltung, die im Yoga „Fisch" heißt, und reckte dann den rechten Arm senkrecht in die Höhe: „Der macht nicht mit. Der ist sehr steif geworden. Aber sonst kann ich das meiste noch."

Er warf die Arme über den Kopf, seufzte tief und blieb lächelnd so liegen.

„Schau mal, es bezieht sich schon wieder. Normal ist das nicht. Klimastörung. In der Atmosphäre reichert sich totes Prana an.

Du guckst so begriffstutzig… Weißt du, was Prana ist?"

„Irgendwas Indisches."

„Das ist überall. Siehst du diese Pünktchen, die herumschwimmen, wenn du in den Himmel schaust?"

„Ich dachte, das ist in meinen Augen…"

„Ja, irgendwo auch, aber daran siehst du, wie viel Prana unterwegs ist. Es ist ein lebendes Wesen, man kann es auch töten."

„Und wie?"

Tumbleweed machte Gesten, als drücke er Knöpfe, und machte dazu elektronische Pieptöne nach. „Mikrowelle, Atomkraftwerke, Hochspannungstechnik."

„Komisch, leuchtet mir ein."

„Hat deine Mutter einen Mikrowellenherd?"

„Nee, die sagt, nur über meine Leiche kommt sowas ins Haus."

„Vernünftige Frau. Frag' sie mal, ob sie ein Zimmer für mich frei hat. Aber darum esse ich ja nicht mehr zu Hause! Immer, wenn meine Alte das Ding aufmacht, kommt da ein stinkender Strom von verwestem Prana raus. Widerlich…"

„Kannst du das wirklich riechen?"

„Nicht mit der Nase. Aber mit der Aura. Prana ist zugleich ein Wesen und sein Atem. Es macht mit Menschen und Tieren und Pflanzen eine kosmische Mund-zu-Mund-Beatmung. Es nimmt also auch unsere Gifte auf und muß sie verkraften. Wenn es getötet wird, atmet es reines Leichengift aus. Dadurch entstehen die Wüsten der Welt.

Was tötet Prana? Wenn Atome sterben, nämlich durch Spaltung. Wenn viele Wesen sterben, zum Beispiel durch Insektizide. Wenn Götter ermordet werden, indem man Tier- oder Pflanzenarten ausrottet. Wenn die Summe der Verbrennungsprozesse die Neubildung von Brennstoffen weit übersteigt, zum Beispiel in Verbrennungsmotoren. In den Weden heißt es, daß diese Schöpfung durch Feuer vernichtet wird. Ich stelle mir darunter nicht unbedingt einen Weltenbrand vor, sondern Millionen kleiner Feuer in Maschinen, die kostbare fossile Stoffe in sinnlose Bewegung umsetzen. Ich predige Fortschritt, nicht Vorfahrt."

Er bog sich wieder in die Fischestellung und betrachtete seine verkrüppelte Hand.

„Ich habe beschlossen, mich zum Teststreifen für die Menschheit zu machen. Man taucht mich in diese gottverdammte Lösung Leben, ich verfärbe mich blaurot und zeige den pH-Wert an. Ergebnis: Tendenz zunehmend sauer... Bin ja selber ein Teil des Spiels, darum reagiere ich so schön bunt. Komm mit."

Armand folgte ihm. Tumbleweed strebte zum Parkhotel. Was wollen wir denn hier?

Am Platz vor dem Hotel gibt es eine künstliche Idylle aus Bambus, Efeu, Wasser und zwei aufrechten Granitblöcken, die sich gegenseitig aus innen verlegten Röhren anplätschern, „bepinkeln", wie Dickkopf es nannte, als sie das neue Wunder der Kleinstadt besichtigten. Tumbleweed mag den Platz, obwohl da ein Boy unter dem Baldachin steht, der sich jeden Morgen bestimmt eine halbe Stunde lang zuknöpfen muß und sich langweilt und die Besucher des hauseigenen Felsmassivs mißtrauisch beäugt, ohne den Kopf nach ihnen zu wenden.

Das Wasser rinnt über den rohen Granit herab, treibt fußhoch über den steinernen Fliesen dahin und verschwindet schließlich in einem Siel im

Boden. Das hängende Grün streift seine Oberfläche, und von den Felsen her weht der Wind ihnen die Gischt der Fontäne zu.

„Schau mal, die Gäste haben Münzen hineingeworfen", bemerkt Armand, „wie bei dem römischen Brunnen, also was hat Ellerbach, daß man unbedingt wiederkommen möchte?"

„Sie opfern den Wassergeistern", behauptet Tumbleweed, „denn die sind Herr über versenkte und vergrabene Schätze. Wenn Leute irdische Güter ansammeln und hängen sehr daran und sterben dann, dann werden sie Wassergeister und hüten die Reichtümer…"

„Auch Weden?"

„Nee, Wagner. Eyh, mir fällt gerade ein Traum ein. Vom Meer aus kriecht Eis auf die Stadt zu, schwarz und glitzernd. Und die Leute schauen aus dem Fenster: Wird es in meine Wohnung kommen? In der Stadt ist es bedrohlich, weil es da taut und Schäden anrichtet. Auf dem Land aber freuen sich die Leute, wenn es kommt. Da ist es machtvoll und freundlich. Nun schneit es und hagelt. Die Leute ballen den Schnee in den Fäusten, als hätte jemand glückverheißenden Reis geworfen."

„Kannst du das deuten, Tumbleweed?"

„Nee. müßte ich sonst träumen?"

Hat was für sich.

Wie Tumbleweed so ins Wasser starrt, beobachtet Armand ihn schweigend. Er möchte ihn beschützen und weiß nicht, wie.

„Wer ist das eigentlich?" fragt ihn Agnes später, als er ihr von Tumbleweed erzählt. Sie kann sich nicht erinnern, ihm je begegnet zu sein. Seine Beschreibung kommt ihr nicht bekannt vor. Auch in einem kleinen Ort wie Ellerbach können also zwei Leute leben, ohne sich je zu begegnen. Und in einer Millionenstadt sich ständig über den Weg laufen.

„Hat er denn überhaupt eine Freundin?" fragt Agnes.

Wenn die Männer sich immer nur um das Unwichtige kümmern, kommen doch wenigstens Frauen auf das Nahliegende.

Bei der nächsten Gelegenheit fragt ihn Armand danach. Tumbleweeds Gesicht verändert sich. „Hast du denn eine, Armand?"

Er schaut ihm nicht direkt in die Augen. Armand senkt den Blick. Er fühlt sich dabei ertappt, daß er anfing, Tumbleweed mit seiner Fürsorge zu entmündigen. Und haßt es doch so, wenn es jemand mit ihm macht.

„Ihr macht euch Sorgen um mich, du und deine Braut, nicht wahr?"

„Dürfen wir das denn nicht?"

„Ich lieb' euch dafür."

Tumbleweed verschränkt die dünnen Beine zum Lotussitz.

„Ihr müßt euch nicht um mich sorgen, Ich tu' mir nichts an. Nur die versuchen, sich umzubringen, die besonders am Leben hängen. Darum leiden sie so. Sie wollen in Wahrheit nicht sterben. Sie wollen nur nicht mehr so weiterleben. Sie denken, mit dem Tod hört Leiden auf. Da kann ich ihnen aber was anderes erzählen…"

„Du warst aber doch nicht tot!"

„In diesem Leben nicht. Aber ich erinnerte mich an frühere Tode, als ich auf meinem Lager mit dem Tod rang. Und da wurde mir klar, daß ich das Leiden nur im Leben besiegen kann. So wie den Ertrinkenden nur das Ufer rettet. Und das wissen die nicht, die sich töten wollen. Sie ertragen den Augenblick nicht. Wer einen Augenblick ertragen kann, der kann auch einen weiteren Augenblick ertragen. Du mußt nur einmal dem Augenblick ins Auge sehen und ihn ertragen. Dann hast du gesiegt. Und wer das einmal geschafft hat, nur einen Augenblick lang, der weiß das und muß sich nicht mehr umbringen, sondern geht, wenn er soll.

Ich hatte eine Freundin. Sie ist zwanzig Jahre älter als ich. Sie heißt Irmtraud Hegel."

„Frau Hegel, wären Sie bereit, unserem Lorenz Nachhilfe in Mathematik zu geben? Wir zahlen Ihnen jeden Preis, wenn er die nächste Klasse schafft…" — „Ich selber war der Preis."

Frau Hegel ist üppig und gelockt. Wie alt war Tumbleweed? Noch keine siebzehn, dünn, von allen unterschätzt und ungeheuer neugierig.

Seltsame überfordernde Situation: Die Hegel wurde abhängig von dem blonden Spätzchen. Sie riskierte den Job für ihn, widmete ihm alle freie Zeit, rannte ihm richtiggehend nach, so daß es schon ein Gerede gab, und nachdem der Schulleiter sie und auch Lorenz ins Gebet genommen und mit eindringlichen Ermahnungen belegt hatte, sagte Tumbleweed sich

— trotz des komfortablen Liebesnestes, trotz der Wochenenden voller Genüsse und der Verfügung über eine barocke Schönheit samt Trauben, Kuchen, Sekt und teuren Delikatessen zur Stärkung — entschlossen von ihr los und verließ sie.

Er tat es nicht aus Furcht vor dem Schulleiter oder der Meinung der Leute. Das alles beindruckte ihn wenig. Er tat es, weil er spürte, daß sie ihn einerseits in verfrühte Erfahrungen hineinstürzte, zugleich aber sein Wachstum drastisch zurückschnitt. Er hatte doch ein Recht darauf, die Liebe selber zu entdecken und von Mädchen seines Alters Körbe zu kassieren. Das sollte sie ihm nicht mehr nehmen.

Sie hatte für den Fall der Trennung — sehr zwischen den Zeilen, aber doch unmißverständlich — in Aussicht gestellt, sich umzubringen. Er wiederum sprach nie von derlei Dingen — und versuchte es wirklich. Das brach ihr beruflich das Genick und vertrieb sie mittels Disziplinar- und Strafverfahren aus der Schule und aus ihrem Paradies, denn in Ellerbach, wo sich Frau Harms und Frau Gröling sämtliche Details des Skandals vorrieben, war ihres Bleibens nicht länger.

Sie ließ auch Tumbleweed im Stich, denn wenn das Gewissen doch besonders plagt, dann kann der Ausweg auch sein, dem Opfer die Schuld zu geben. Dies ist ein besonders unschöner Versuch, aus der Lage herauszukommen, aber das macht man aus Hilflosigkeit.

Zwar hatte sie ihm einen pflichtschuldigen Besuch im Krankenhaus abgestattet, denn sie wollte doch sofort wissen, wie es ihrem Schützling ging und was ihn zu dieser Tat bewogen hatte.

Ihm ging es noch äußerst dreckig. „Warum ich das gemacht habe? Weil ich jetzt die Mathearbeit nicht mitschreiben muß. Darum habe ich mich auf den rechten Arm gelegt. Nein. Ich sage es Ihnen, Frau Hegel: Weil mein Lieblingssänger geschlachtet worden ist. Der war dummerweise Buckelwal. Und weil meine Mutter einen Mikrowellenherd gekauft hat und die Milch damit warm macht. So hätte sie mich mal stillen sollen. Ich habe es gemacht, weil mein Vater jeden Morgen mit dem Auto zur Arbeit fährt. Ich wollte sterben, weil jedes zwölfte Kind von seinen Eltern Psychopharmaka oder Schlaftabletten bekommt. Und vor allem: Weil Irmtraud Hegel hinter mir her ist und ich ihr nicht meinen Schniedel schenken kann, wo wie man den Schinken vom Schlitten wirft, damit die Wölfe von den Fahrgästen ablassen…"

„Nehmen Sie das nicht so schwer, Frau Hegel, er steht noch unter Medikamenten, er weiß nicht, was er redet."

Ich mußte dann vom Gymnasium runter, denn erstens hatte ich zu viel verpaßt und konnte nicht noch einmal sitzenbleiben. Zweitens war da der Skandal, und wenn ich auch nicht als der Schuldige angesehen wurde, so doch als sehr verdorben für mein Alter und als Gefahr für die anderen. Ich kiffte damals ja auch sehr viel und machte keinen Hehl draus. Ein paar Monate war ich in der Realschule, aber ich habe mehr geschwänzt als mitgemacht, und den Abschluß hätte ich wohl auch nicht geschafft, weil ich seit meinen Selbstmordversuch nicht mehr so gut zu lernen imstande war, ich war nicht mehr imstande, mir Dinge zu merken, die mich nicht interessieren, das war früher nicht so, da hatte ich ein Gedächtnis wie Fliegenleim. Ja, und als ich dann immer exzentrischer wurde, was mir übrigens Erleichterung verschaffte, da ließ mich meine Mutter in die Psychiatrie einweisen. Ich fand das erst ganz spannend, wußte ja, da gibt's Drogen, aber wenn ich dachte, die törnten, wurde ich bitter enttäuscht. Selbst der wundervolle Trip, den wir zusammen geschmissen hatten — weißt du noch? — selbst den hat's platt gemacht, ich wußte nicht mehr, wie sich der angefühlt hat. Ich konnte mich nicht mehr erinnern, das war das gemeinste, vor allem nicht mehr an das Gefühl, an das, was man riecht… Nimmst du noch Drogen, Armand?"

„Ich hatte doch den Unfall."

„Aber sonst tätest du's?"

„Weiß nicht… Du denn?"

„Nein. Ich komme neuerdings nur noch auf Horror, ich habe den eingebauten Trip im Kopf, wenn ich dann noch was nehme, dann — oh, Ende! Und noch was. Wenn ich jetzt die Leute sehe, wenn sie dich um ein paar Krümel Shit anschnorren, dann sehe ich die Dackelfalten auf der Stirn und diese unterwürfig von unten nach oben verdrehten Augen, dann denke ich an dieses Selbstmitleid und wie empfindsam sie doch alle sind, aber versteck' mal einem seinen Krümel, dann wird er zum Berserker. Die wissen selber nicht, wie sie drauf sind, halten sich alle für den Inbegriff von Love & Peace…"

„Wie bist du aus der Psychiatrie wieder rausgekommen?"

„Ein Arzt hat mich gerettet. Der hat mich gegen die Meinung seiner Kollegen entlassen. Der sagte, ich stünde allenfalls noch unter Schock von dem Selbstmordversuch, und ich verkraftete die Behinderung nicht. Nichts mit hebephren…" — „Was??" — „Jugendliche Schizophrenie, glauben sie inzwischen selber nicht mehr dran. Welches Etikett sie mir ja zuerst aufs reine Torenantlitz hatten kleben wollen. In Tateinheit mit Verfolgungswahn. 'Gibt es gar nicht', sagte der, 'alle diese Krankheiten existieren erst, seit man einen Namen dafür hat' und verschrieb mir nur Krankengymnastik für den Arm. Die habe ich später aufgegeben, weil das weh tat. Aber so kam ich da raus. Inzwischen war ich achtzehn. Daß ich aber wirklich raus kam, hing am seidenen Faden, weil ich am Anfang den Fehler gemacht hatte, einem der Ärzte zu erzählen, was ich erlebt hatte, als ich mich auf meinem Armlager abmühte zu sterben. Da weitete sich mein Geist wie der Handschuh im russischen Märchen, in den erst die Maus kriecht, dann kommt der Hase, weil ihm so kalt ist, und er fragt die Maus, ob er auch rein darf. Sicher, hier ist für alle Platz. Dann kommen Fuchs, Dachs und Bär. Uns ist so kalt. Dürfen wir uns bei euch wärmen? Gewiß, es ist für alle Platz. Dann kamen Elch, Elefant und Wal, endlich die Primaten inklusive Menschen und krochen in meinen verbeulten Geist und brachten seine Nähte zum Bersten. Schließlich kam noch alles, was in anderen Welten unter uns und über uns lebt, Trolle, Wassergeister, Zombies, Laren und Penaten. Da wurde er ganz weit. Weit, weit. Weit wie das Universum. Und alle wehten und spähten durch mich hindurch. Da war mir klar: Ihre Leiden sind meine und meine Leiden sind ihre. Höre ich auf zu leiden, dann hört ihr Leiden auf. Denn dann weiß ich den Weg und zeige ihnen den."

„Du meinst, wenn du stirbst?"

„Nein, nein! Das ist nur der Anfang der nächsten Runde auf dem Karussell. Mein Geist kann sie alle umfangen, wenn ich will. Ich kratze ihre Mückenstiche. Ich verblute an ihren Unfällen. Ich krümme mich in ihren Krämpfen. Und so lange sich nach jedem Tod, den ich sterbe, ein neuer Körper um mich wickelt, so lange wimmeln in meinem Geist die Wesen herum wie die Maden im Aas…"

„Pfui Teufel."

„…und ich muß ihre Leiden stillen, obwohl ich gar nicht weiß, wie man das macht. Ich denke aber, es muß gehen, indem ich ihr Gewimmel in meinem Kopf und in meinem Herzen zur Ruhe bringe. Und das kann nicht durch den Tod geschehen, da bin ich mir sicher. Sonst wäre ich ja nicht wieder hier, in der Welt der Leiden. Im Schlaf geht es ja auch nicht. Es hat was zu tun mit diesem 'den Augenblick ertragen', soweit bin ich schon."

Und er schlug wieder seine Beine übereinander und zog sich aufrecht sitzend in sich zurück. Und obwohl seine Rede auch in Armand eine Zuversicht geweckt hatte, war ihm doch ziemlich unbehaglich. Denn obwohl ihm das Stillhalten zur einzigen Rettung geworden war, als er mit Schädel-Hirn-Trauma dagelegen hatte, so würde er doch von alleine nicht darauf gekommen sein, zur Bewegungslosigkeit Zuflucht zu nehmen.

Eine junge Frau, ganz in Schwarz gekleidet und mit einem schwarzen Tuch auf dem Kopf, kommt quer über die Schloßwiese und setzt sich wortlos zu den beiden. Als Armand sie ansprechen will, legt sie den Finger auf den Mund und zeigt auf Tumbleweed.

Armand versteht. Er schaut sie an, dann ihn. Sie kommt daher wie eine Botin der Unterwelt, den Entseelten ins Paradies abholen… Armand, was fällt dir ein?

Mit geschlossenen Augen streckt Tumbleweed seine steife Kralle zu der Dame in Schwarz aus. Sie ergreift sie ohne Zögern und drückt sie sanft.

Er öffnet die Augen.

Armand geht.

Danach hat er Tumbleweed sehr lange nicht mehr getroffen. Es wird schon Herbst, man kann nicht mehr so oft und so lange auf der Schloßwiese sitzen. Er hat schon Befürchtungen gehegt und immer Ausschau nach ihm gehalten. Auch im Wäldchen am Fluß war Tumbleweed nicht.

Es heißt, die Tollers hätten Suchanzeige nach ihrem Sohn erstattet. Aber sicher ist auch das nicht.

Der Dame in Schwarz ist Armand auch wieder einmal begegnet, aber er kann sie nicht einordnen. Er erinnert sich an die Begegnung im Park, aber was soll er mit ihr reden? Wieso soll sie wissen, wo er ist? Er spricht sie nicht an.

Armand macht sich nicht ernstlich Sorgen um Tumbleweed. Nicht mehr nach seinen Darlegungen über Freitod. Der hat nun genug Lebenswillen.

Ein paar Monate, nachdem Tumbleweed verschwunden war, taucht er wieder auf, braungebrannt und vergnügt. „Schau mal!" Er reckt das dünne Ärmchen, „besser, nicht?" Armand nimmt die Hand, biegt vorsichtig die verkrampften Finger auf: „Tut das weh?"

„Nicht, wenn man es langsam macht. Es wird besser."

„Wo hast du gesteckt?"

„Im sonnigen Süden", grinst Tumbleweed, „in Kreibarg in der Heide. Ich habe im Dorfgasthof bei Jan Frey gewohnt, der war mal mein Lehrer in der ersten und zweiten Klasse, und er hat später den Gasthof Schnuckenkrog in Kreibarg geerbt und den Lehrerberuf an den Nagel gehängt. Den Jan habe ich vor ein paar Monaten mal getroffen, und er hat mich mitgenommen und mir den Gasthof gezeigt. Ich fand das so schön da, bin gleich geblieben. Da habe ich dann im Garten gearbeitet und auch ein bißchen beim Bedienen und in der Küche geholfen. Gegen Kost und Logis."

„Und wie hast du das geschafft mit dem Bedienen?"

Ja, da hatte Tumbleweed zuerst auch Bedenken. Aber Jan sagte: „Ganz sinnig, rechts stützt du das Tablett ab, nimmst nicht so viel auf einmal, setzt es dann auf den Tisch und verteilst die Gläser mit Links. Kannst dabei auch die eine Hand hinterm Rücken halten, das wirkt sogar vornehm. Und nimmst nicht so viele auf einmal, wenn mehr als zwei Gäste an einem Tisch sind, übernehm' ich die übrigen."

„Aber wenn die sich ekeln vor meinem Arm?"

„Dann haben sie Pech. Die sind ja auch krank, nur kannst du das meistens nicht sehen. Die meisten sind ja in Solenburg zur Kur und machen Ausflüge zu uns wegen der Heidschnucken. Da stehste doch drüber, was, Philosoph? Nach den Visionen, die du hattest, sind das doch Kinkerlitzchen, oder?"

„Wollte ja nur Rücksicht nehmen."

Er hat sich dann an die Blicke gewöhnt. Fühlte sich mit der Zeit auch sicherer. Er hat dann die Blumen geschnitten und alle paar Tage frische Sträuße für die Restaurant- und Gartentische zusammengestellt, er hat Möhren und Salat aus den Beeten geholt und Schnecken vom Weg gesammelt, damit sie nicht zertreten werden, hat sie aber nicht getötet, wie Jans Mutter ihn anwies, sondern sie zur Wiese getragen, wenn's keiner sah. Er hat Stroh unter den Erdbeeren verteilt und hat sie sonnenwarm gepflückt, damit sie nachmittags die Eisbecher krönten. Später hat er bei der Sauerkirschenernte geholfen und mit den Zwetschgen, hat Rosen und Sonnenblumen für den Markt in Solenburg fertiggemacht, er schläft auf einem Strohsack im Dachzimmer, glücklich, daß man keine „bessere" Matratze für ihn finden konnte, und steht an Markttagen bei Hellwerden auf. Bei gutem Wetter sitzt er unter der Buche, wenn er mit der Arbeit fertig ist, bei schlechtem auf der Veranda und lächelt sein steinernes Lächeln, das dem Briefträger Christian so unheimlich ist.

Wachtmeister Bredenbek nennt ihn Taumelkraut. Pastor Rabe will wissen, ob Lorenz denn Lust hat, mal in die Kirche zu kommen. Tumbleweed schaut Jan an, und der zuckt die Achseln: „Mich zu bekehren hat er ja schon aufgegeben, ja, geh man, die paar Gäste zur Kirchzeit schaff' ich schon."

Da sitzt Tumbleweed also in der Kirche und lächelt sein steinernes Lächeln. Es gibt fast einen Skandal. Keiner sagt ein Wort zu ihm. Aber die Kanzelschwalben verwandeln sich in kreischende Raubmöven und stoßen auf den Pastor herab. Ist das vielleicht ein Fixer? Oder so ein Baggwahn. Ist der gefährlich? Der grinst immer so, richtig gruselig. Hat mich glatt ausgelacht, als ich ihn angesehen habe. Man will doch nur freundlich sein. Und in der Latzhose zur Kirche. Ist der womöglich aus einem Gefängnis ausgebrochen?

Die Luft im Dorfladen vibriert, als Jan Montag dort einkauft. Die Parzen reden. Jan dementiert.

Tumbleweed nimmt sie sogar in Schutz. „Ich bin doch ein Eindringling, woher sollen sie denn wissen, wer ich bin? Ich glaube, so ist das in allen Dörfern der Welt. Ich lasse die Leute halt auf sich selber prallen, ich setze ihnen keinen Widerstand entgegen, und das mögen sie nicht. Aber ich weiß nicht, wie ich das ändern soll."

Einmal hätten ihn fast die Teutonen verhauen. Natürlich hatte er auch ihnen gegenüber keinen Hehl aus seinen Ansichten gemacht. Er ist radikaler Internationalist. „Wenn du nicht das Maul hältst, beziehen wir dich in unser Euthanasieprogramm ein", sagt einer langsam.

Wachtmeister Bredenbek möchte das zur Anzeige bringen, als er davon hört, aber Tumbleweed sagt, er soll es auf sich beruhen lassen.

„Lorenz, ich fahr' dich zur Krankengymnastik, ich muß sowieso nach Fischerhöge, steig' ein."

Und dann war er also regelmäßig in Therapie.

„Ja, war ich", lächelt Tumbleweed, wie Armand es noch nie bei ihm gesehen hat.

„Er ist in seine Therapeutin verknallt", sagt Agnes instinktsicher, als er ihr davon erzählt.

„Wo steckt der Kerl?"

Bei Jan Frey hat er nichts zu tun. Die Heideblüte ist abgehakt, die Rentner haben sich anderen Freuden zugewandt. Sein Schlafplatz im Wäldchen am Fluß ist verwaist. Die Hainbuche bestreut ihn golden.

Armand vermißt Tumbleweed. Fragen sammeln sich an, die er ihm stellen möchte. Er ist fast versucht, ihn als seinen kleinen Guru anzusehen. Dabei kann er doch noch nicht ernsthaft die Quelle aller Weisheit sein, ein Mensch, der mit seinem Leben so schlecht zurechtkommt. Was ist es, daß er ihm so gerne zuhört? Wohl das Überraschende. Seine Antworten fallen immer unerwartet aus. Das liebt Armand.

Einmal traf er ihn dabei, wie er eine Bilderschrift zu entwerfen versuchte.

Wozu das?

„Die lateinische Schrift ist hübsch und rhythmisch, vor allem, wenn man nur große oder nur kleine buchstaben schreibt, denn die großen und die kleinen gehören zu zwei stilistisch sehr verschiedenen zeichensätzen. es ist eine irrtümliche verbindung der römischen capitalis mit der karolingischen minuskel, die am fränkischen hof aus zeitgenössischen schreibschriften entwickelt wurde. Die Renaissance hielt beides für ein Produkt der Antike und schmiß sie fröhlich zusammen. das lateinische ist ornamental und für die phonetik sehr praktisch, aber es ist eindimensional und ohne inneren tiefgang. tief werden die texte immer nur durch die klangliche umsetzung, nicht durch das graphische bild. im chinesischen kannst du bild und klang zusammen und gegeneinander spielen lassen. im hebräischen kannst du durch die zweideutigkeit der zeichen als laut und als ziffer die quersummen von sätzen errechnen und die quintessenz wieder als wort lesen..."

„Aber das muß doch nicht immer Sinn machen", warf Armand ein.

„Meistens schon. Wenn die Vokale nicht geschrieben werden, hast du viel mehr Möglichkeiten. Zum Beispiel KFR kannst du als Kiefer, Koffer, Kaffer, Kefir, Kiffer, Küfer, Koaför und Käufer lesen..."

„— Ich verstehe. Die Quintessenz der Fünf Bücher Mosis lautet 42 und ist..."

„...der Name eines koscheren Restaurants in Brooklyn. Sehr richtig."

„Und was du da machst..."

„Ich versuche, eine Symbolschrift für Begriffe zu schaffen. Ich will Sachverhalte auf reine Eigenschaften reduzieren. Die dürfen sich nicht in sich widersprechen, dann kann man immer mehr Komplexe zur Interaktion bringen. Voilà! Versuchsfeld für abstrakte Erkenntnisphilosophie. Ein Versuch des Hirns, sich selbst zu erforschen. Im Moment stecke ich furchtbar fest. Ich habe 'Wirklichkeit' als Zusammensetzung aus 'weben' und 'Welt' definiert, aber jetzt müßte ich logischerweise, nach meinen bisherigen Definitionen, das Wort 'Wahn' genauso schreiben." — „Stell die Welt doch auf den Kopf."

„Das macht keinen Unterschied, die ist oben wie unten, Jacke wie Hose. Wie willst du Wahn von Wirklichkeit unterscheiden, wenn beides erfunden ist?"

„Sieht für mich alles wie Mathematik aus."
„Nee. Ehrlich?"
„Sicher. Oder was meinst du mit a$\sqrt{2}$?"
„Das heißt: 'alle laufen nur quer über den Rasen.'"
„Komm!"
„Im Ernst! Kürzester Weg durch ein Quadrat. Du kannst nach und nach alle Erscheinungen in Symbole dieser Art kleiden, und dabei lernst du immer was dazu, über die Symbole — und über die Erscheinungen, die du in ihnen ausdrückst..."
„Tumbleweed, woher weißt du das alles?"
„Ich habe mit meiner Mathematiklehrerin geschlafen."
Ach, ja, ich vergaß.

Wer kann es den Leuten verdenken, daß sie ihn für einen Spinner halten, wenn er so mit ernsthaftem Gesicht Dinge erzählt, die keiner versteht, und gleich darauf solche, über die sich jeder erhaben fühlt. Nur Armand weiß, daß Lorenz einfach etwas übertreibt...

Moment mal, Armand. Jetzt versuchst du, Tumbleweed auf bürgerliches Format zu verkleinern! Selbst, wenn du seine verbitterten und zornigen Äußerungen entschärfst, verharmlost und entmündigst du ihn und versuchst, ihn für die Gesellschaft genießbar zu machen.

Du hast es nötig. Es ist doch nur ein paar Monate her, da bist du selber irritiert herumgelaufen, noch dazu ohne solche Methoden, um die Welt zu sortieren, wie er sie hat. Und warst noch viel desorientierter und triebst umher wie ein leckes Boot auf dunklen Wassern... Dieses Gedicht, das er schrieb, als er wieder lernte, einen Bleistift zu halten, muß er ihm mal zeigen und muß ihn fragen, wie er das findet.

„Lorenz, mein Gold!" entfährt es Armand, als er ihm begegnet. Es ist ein kühler, strahlender Novembertag, so recht einer für Gedichte.

„Komm in den totgesagten Park und schau..." beginnt Armand. Und Lorenz, der nicht alles vergessen hat, was er in der Schule lernte, kontert: „... den faulen Zauber ausgelatschter Verse."

Schon wagt Armand nicht mehr, ihm sein Gedichtchen zu offenbaren.

„Wo hast du gesteckt?"

Auf einer Bank in der Sonne erzählt er von den vergangenen Monaten. Im September hat er bei der Obsternte geholfen, beim Entsteinen der Zwetschgen und beim Einkochen, dann kamen die Äpfel. Inzwischen fielen nur noch Sonntags ein paar Spaziergänger in Lodenmänteln mit Dackeln ein und dünsteten Treue zum Reich aus und machten Bemerkungen, die Tumbleweed unter der Bezeichnung 'kein-schöner-Land-Provokationen' zusammenfaßte. Irgendwann kamen nur noch solche Gäste — oder Landwirte, die ihre EG-Subventionen vertranken. Vertrieben die Gäste, die Jan eigentlich um sich versammeln wollte: Die Leute vom Demeter-Hof und die jungen Handwerker aus dem Dorf. Wenn sich Gelegenheit ergab, pöbelten sie auch gerne den Bio-Ekkehard nieder, wenn er sich mit Jan Frey unterhalten wollte.

„Gib dem Regenwurm mal ein ordentliches Bier!"

Eine an Arbeit gewöhnte Pranke fiel auf Ekkehards Schulter, die andere auf Lorenz' zarte Orthopädie. „Nicht so'n bayrischen Schlabberkram wie dieses Weiz, nee, gib ihm mal ein ordentliches Solenburger Pils! Damit der Tenessee Wiggler mal zu Kräften kommt!"

Anderntags sagte Tumbleweed, er wolle wieder in die Stadt ziehen.

„Aber du brauchst nicht so viel zu arbeiten!" versuchte ihn Jan zu halten, „du kannst auch so bei mir wohnen!"

Lieb von ihm. Aber Tumbleweed ertrug nicht so viele Leute hier. Jan und Silke, Ekkehard, Holger, Renate, Karin und der kleine Johann, das sind dann auch schon alle. Und so strolcht er dann mit seinem Seesack durch Fischerhöge.

Nach Ellerbach wollte er nicht zurück. Läutete bei Dickkopf, kriegte Tee, wollte von ihm wissen, ob er Leute kenne, bei denen er mal vorübergehend unterkriechen könne.

„Ich habe ja ein halbes Jahr gearbeitet, ich kriege zwar kaum Kohle, aber ich bin versichert und so, ich liege keinem auf der Tasche."

— Vorsicht, Tumbleweed! Der Desperado verkommt zum Sozialakrobaten! — Fritzi sagt, die Wohnung sei zwar recht klein, das eine Zimmer war zudem ein 'Berliner Zimmer', also eins, durch das man durch muß, um das andere zu erreichen.

„Da müssen wir durch", sagt Dickkopf, denn sie bauen.

„He, woher die Knete?" unterbricht Armand, „hat Fritzi 'nen reichen Vater?"

„Du — die *ist* reich! Der gehört das Reisekornsche Gut." — „Da steht doch der Supermarkt!" — „Der gehört ihrem Bruder, von dem kassiert sie Pacht. Und dann hat sie noch einen Imbißstand neben dem Eingang zum Supermarkt."

11 Einen weiten Weg gegangen

„Dann macht sie ihrem Bruder Konkurrenz?"

„Aber hallo. Das ist ein Bio-Imbiß. Vollkornbrötchen, Öko-Lamm-Giros, Salate, Tofuburger und so. Ich habe da auch kurz gearbeitet, aber das war sehr stressig, mit dem Arm bin ich nicht schnell genug."

„Dann läuft der Laden gut?"

„Wie besengt."

„Aber Fritzi läuft doch immer 'rum, als wenn sie kein Bafög mehr kriegt!"

„Das ist ihr egal. In guten Sachen kann sie sich nicht auf den Boden setzen, sagt sie. Und stell' dir vor, sie trägt Ives-Saint-Lorent oder Kenzo und dazu Dickkopf."

„Sag' ihm das bloß nicht."

„Schon passiert."

„Und was sagt er?"

„Dich soll doch der Blitz beim Kacken treffen."

— Soweit der Wortlaut der rituellen Verfluchung der Punks, von mir lediglich wiedergegeben. —

„Was macht deine Krankengymnastik?"

Das interessiert Armand nun brennend, zum einen, weil er sich noch sehr gut daran erinner kann, wie er seine Kopf wieder selber zu tragen begann, zum anderen deshalb, weil seine Mutter früher Krankengymnastin in der Rehabilitation von Unfallopfern war. Sie hat ihn bei diesem mühsamen Gesundwerden unterstützt, hat ihm den unerträglich steifen Nacken massiert und hat ihn gelehrt, den Kopf in ihren Händen ganz loszulassen, so daß sie ihn hielt und sacht drehte, und sie übten gemeinsam, er, vertrauen, sie, seine Bewegungen verstehen. Da hat sie den Nestflüchter wieder eingeholt und ließ ihn das starke Gift ihrer Mütterlichkeit inhalieren und setzte ihn doch zugleich wieder zu aufrechtem Gang instand und war die Hebamme, die ihn, Kopf voran, in die Welt hinauszog aus dem schwarzen Schoß seines Komas.

Und hat den Krankengymnastinnen und Orthopäden des Krankenhauses mit ihrem unmodernen, aber fundierten Fachwissen den Nerv getötet. „Das macht man jetzt ganz anders!" äfft sie sie nach, „der Mensch hat ja heutzutage eine ganz andere Anatomie als vor 20, 30 Jahren!" Eben diese Zähigkeit war es aber auch, die dafür gesorgt hat, daß er sich nicht in seinem Ausnahmezustand einnistete, an den er sich hätte gewöhnen können, wäre er der Krankenhausroutine allein überlassen gewesen.

Er schaut auf Lorenz' Arm: „Fortschritte?"

„Ich selber mache Fortschritte, das ja. Aber mein Arm wird nie mehr, wie er mal war."

„Sagt sie das?"

„Nee. Juanita will mir immer Hoffnung machen. Aber ich weiß es."

„Juanita... Bist du verliebt?"

„Schscht!" Lorenz legt den Finger auf den Mund.

„Ist sie schön?"

„Schön... ja, sehr. Du hast sie doch gesehen. Aber vor allem: Was sie macht, ist schön."

„Erzähl' mal, wie ist es bei ihr?"

Tumbleweed läßt Alhambra entstehen. Springbrunnen murmeln in marmornen Höfen, Ranken streicheln fließendes Wasser. Kleine Laternen mit Kerzen tauchen die Räume und Gärten in rätselvolles Licht. Schwerer Duft von Rosen und Gardenien zieht durch die Sandsteinarkaden, aus dunklen Laubengängen dringt der Gesang der Nachtigall... Tumbleweed, übertreibst du nicht ein bißchen? „Naja... Aber tolle Teppiche überall, Vorhänge mit porzellanblauen Paisleys, riesige Palmen, Kissen anstatt von

Stühlen, Druckstoffe im Stil des 18. Jahrhunderts, gedämpfte Beleuchtung, kurz und klein: Überhaupt nicht wie eine Praxis. Dann steckt sie mich in ein Bad, so heiß, wie ich es eben vertrage. Erst machen wir ein paar Übungen unter Wasser…"

Armand rollt die Augen: „Hm — hm! Steigt sie mit rein?"

„Alter, das ist kein Thaibordell! Nach so 20 Minuten muß ich dann raussteigen und mich abtrocknen. Dann geht die Massage noch eine Weile weiter, dazu lege ich mich auf die Couch. Hinterher deckt sie mich zu und bleibt ganz nah bei mir sitzen. Dann sagt sie, ich soll noch noch eine Weile entspannen, meistens schlafe ich dann ein. Oder ich schaue auf die schönen Farben rundum. Wenn ich einschlafe, habe ich die seltsamsten Träume, oft vom Fliegen in schönen Landschaften, von Wäldern und Schlössern und stillen Irrgärten, von Statuen in den Nischen dunkler Hecken, von Teichen und Grotten, von grünen Tümpeln, wo unter der Oberfläche Schatten dahingleiten: Die Quellnymphen und Nöcke.

Manchmal habe ich auch Alpträume. Ich liege auf der Seite, auf dem Arm, und kann mich nicht bewegen und kriege keine Luft mehr. Das scheint sie zu merken, dann wache ich auf mit ihrer Hand auf meinem Arm. Sie hält mich fest und schüttelt mich vorsichtig. Inzwischen erinnere ich mich wieder an fast alles, was ich in meinem Selbstmordversuch durchgemacht habe. Ich habe mich daran erinnert, wie ich in dieser Barbituratvergiftung noch mal wach wurde und wollte von meinem Arm runter, weil der schon völlig taub war, und konnte mich kein bißchen mehr rühren, keine Luft kriegen und keinen Laut hervorbringen. Ich glaube, sie therapiert mich, nicht meinen Arm."

„Sprecht ihr auch darüber?"

„Nicht so viel, wie ich erwartet hatte. Es ist aber ja keine Gesprächstherapie. Ich frage mich sowieso, wie sie zurechtkommt, wenn sie jedem Patienten so viel Zeit widmet."

„Vielleicht bist du ein ganz besonderer Patient?"

Lorenz blickt geschmerzt, was Armand verrät, daß er ins Schwarze getroffen hat. Diese Hoffnung verwehrt sich Lorenz.

„Sie ist so schön", sagt er nach einer träumerischen Pause, „als du sie trafst, sah sie gar nicht mal so gut aus. Ihr Verlobter war vor nicht so langer Zeit ermordet worden.

Darum mache ich mir keine Hoffnungen. Und: Schau mich doch an! Meinen Elendskörper. Sie kennt ihn zu gut. Sie sieht mich nie anders an und berührt mich nie anders als eine Therapeutin. Liebevoll. Ja. Aber das ist so ihre Art. So geht sie sicher mit allen Patienten um… Ich glaube auch, Therapie geht nicht gut mit Liebe zusammen, darin liegt eine große Gefahr…"

„Gefahr?"

„Sie weiß zu viel. Sie ist zu mächtig. Wie eine Mamma. Ich könnte nichts vor ihr verbergen. Die Frauen sind sowieso… Aber verrat' mich jetzt nicht an solche Emanzen wie deine Verflossene! …

Frauen sind sowieso das stärkere Geschlecht, denn wir alle sind am Anfang winzig klein in ihnen drin und verdanken ihnen Existenz und erste Nahrung…"

Armand verstand: „Und wenn sie zu mächtig wäre, könntest du sie nicht lieben."

Tumbleweed lehnte sich zurück und fuhr mit der linken Hand auf dem rechten Arm auf und ab und sagte: „Eben drum."

„Ja — und wo ist dann das Problem?"

„Welche Chancen habe ich denn, Armand? Sie hat es doch gar nicht nötig."

„Weil sie schön ist?"

Tumbleweed nickte. „Und nun fang' nicht an, daß das nichts macht, und solche netten Beschwichtigungen. Ich liebe sie ja auch, weil sie schön ist — tja!"

Als die Weihnachtsvorbereitungen in der Ellerbacher Fußgängerzone militant ausbrachen, sah Armand ihn wieder. Tumbleweed streunte an den Schaufenstern entlang. Er trug einen alten Mantel in dem Muster Pfeffer und Salz, was auf Armand spontan einen obdachlosen Eindruck machte. Es war auch nicht die Langsamkeit, durch die er ihm auffiel — es war die traurige Gemessenheit, die so abstach gegen die Hast freudiger Erwartung, in der der Rest der Bevölkerung, zum Schenken wild entschlossen, unterwegs war. Tumbleweed sieht das gar nicht, worüber seine Blicke hinwegschweifen. Man schaut ihn an wie einen Schnorrer, wie einen Penner. Fast wäre er auch an Armand vorbeigelaufen. Er faßt ihn am Arm: „Lorenz, he! Wohin?"

Lorenz schaut erschrocken, faßt sich dann und murmelt dumpf: „Zu dir?"

Armand hat eine Idee. Diesen hier wird er seiner fürsorglichen Mama ans Herz legen. Und ehe Lorenz sich von seinem Schrecken erholt hat, sieht er sich damit konfrontiert, daß er sich bei der Mutter seines besten Freundes zusammenreißen und gut benehmen muß.

Sie hat ihn erst ein wenig skeptisch betrachtet, vermutet einen Kumpan aus Armands Kifferzeit und liegt damit ja auch ganz richtig. Aber es ist verziehen, denn der junge Mann weiß sich auf einmal wieder tadellos zu benehmen. Doch nicht der Sohn von Konsul Toller? — Der nämliche.

Nach dem Kaffee lotst ihn Armand in sein ehemaliges Zimmer, jetzt Gästezimmer. „Hier habe ich zum zweiten Mal laufen und sprechen gelernt, es war wie eine zweite Kindheit... Lorenz, was hast du?"

„Nichts."

„Was führt dich denn heute nach Ellerbach?"

„Freunde besuchen."

„Und?"

„Hab' keine angetroffen."

Und dann, mit Grabesstimme: „Ich kriege keine Krankengymnastik mehr."

Daher weht der Wind!

„Warst du denn nicht bei Doktor Schmied? Der verschreibt sie dir doch sicher weiter."

„Die Kasse bewilligt sie nicht mehr —" und zwanghaft leichthin setzt er hinzu: „Sie sagen, der Zustand wird sich nicht mehr bessern."

Armand schleift ihn wieder ins Wohnzimmer: „Mama! Wie beurteilt der Fachmann den Fall?"

Er schiebt sein Opfer vor sie hin. Witwe Weiler legt ihr Buch hin und setzt die Brille ab.

„Ich bin aber doch schon lange aus dem Geschäft... Was fehlt denn dem jungen Mann?"

„Haben Sie das denn nicht gesehen?" fragt Tumbleweed leise und hält ihr den Arm hin wie einen nassen Knüppel aus dem Wald. Sie schaut ihn an und weiß: Ganz gut wird's nie mehr.

„Nun gib' schon her! Anstecken wird's ja wohl nicht", langt sie hin; harte Worte, weiche Hände, die Sprache, die Tumbleweed versteht.

Armand sieht, daß er eine Gänsehaut kriegt. Aha. Es schlägt an. Auf's Sofa mit ihm! Er weiß, Mama ist eine Hexe. Er hat sich ihr deshalb lange entzogen, hat sie richtig drum gefürchtet, wie sie ihn an die Brust hätte zurücklocken können. Nun amüsier' dich mit deinem neuen Opfer!

Sie hat andere Methoden als Juanita. Mama ist der Ansicht, daß Bäder nicht bei allen Krampfzuständen gut sind. Bei solchen Gelenkversteifungen hält sie mehr von trockener Wärme und massiert ihn mit Öl. Dann kommen Streckübungen: Augen halb zumachen und langsam durch den Mund atmen. Sie biegt ihm Arm und Finger auf und wieder zu und horcht dabei gespannt auf seinen Atem, bewegt seine Finger immer nur bis eben an die Schmerzgrenze. Danach behandelt sie ihm noch Schultergelenk und Rücken. Da liegt er dann auf dem Bauch, das Krällchen wieder schutzsuchend eingerollt, sie deckt ihn zu: „Entspann' dich mal noch ein bißchen."

Da heult er los. Wahrhaftig, der coole Tumbleweed, der schon der Welt entsagen wollte und über den Dingen stehen, schluchzt in seinen geknäulten Seemanspullover.

Armand ist hilflos. Er ahnt langsam, was da eingefroren war. Wenn so eine Lawine erst runterkommt...

Mama kennt dergleichen, die verschwindet in der Küche und macht Abendbrot.

So frei und kühn — das wird Armand nun klar — so frei und kühn, daß er über allem zu stehen schien, war Tumbleweed nur aus Verzweiflung. Aber diese Art Freiheit war mehr leidenschaftliche Gleichgültigkeit, destruktive Kasperei, ein Rumspielen mit den Chancen im Leben selber, denn er weiß ja nun, daß es keinen Sinn hat, sich aus dem Leben stehlen zu wollen. Trotzdem blieb er bereit, sich selber möglichst viele Wege zu verbauen und hohes Risiko zu spielen.

Jetzt hat er was zu verlieren: Die Gegenwart einer geliebten Frau, einen Schlafplatz, ein Einkommen, auch wenn's nur eine winzige Arbeitslosenhilfe ist — und schon trifft ihn ein Verlust mit voller Schärfe. Denn wo Hoffnung ist, da ist auch Angst.

Natürlich wird er Hanna Weiler nicht sagen, daß er von Junanita behandelt werden möchte und nur von ihr. Sie soll ihn wieder in ein heißes Bad stecken und ihn massieren. Sie soll neben ihm sitzen, während er schläft, er will ja gar nicht mit ihr schlafen, nur...

Lorenz, belüg' dich nicht!

Es stimmt. Er will nicht, daß eine andere Frau, und sei sie noch so lieb, Juanitas Handschrift mit ihrer eigenen überschreibt. Gleich bröckelnden Knochen von Heiligen bewahrt er seine Erinnerungen.

Hanna Weiler bietet ihn Armands ehemaliges Zimmer an.

„Sie können ganz ihr eigener Herr sein, Lorenz."

Aber er wohnt doch bei Dickkopf und Fritzi? Schon, aber es ist eigentlich zu eng für drei. Sie schränken sich ein, so gut sie können, sagen auch nichts, aber er merkt es.

„Ich kann Ihnen aber nicht viel geben."

„Es ist gut, geben Sie, was Sie können."

„Ich bin halt eine Niete, ich tauge zu keinem Job. Ich habe es ja versucht."

In seinem Bestreben, ehrlich zu sein, kann er wohl schlecht vor sich selber Halt machen.

„Na, und das bei Jan Frey?"

„Beschützende Werkstatt", ist Tumbleweeds niederschmetternde Antwort.

Und sonst?

Ein paar Versuche hat er gemacht, denen aber keine Dauer beschieden war. Vier Tage höchstens hat er das ausgehalten. Statistische Zähljobs. Zahlenkolonnen eintippen. Marktforschung. Bier aus dem Bauchnabel, Gedanken sind frei, telefonieren kostet das Doppelte. Zigarettenautomaten stehen in der Prärie alle zwei Kilometer, der Cowboy leidet keinen Mangel. Freiheit ist motorisiert.

„Ja, ist gut, Tumbleweed, kannst aufhören."

„Aber ihr versteht, daß ich sowas nicht aushalte? Am schlimmsten sind die Agenturen. Wenn denen was einfällt, nennen sie das kreativ. Dabei ist das Unschöpferischste, was es gibt, wenn man sich ausdenkt, wie man den ganzen Mist verkaufen kann…"

„Aber dazu gehört doch auch Phantasie!"

„Nee, paß auf: Der schöpferische Mensch ist ein kleiner Schöpfer, eine Art Zauberer, ein Herr der Dinge. Aber wer Dinge verkaufen will, wird ihr Sklave. Denn wer wirklich schöpferisch ist, der kennt doch das Ende nicht, er arbeitet nicht auf ein vorgefaßtes Ergebnis hin. Wenn du schon weißt, was du am Schluß darstellen willst und läßt dir nur die Mittel dazu einfallen, das ist nicht wirklich kreativ, das ist pervertierte Kreativität. Und am schlimmsten finde ich, wenn diese Leute von Philosophie reden. Philosophie heißt Liebe zur Weisheit! Philosophen, die die Weisheit liebten, gaben alle materiellen Güter auf und reduzierten sich auf ein Minimum. Wer von Liebe zur Weisheit redet und Maximierungsstrategien meint, lästert Gott."

Das war wieder eine Schloßwiesenphilippika bester alter Art.

Armand schwieg. Er empfand die Verlogenheit der Arbeitswelt ähnlich, wenn er sie auch nicht so scharf geißelte.

Er wußte nicht, ob er sich nach allem, was er seit seinem Unfall sah, je wieder den Leuten mit ihren dummen Ansichten würde unterordnen können, Leuten, die unsinnige Maßnahmen anordneten, anstatt engagierte, intelligente Mitarbeiter schätzen zu können.

Zur neuen Sicht waren ihm Demut und Geduld nicht mitgeliefert worden, weil er sie sich nicht gewünscht, sondern sich nur auf Wissen und Einblicke gespitzt hatte. Das hast du nun davon.

Er stellte sich Tumbleweed in dieser Welt vor und verzagte.

Tumbleweed stand anderntags mit dem Seesack vor der Tür mit all seiner Habe, wenn wir mal von dem absehen, was er vor Jahren im Jugendzimmer seines Elternhauses zurückgelassen hatte.

Hanna Weiler freut sich. Armand freut sich, daß sie wieder eine Aufgabe hat. Fritzi und Dickkopf freuen sich, daß sie ihre Wohnung wieder für sich haben. Eigentlich hätten sie schon bedauert, daß er auszieht. Aber sein Auszug fällt nun gerade in eine Zeit, in der sie sich einigermaßen auf die Nerven gegangen sind, und so herrscht auf beiden Seiten Erleichterung.

Da hat er nun eine gute Krankengymnastin und schiebt dennoch die Behandlung hinaus und entzieht sich ihr paradoxerweise. Das kränkt sie ein wenig, zugegeben, aber sie versteht schon, daß er an einer aussichtslosen Liebe krankt, vom Gebrechen gar nicht zu reden. Aus dem Regen in die Traufe, denkt Hanna. Aber so schlimm ist es wieder auch nicht.

Noch immer bewahrt er das wenige, was war, und hütet es als einen Schatz. Er konzentriert sich auf seine Erinnerung von Juanitas Gesicht und ist knurrig, wenn die Visualisierung nicht gelingt. Hanna ertappt ihn dabei, wie er am Wohnzimmerfenster steht und in den nassen Schnee in der Dämmerung schaut und Juanitas Namen murmelt wie ein Mantra. Drunten zetert eine Schwarzdrossel. Die Katze Minka schüttelt alle Pfoten nacheinander. Eine eklig geile, süße Wehmut schneidet ihm ins Herz. Hanna schließt unbemerkt die Tür.

Zum ersten Mal, seit Armands Vater starb, kommt Frau Hanna Weiler mit der animalischen Attraktion eines Mannes in Berührung. Da kann er sich noch so diskret verhalten, es geht etwas von ihm aus. Er ist diskret aus Schamhaftigkeit über seinen Körper, nicht aus Respekt vor guter Sitte. Den hat er längst verloren, in Frau Hegels Bett oder auf Feten in den Häusern ahnungsloser Eltern, die sich auf Reisen befanden.

Nein, es ist wirklich nicht zwanghaft gutes Benehmen, wenn er sich Hanna nur immer ausreichend bekleidet präsentiert, und er ahnt auch nicht, wie anziehend er wirkt, er hält sich vielmehr für abstoßend und für alle Zeiten gestraft.

Er stand im Flur und betrachtete sich im Garderobenspiegel. Sie trat leise an ihn heran und nahm und streckte seinen Arm. Er schaute sie an mit seinem Opferblick, der diese fatale Mischung von Eros und Erbarmen auslöst. Er kannte seine Wirkung nicht, bei allen Heiligen, er kannte sie nicht. Selbst der Frau Hegel Hörigkeit hatte er für einen Irrtum gehalten.

„Lassen Sie die Übungen nicht schleifen, Lorenz!" sagt sie, „wir wollen doch vorankommen!"

Nun, wenn er ihr damit eine Freude macht...

Packungen, Streckübungen, Massage.

„Was ist das für ein Öl? Das riecht so gut."

Ein ayurvedisches Rezept — was? — Indische Medizin. Sie hat die Kräuter in Sesamöl angesetzt, insgesamt war es eine langwierige Prozedur. Einen Teil hat sie frisch verwendet, einen Teil getrocknet, einen Teil zum Konzentrat gekocht und einen Teil zu Asche verbrannt und diese ins Öl gemischt. Sie hat die Bestandteile auf Tropfen und Zehntel Gramm genau gemessen, hat die Mischung dreimal, neunmal, siebenundzwanzigmal, hundertachtmal geschüttelt und die Flasche neunzig Tage lang auf dem Schrank ruhen lassen.

Sie tut ihm mehr weh als Juanita! Ach, ja, Juanita...

„Au! Sie sind brutal, gute Dame!"

„Und Sie, lieber Lorenz, sind faul und wollen den Weg des geringsten Widerstandes gehen!"

„Madame! Schonung, um Christi willen! Geben Sie einem Behinderten Pardon!"

„Nichts da, junger Mann, ich nehme Sie für voll. Hören Sie auf zu jammern, sonst kriegen Sie gleich einen Grund dafür."

Er maulte wohl ein bißchen, ob das hier ein amerikanischer Spielfilm sei? — „nein, eine orthopädische Komödie" und gibt dann vor ihrem Mundwerk klein bei. Er habe reichlich Glück gehabt, denn wenn das unterversorgte Gewebe in Nekrosen übergegangen wäre, hätte er leicht auch den ganzen Arm verlieren können.

Es pulsiert stärker in der Kralle als vorher. Es ist ein pieksiges Gefühl, zugleich ein irgendwie tauber Schmerz. Es ist ziemlich unangenehm. Die Hand ruckt unmotiviert. So. Du meinst, du kannst ohne Befehl handeln!

Kann sie. Vor allem nachts. Er macht manchmal davon auf. Bisweilen weckt ihn ein schmerzhafter Krampf. Der Arm wird nie mehr, wie er mal war? Tumbleweed ertappt sich bei einer Hoffnung.

„Sagen Sie, Lorenz, würden Sie mir helfen, den Einbauschrank im Schlafzimmer auszuräumen? Ich muß sonst immer wieder die Leiter rauf und runter…"

Das tut er gern. Er nimmt entgegen, was sie ihm reicht, und stapelt es auf der Kommode. Stoffe über Stoffe kommen zum Vorschein. Hanna Weiler ist eine Sammlerin. „Ich wollte noch so viele Hemden für meinen Mann nähen, aber er starb dann ja… Und Armand trägt lieber dunkle Farben. Dabei steht ihm doch hell viel besser! Ja — und das hier hatte ich für mich gedacht, aber dann kam das Trauerjahr, und jetzt mag ich es nicht mehr. Das ist wohl schon aus der Mode. Ich sehe ja auch nicht mehr gut. Lorenz, was mache ich denn nun damit?"

Er streicht über den Satin. Wie weich! — Wird der Tastsinn in der Rechten besser? — „Lorenz, soll ich's dem Roten Kreuz geben?"

Tumbleweed schlingt ein hinreißendes taubenblaues Madraskaro um sich: „Dem Roten Kreuz?"

„Sie gebe ich denen nicht, keine Bange."

Da schaut er sie wieder an mit seinen blümeranten Opferaugen. Bleu Meurant. Das ist für dich, Tumbleweed. „Einen schönen Schnitt dafür habe ich auch. Aber wie gesagt, es strengt meine Augen zu sehr an, wenn ich es selber nähe."

„Würden Sie es mir denn beibringen, Madame?"

Sie würde. Bei Gott, sie würde.

Sein Krällchen hat genügend Kraft, um das Schwungrad der alten Pfaff in Bewegung zu setzen. Und er hat auch schon genug Geschick entwickelt, um den Stoff zu führen. Die Linke fädelt ein und wechselt die Spule und richtet das Aufspulen des Unterfadens ein. Nur dabei muß ihm Hanna helfen, denn das Schwungrad abzukoppeln, ist nicht ganz einfach. Und sie zeigt ihm, wie man Schnitte überträgt und Ärmel einsetzt. Er kommt nachgerade in einen Rausch. Und das Ergebnis putzt ungemein.

„Tumbleweed, du eitler Fratz!" sagt Armand, „ist es dir nicht schon peinlich, wie du kompensierst?"

„Was willst du damit sagen?"

„Wenn du so weitermachst, ist von dem gelben Bettelmönch bald nichts mehr übrig."

„Das war ja auch nur ein Experiment."

Tumbleweed in seinem taubenblauen Madraskaro setzt sich direkt vor Armand und schaut ihn an: „Mein Lieber, deine Mama hat mich dem Leben wiedergeschenkt. Und nun werde ich Couturier."

Haha! Huhu! Vogel!

Nur noch dem Schneider Hersch verpulen, daß Lorenz so etwas kann. „Lieber Max!" schmeichelt ihm Hanna, „der Junge hat Talent, laß dir mal zeigen, was er macht! Und keine Bange wegen der Behinderung! Er kommt gut zurecht, zeichnen tut er auch schon mit Links. Schau mal! Das hat doch Schmiß! Das hat Stil!"

Zugegeben, seine Figurinen schauen drein wie aufgescheuchte Lämmer. Aber Max Hersch ertappt sich dabei, wie er die Skizzen in Gedanken in eine Schnittkonstruktion umsetzt, und damit hat es ihn erwischt.

„Na, dann schick' mir mal das Wunderkind!"

„Es sieht ja noch ein wenig zittrig aus", räumt Hanna ein, die Rechte ist nichts rechtes mehr, „aber schau, was er mir genäht hat!"

Sie faßt die Blusenzipfel und dreht sich hin und her. Er wird sich garantiert die Nähte von innen ansehen… Ja! Er tut's.

„Entschuldige, Hanna", sagt er, „daß ich dir einfach in den Ärmel gucke… Ja, nicht schlecht. Soll er in Gottes Namen bei mir anfangen."

Lorenz lernt wieder, früh aufzustehen und von acht bis fünf auszuharren und zu tun, was man ihm aufträgt. Wenn er es denn je konnte.

Es wird Frühling. Noch hat er's nicht geschmissen. April — Mai — langsam kommt die Zeit, wo Jan Frey mit ihm rechnet. „Ich mache eine Lehre!" telefoniert Tumbleweed stolz, „ich kann höchstens noch am Wochenende kommen."

Er ist noch nicht gewöhnt, einzustecken und es schweigend gut sein zu lassen. In einigen Situationen hat er schon daran gedacht, es zu schmeißen, vor allem, um sich der Initiation durch die Gesellen zu entziehen; und erst, als Hanna ihm erklärt, daß es das in jeder Lehre gibt, daß alle Lehrlinge erst einmal Schikanen aushalten müssen, sieht er ein, daß er es wohl nicht so persönlich nehmen darf, wo er sich doch schon das Hirn zermartert hatte, womit er denn diese Behandlung auf sich zog. Schon wären sie ihm fast als zynische Teufel erschienen, die ihn gezielt in Panik hätten stürzen wollen. Da hatten sie ihm ein Schnittmuster und ein Zollmaß untergejubelt, er solle nur wacker zuschneiden, es habe schon seine Richtigkeit.

Max Hersch hat glücklicherweise noch einen Blick drauf geworfen, was er da treibt, dem waren die großzügigen Kreidebögen nicht ganz koscher vorgekommen; und als Tumbleweed eben die Schere hob, traf ihn ein Ruf wie Donnerhall: „Gnade dir Gott, wenn du das zuschneidest!" Vor Schreck machte er dann einen kleinen Schnitt, bevor er die Schere sinken ließ und Max ansah. Und er war den Tränen nah, als sein Chef ihn weiter andonnerte, ausgerechnet am besten Kammgarn vergreife er sich! „Ja, bist du denn nicht darauf gekommen, daß die Gesellen dich nur hereinlegen wollten? Bist du so blöd, daß du denkst, du sollst hier Armeezelte schneidern?"

Er nahm die Geschichte über die Maßen tragisch, bezog sie auf sein Gebrechen, womit sie nun wirklich nichts zu tun hatte, und konnte überhaupt nicht darüber lachen.

Er rebellierte nicht offen.

Sein zweites Problem war, daß die Werkstatt nicht vom ersten Tage an ausschließlich seine Kreationen nähte. Stattdessen trug man ihm laufend ungeliebte Arbeiten auf. Er jammerte und schmollte nur, er „demonstriert", wie Max es nennt. Er tat, was man ihm sagte, aber er machte es falsch. So lange, bis man die Sache jemand anderem übertrug. Zuerst ärgerte sich Max und war nicht geneigt, seinem Handicap so viel Kredit einzuräumen.

„Und als ich dachte, jetzt schmeißt er mich doch raus, drehte er sich um und sagte: „Gott, der Gerechte! Muß man für dich immer einen Sonderfahrplan machen? Na, gut. Mach', wie du meinst. Ich versuche, es der Kundin zu verkaufen." Damit war's gut, und die Kundin war zufrieden. Zufrieden? Begeistert war sie. Aber das wird man aus Lorenz' Mund nicht hören.

„Ich habe dir was zu erzählen, Tumbleweed…"

„Lorenz."

„Bitte? — Ach, ja."

„Und was?"

„Ich hatte doch kürzlich wieder Probleme mit den Halswirbeln, Kopfweh und Schwindelgefühle, und meine Augen sind auch wieder schlechter geworden. Da bin ich zu Doktor Schmied gegangen und habe mir eine Behandlung verschreiben lassen, und er hat mir die Frau Nemitz empfohlen, als ich ihn fragte... Ja, da guckst du, was?"

Tumbleweed rutschte aufgeregt auf dem Sofa herum: „Und? Warst du bei ihr?"

„Wieso interessiert dich das? Die ist jetzt meine Therapeutin... Ja, ja, schon gut! Du hattest mir doch von ihrer Praxis erzählt..."

„Warst du da?"

„Du meinst, in dieser orientalischen, die eher wie eine Wohnung aussieht? Lorenz — das ist ihre Wohnung!"

Tumbleweed stand ruckartig auf und sah aus dem Fenster. Sah in den grünenden Garten, wo eine Amsel mit Zetergeschrei auf die Mauer flüchtete, und sah und hörte nichts.

Ihre Praxis ist weiß und kalt. „Herr Weiler, was kann ich für Sie tun? Spätfolgen eines Unfalls — das haben wir gleich. Eine Spritze zur Entspannung der Nackenmuskeln, dann hat sie mir den Kopf abgerissen, racks, racks..."

„Spinn nicht, so arbeitet keine Krankengymnastin!"

„Zu dumm, du kennst dich aus. Na, ich war halt in einem weißen Raum mit Gummimatte, Liege und Riesenball, und sie hat mich bearbeitet wie eine kaputte Mechanik, vorsichtig und leidenschaftslos. Von besonderer Liebe keine Rede. Lorenz! Bist du noch da?"

Er dreht sich um.

Armand fährt fort: „Ich erzählte ihr, du hättest sie mir empfohlen. Da wurde sie rot. — Gehst du wieder hin?"

„Frag' mich was Leichteres!"

Wenn du einen Traum ein paarmal erzählt hast — kannst du dich dann noch wirklich an ihn erinnern?

Kannst du eine getrocknete Rosenknospe zum Aufblühen bringen, indem du sie noch einmal in Wasser stellst? Kannst du noch die lebendige Person hinter dem Namen erkennen, den du wieder und wieder gemurmelt hast wie ein Tibeter das „Om Mani Peme Hung"? Hättest alle die Monate hindurch wirklich besser „Om Mani Peme Hung" sagen sollen.

Lorenz versuchte, sich an Juanita zu erinnern, und begriff, daß er sich nur an Erinnerungen erinnerte. Und das meiste davon war die Erinnerung an seine Hoffnungen von damals, nicht an das, was wirklich geschehen wäre. Auf diesem Boden gedeiht das borstige Kraut Enttäuschung.

Lorenz schlief schlecht in dieser Nacht.

Er wollte es nicht, aber er mußte sich die Wiederbegegnung in allen Einzelheiten ausmalen. Er entwarf. Und sogleich rebellierte er gegen das Verführerische in seinen Vorstellungen. Ein Bild stieg in ihm auf — und sogleich schrie etwas in ihm es nieder. Ach, so! In die Wanne soll ich wieder. Im Wasser vor ihr liegen. Zur Passivität verdammt. In meiner Männlichkeit ignoriert. Wo doch mein Sex-Appeal und so…

Sie hat dann also ihre Blicke und ihre Hände unter Kontrolle. Und ich soll den keuschen Stolz genießen, ihr nicht zu nah getreten zu sein. Lüge mir in die Tasche. Was nehme ich als neuen Einstieg? Natürlich mein Gebrechen, die sind doch so ungeheuer praktisch.

So hast du dir das gedacht. Und zum Lohn für diese Kriegslist, nämlich den Verzicht auf kleine Siege, um vielleicht einmal den großen durch die Hintertür beschleichen zu können — zum Lohn für die Unterwerfung soll sie das Kunststück fertigbringen, dich hochzuwuchten vom Objekt ihrer Pflegewut zum Partner, der sie triumphal besteigt?

Ach, mach dir doch nichts vor! Das glaubst du ja selber nicht. Sie wird dich immer nur als Pflegefall betrachten.

Unausgeschlafen, aber mit neuer Festigkeit ging Lorenz zur Arbeit.

Er wird nicht zu Juanita gehen. Auch die Frage, ob er sie noch liebt, ist nicht eindeutig positiv beantwortet.

Lorenz ist nicht mehr an erotischem Gnadenbrot interessiert. Er weiß, wenn er in den Spiegel schaut, daß er mehr erwarten darf. Weder hat er es nötig, sich einer verdrehten Pädagogin zum Fraß vorzuwerfen, noch auszuharren in der selbstquälerischen Überzeugung, er sei wertlos.

Dies alles erklärt er Armand bei ihrer nächsten Begegnung. Er grübelt weniger. Das hat Hanna zufrieden festgestellt. Aber er rechnet auch mit dem alten Tumbleweed ab und läßt kein gutes Haar an sich.

„Mitgefühl!" sagt er verächtlich. „Ich hatte da wohl was von gelesen. Dachte, daß mir alle so unheimlich leidtun, bedrohte Völker, bedrohte Arten… Jede Tippse, die für Greenpeace Adressen schreibt, tut mehr für sie als ich mit meinem weinerlichen Katastrophengesülze. Ich habe mir nur eine Deckadresse für mein eigenes Unglück gesucht. Verschobenes Selbstmitleid war das."

„Hart, aber ungerecht."

„Ich war's im Grunde immer…"

„Was?"

„Hart. Die Opferrolle ist eine aggressive Rollenwahl. Und arrogant dazu. Glaubst du nicht? Ich bin doch gerechtfertigt als Opfer! Ich kann ganz viele auf meine Seite bringen, und sie werden nicht so leicht auf die Idee kommen, daß die Schuld vielleicht bei mir liegt. Allenfalls habe ich einen Fehler begangen. Aber ich kann den anderen Vorwürfe machen! Niemand macht mir welche. Ich bin aber überzeugt, mein Unglück ist nur die Kehrseite meiner eigenen Schlechtigkeit. Was mir geschah, hätte ich ebensogut jemand anderem antun können. Ich habe eine Mordversuch zu büßen."

„Ach, und wer war der Glückliche?"

„Ich selber! Tablettenvergiftung, lebenslanges Handicap — ist das nichts? Wer sowas einem jungen Menschen antut, der ist noch zu ganz anderen Dingen fähig…"

„Für einen alten wär's auch nicht just eine Wohltat."

„Ich wußte es! Du verstehst mich. — Naja, mit solchen Gedanken untersuche ich mich täglich selbst."

„Warum quält er sich so?" fragte Armand seine Mutter, „hast du gehört, wie er sich selber niedermacht?"

Hanna nickte. „Du kannst halt nicht mit den Fingern schnippsen — klack: Sei glücklich! — und dann ist er's. Jeder hat eine andere Art, sein Trauma zu verarbeiten. Geduld. Ich rede mit ihm."

An diesem Abend hatte er in der Massage nichts zu lachen.

Mit dem kaputten Arm ist sie vorsichtig, klar. Aber der ist auch so ziemlich das einzige, was verschont bleibt. Der Rest wird mehr verprügelt als massiert.

„Sie tun mir weh!" keucht er.

„Ja, ja", schnauft sie, ein wenig atemlos von der Anstrengung, „was taugt das beste Leiden, wenn man es nicht gelegentlich spürt? Es steckt was in dir, ein Keim von Krankheit, den muß ich herausholen."

Zu früh aufgeatmet, als sie von ihm abläßt. Jetzt kommt die chinesische Porzellanlöffelfolter. Sie taucht den Löffel in eine Schale mit warmem Wasser und streicht mit der Löffelkante kräftig seinen Rücken abwärts und nach außen, bis blaurote, aufgeschwollene Flecken entstehen.

Je mehr es außen weh tut, umso weniger innen. Und das weiß sie.

„Ist es denn recht so?" fragt sie und schaut ihn über die gepeinigte Schulter hinweg an.

Der Satz gibt ihm zu denken. Genießen oder wehren? Was will sie, daß ich tu? Nimmt sie mich denn überhaupt ernst?

Er beißt die Zähne zusammen. Klar, die fordert ihn heraus. Sie wird es nicht zulassen, daß er es sich wieder in seinem Selbstbild des Kranken gemütlich macht, sie wird ihn schon hinaustreiben in die freie Wildbahn, da verlaß dich drauf.

Da richtet sich Tumbleweed heftig auf, so heftig, daß er ihr den Porzellanlöffel und die Schale mit dem Wasser aus der Hand schlägt. „Ich hab's satt!" schreit er, „hör' auf damit!" Er duzt sie vor Wut.

Er baut sich vor ihr auf, holt tief Luft und bläht seine Nasenflügel. „Feuer-Pferd", denkt sie, „endlich."

Er schaut sie an. Sie begegnet seinem Blick fest und kämpferisch. „Den Moment ertragen, ja gut", denkt er, „aber Wut ist das beste Antidepressivum — das war es immer schon…"

Und küßt sie.

„Mach weiter", sagt er, „wer heilt hat recht, was sind fünf Minuten der Agonie gegen fünftausend Jahre Weisheit?"

Er hält aus. Und es ist nichts.

Weiter. Weiter. Auch darüber hinaus.

Über all dies hinaus und heil werden.

DIE UNSICHTBARE FRAU
STERNCHEN STEHT FÜR „IRGENDWAS"

12 "Empty Bed Blues"

Bloß nicht raus auf die Straße. Am Ende triffst du Bekannte und mußt ihnen erzählen, wie's dir geht. So gleichgültig gefragt — so heftig würde die Frage sie treffen.

Wie geht's mir denn?

Ich bin gesund an Haupt und Gliedern, ich esse und verdaue, man sieht mir äußerlich keine Verletzungen an, aber ich bin waidwund zum Verkriechen. Ich bin gekränkt und verletzt, ausgedörrt vom Weinen und nicht fähig, einen klaren Gedanken zu fassen.

Warum?

Eigentlich wollte ich ja nicht darüber reden. Daß Armand und ich uns verkracht haben, wißt ihr inzwischen.

Und alle Tage hat der Hund sich nicht gemeldet. Hat sich nicht entschuldigt.

An diesem Morgen hat Suse das Wenige, das ihr gehört, gepackt und hat, als alle schliefen und Armand fort war, und hat die Wohngemeinschaft verlassen. Hatte in ihrer „Betäubung", wie das Klischee wohl heißt, dort gefrühstückt, wo sich die letzten Schnapsleichen der Nacht sich von den ersten Fleißigen des Tages ablösen ließen. Sie fühlte sich ausgetrocknet, ihre Augen waren, als sei Sand darin, und der Kaffee und das salzige Käsebrötchen erquickten sie nur wenig. Eine Stunde mußte sie sich noch herumtreiben, bis sie mit ihrer Tante frühstücken konnte. Die Tante war Vaters sehr viel jüngere Schwester, und sie hatte ihr Unterkunft angeboten für den Fall, der nach Suses Ansicht nie eintreten würde.

Der furchtbare Straßenmusiker, der die schnellen Tempi verschleppt und die langsamen unbarmherzig hetzt, quält die Vorübergehenden mit seinem Tremolo. Und Punks schwanken auf Passanten zu: „Haste mal 'n paar Groschen?"

Butensen, der interessanteste Stadtteil zu einer sehr erträglichen Zeit, da die Alkoholiker ausschlafen und die emsigen Frauen Nahrung in die Wohnungen schleppen. Butensen ist fest in internationaler Hand, wie zur Therapie für das störrische Deutschland eigens komponiert von den Siegernationen. Hier lebt eine große Gruppe wenigstens ebenso störrischer Muslime, die von der Überlegenheit ihrer Kultur ebenso fest überzeugt sind wie die Deutschen, und wenigstens haben sie auch eine…

Moment mal, reicht es eigentlich, von einem Kulturvolk abzustammen? Müßte die Kultur mir nicht auch zu Gebote stehen?

Die Muslime lernen, ob sie nun Türken oder Pakistani sind, weite Passagen aus dem Koran in Arabisch. Wer ist unter euch, der die Schöpfungsgeschichte auf Hebräisch aufsagen kann? Der wäre dann sicher ein Spezialist. Mindestens Theologe. Bei uns wird man ja schon schief angesehen, wenn man Fremdwörter gebraucht. Zumal als Frau. Was ist die nächste Stufe? Strafe zahlen für Fremdsprachenkenntnisse? Haft für auswendig gelernte Gedichte?

Suse, du übertreibst! Du weißt mit dir nichts anzufangen, weil du noch nicht über die Trennung weg bist. Seit fünf Tagen wohnst du jetzt bei der Tante, und er hat immer noch nicht angerufen. Na, gut, es ist Schluß. Er ist im Zorn davongefahren.

Er wird doch nicht…

Sie ruft an.

Ja — wußtest du denn nicht?

Er hat einen Unfall gehabt, er liegt auf den Tod. Niemand darf zu ihm als seine Mutter. Als er dann außer Gefahr ist, will er niemanden sehen als nur sie. Niemanden. Nicht einmal Mario und Dickkopf. Lorenz wiederum ist dem Besuchsverbot zuvorgekommen. Der hat gesagt, er gehe grundsätzlich niemanden im Krankenhaus besuchen, das zieht ihn nur runter. Und nun geht sogar das unfeine Gerücht, Armand sei absichtlich gegen den Brückenpfeiler gefahren, weil mit Suse Schluß war.

Bullshit. Von Suse aus hätte es noch lange nicht vorbei sein müssen. Sie hat doch diese unselige Aussprache erzwungen, als der alte Drückeberger gar nicht daran dachte, diesen verschleppten Elendszustand aufzuklären oder gar so oder so zu beenden.

Von nun an ging's bergab. Liebe beginnt immer mit steilem Aufstieg. Manchmal sogar mit dem Höhepunkt. Sie folgt genau umgekehrt der Dramaturgie, die wir im Deutschunterricht für den Aufsatz lernen. Nach dem Gipfel schleppt sich die Handlung in die Ebene, sich gnadenlos verlangsamend, und du erfährst — ebenfalls in sauberem Gegensatz zum Aufsatz — immer weniger. Einen Monat lang waren sie blödsinnig verliebt gewesen und hatten mehr Zeit im Bett verbracht als außerhalb. Dann zankten sie sich: Armand hatte irgendwas geäußert, woran die versierte Leserin des „Märchenprinzen" den Macho erkennt; wahrscheinlich war es ein Verriß des beliebten Breviers für die linke Frau; vielleicht hatte er sich soweit verstiegen zu sagen, sie müsse sich nicht wundern, als linke Frau auch nur linker Hand geehelicht zu sein. Ja, das hat er gesagt, Gott verzeih's ihm. Er hat nicht beabsichtigt, sie zu demütigen, sagte er wenigstens später, nein, er habe doch wirklich nur die Unlogik geißeln wollen, mit der seine Geliebte die bürgerliche Ehe verwarf und sie zugleich als ihre persönliche Lebenserfüllung anstrebte.

Welche Ohrfeige ins ehrliche Angesicht! Welcher Lohn für den heldenhaften Verzicht auf ein weißes Kleid und Einbauküche!

Die erste Wunde war geschlagen, die erste Narbe verunzierte unheilbar ihre Liebe.

Armand war enttäuscht und fühlte sich unverstanden. Er suchte durchaus eine ebenbürtige Partnerin, keine, die er unterdrücken wollte, das warf sie ihm zu Unrecht vor. Und so kam er denn auch immer wieder an Frauen, die durchaus gescheit waren, aber sie schienen dem Frieden nicht zu trauen und nach ersten Gesprächen in eine Art Tarnverhalten überzugehen, und gaben so dumme Antworten, daß Armand wähnte, intellektuellen Mogelpackungen aufgesessen zu sein, während doch die Mädels mit halber Kraft fuhren, um ihn desto heller erstrahlen zu lassen.

Wenn er gerne zuhörte, anstatt den belehrenden Doktor Doolittle zu geben, so lag das an der Entdeckung, daß der Undercover-Agent sicherer ist als der Krieger auf freier Fläche. Leute, die ihn belehrten, erschütterte er gern in ihren Grundfesten durch naive Fragen, sobald er ihre Wissenslücken spürte. Vorzugsweise bei studierten Gesprächspartnern kam das gut. Hinterließ auch oft bleibende pädagogische Wirkung.

Es waren selten Frauen, die er auf diese Weise bloßstellte. Hier war die Stoßrichtung eine andere, nämlich sie zu provozieren. Aus der Erfahrung, nicht für voll genommen zu werden, aus der Erfahrung der unzähligen Kränkungen, die Frauen durch Männer erfahren, wenn sie ihr Stimmchen erheben, kam die Energie für den empörten Höhenflug.

Armand liebte diese Empörung, er begehrte Frauen besonders heftig, wenn sie mit blitzenden Augen auffuhren. Er besänftigte ihren Zorn so weit, daß die Demütigung gesühnt war, aber eben nur so weit, daß noch genug Schmähungen auf ihn niederprasselten, auf den Lumpenkerl, der sie so hereingelegt hatte, daß der Aufwind für einen Scheinkampf mit wohldosiertem Widerstand noch ausreiche.

„Will ich Plätzchen backen? Oder Blockflöte spielen?" fragte er, wenn seine Freundinnen etwa Kerzenlicht für angesagt hielten und eine Schmuseplatte rotieren ließen, „das Leben ist Kampf, eine stimmungsvolle Kuschelstunde ist der Tod, vor allem, wenn arrangiert." Armand liebte an den unpassendsten Orten und zu den unpassendsten Zeiten — oder machte da wenigstens den Anfang. Er vertrat die Ansicht, ein Softie sei ein Mann, der einer Frau zuliebe seinem Sexus zu befehlen versuche; ein Macho dagegen gehorche seiner Natur und verlange daher von der Frau Anpassung. Darum führe Softietum früher oder später zu Siechtum und Impotenz.

Auch er, so konterte Suse, sei eine Mogelpackung: Ein Macho, der eine intelligente Frau gesucht habe, um sie als Denkpuppe, als Computerin spielend zu mißbrauchen.

„Dir kann man es einfach nicht recht machen!" hatte er geschrien und die Tür zugeknallt am Morgen nach diesem Marathon-Beziehungsgespräch, und war fortgefahren in den Unfall, der ihn fast das Leben kostete. Und das war es, was Suse nun zu verkraften hatte.

Joschi langweilte sich.

Er langweilte sich furchtbar. Die Qual des Wohlgeordneten, der Wohlanständigkeit, umgab ihn und hing an ihm wie etwas Widerliches, wie Spinnweben an der Wange klebte kontrollierende Aufdringlichkeit. Das kam von seiner Mutter, die ihn eben in dem Bemühen, ihn von schwüler Sinnlichkeit fernzuhalten, mit dieser infizierte. Von der Liebe zwischen Mann und Frau sprach sie zwar als „wunder-wunderschön", aber sie erzählte es ihm zu früh und zu genau für sein Alter. Indem sie der Intimität von Aufklärung durch Schrift und Gleichaltrige zuvorkam, sorgte sie dafür, daß ihre Augen über ihm schweben würden, wenn er „es" tat. Sie infizierte ihn mit der bösartig getarnten, mit jener Lüsternheit, die zu beschäftigt ist mit Moral, um für Selbsterkenntnis Zeit zu haben.

Ja — heißt das, ich hielte die Moral selbst für Lüsternheit?

Gewiß. Sie beschäftigt sich leidenschaftlich mit dem Gegenstand ihrer Ablehnung, maßlos, neugierig, parteiisch, ungerecht und voll Haßliebe. Sie machte Josefs Mutter gefährlich fürsorglich, und im Verweigerungsfall drohte die destruktive Entschlossenheit einer Rachegöttin.

Ach! Unrecht tat man ihr!

Vierzehn Jahre war er alt, da bekam seine Mutter eine Karte von ihm zum Muttertag, auf der die Worte standen; „Kali! Medusa! Nike!"

Welche Entgegnung erwarten wir darauf?

„Undankbar!!"

Richtig. Das kam. Immerhin hatte Josef die Milde besessen, als Bild nicht die menschenfressende Kali zu wählen, noch die versteinernde Medusa, sondern die schönbrüstige, geflügelte Siegesgöttin. Die hat wieder keinen Kopf.

Tat er seiner Mama nicht unrecht? Ja, gewiß, denn sie konnte ja nichts dafür, daß die Söhne Mittelpunkt ihres Lebens waren. Die eheliche Treue war die Falle, in der sie verdorrte. Und war doch voller Kraft und hätte schreien mögen, so stieg das aus ihrem Schoß in ihren Hals und erstickte sie doch nicht, sondern daß da nur als Kloß und wurde Gewohnheit.

Sie hatte genug Sorgen, sich nicht auch noch darum zu kümmern. Denn ihr Älterer trieb sie zur Verzweiflung. Die psychiatrische Behandlung hatte nicht angeschlagen, er tat weiterhin verrückte Dinge und blamierte seine Eltern vor aller Welt. War da doch wenigstens Josef, der kleine Joschi, der ging mit einigem Erfolg in die 10. Klasse des Ellerbacher Kantgymnasiums und verbrachte zu viel Zeit am Computer.

Sternchen, Sternchen… Joschi ist auf einmal ganz fasziniert von etwas, was er lange kennt. DEL *.*, und die ganze Platte wäre blank wie ein Kinderpopo. Alles weg. Ganz am Anfang schon, als er seine ersten Schrittchen auf der Tastatur machte, lernte er: DIR *.EXE, und er zeigt dir alle Programme. Sternchen für „alle", nicht näher definiert, jedes könnte es sein. Der Joker. Das große Unbekannte. Sternchen.

Joschi hat sein einsames Liebesritual getan und ist eingeschlafen. Er hat geträumt.

DIR *.FEM

Ein Inhaltsverzeichnis aller Frauen läuft über den Bildschirm. Joschi versucht, sie näher zu definieren. Lange Haare… Naja, nicht unbedingt! Kürzlich hat ihm Sibylle die Fassung geraubt mit ihrem kurzgeschorenen Köpfchen; auf einmal war sie nicht mehr blondes Covergirl, sondern Gesicht und Charakter, hatte Ohren und Stirn und Ausdruck und so einen Sex, Wahnsinn! Sibylle als Sternchen? Schon kann es keine andere sein. Sibylle ist ja auch schon zu alt, die macht gerade Abitur und hat auch angeblich einen Freund.

Sternchen heißt alles, jede, irgend eine. die große Unbekannte. Die verschleierte Isis. Den Körper kann man sich vorstellen, der ist bei allen ziemlich gleich, wenigstens ungefähr, solange sie jung sind. So etwa wie die Nike, nur weicher. Joschi hat noch nicht viel Gelegenheit gehabt, sie zu vergleichen.

Sternchen beginnt ihre Karriere damit, damit Joschi nachts aufwacht, und sie liegt neben ihm. Er macht die Augen noch mal zu und wieder auf. Er greift hin und kommt sich gleich darauf albern vor. Da scheint der Mond ins Zimmer. Die Vorhänge sind offen. Er weiß sicher, daß er sie zugezogen hat, weil ihn doch sonst der Vollmond gestört hätte mit seinem hellen Schein, ist er also wieder auf gewesen und weiß es nicht mehr.

Succubus. Was ist das? Joschi weiß es nicht genau, aber er schafft sich eine: Eine Geisterfrau.

Die Menschen des Mittelalters, voll Furcht vor der Sünde und der eigenen Lust, fühlten sich verfolgt von dämonischen Bettgenossen, die ihnen die Ruhe raubten und sie zur ewigen Verdammnis verführten.

Joschi kutiviert Sternchen und stattet seine Göttin mit Attributen aus. Nur das Sternchen bleibt. Außer dem Sternchen können zehn Stellen mit Beschreibungen besetzt werden, drei nach dem Punkt, die Kategorie ist klar; Nicht DOC, nicht TXT, nicht EXE, sondern Weib. Bleiben sieben Stellen vor dem Punkt. Die wechseln beständig. Dunkelhaarig? Blond? Ach, das ändern die doch selber. Das besagt gar nichts. Höre, mein Sohn, Schönheit vergeht, aber Häßlichkeit bleibt für immer.

Ja. Schönheitsfehler muß sie haben, damit man sich verlieben kann. Schönheit ist Mittelmaß. Aber meine Geliebte soll mit Einzigartigkeit gebenedeit sein unter den Weibern — Joschi ist katholisch. Wie wär's mit einer Lücke zwischen den oberen Schneidezähnen? No — nicht, daß da was fehlt! Nur ein wenig Durchschuß. Oder irgend ein anderer Schönheitsfehler. Ein Leberfleck? Klein, rund und auf der richtigen Stelle! Auf der Wange. Auf der Oberlippe. Nah an einem Auge. Nur nicht mit Haaren drauf.

Wie köstlich wäre es, neben der verhüllten Braut zu sitzen und den Bund fürs Leben zu schließen, ohne sie je gesehen zu haben. Zugeführt durch Horoskop und Elternwahl, welch delikate Lotterie, wie unpersönlich wird da aber auch das Handelsgut Weib!... Frauenfeindlich, frauenfeindlich! ...Aber was für ein erotischer Moment!

Allerdings — Elternwahl? ...Nee, danke.

„Warum denn nicht die Anja? Die ist doch so nett!" Anja, das kichernde Fönwellenmonster! Sie braucht ihre tägliche Dosis Hollywood.

Orientiert sich nur an amerikanischen Clanserien. Die hat unter ihren Klamotten Drehgelenke mit Gummiband. Wetten, sie kann ihre Beine um 360 Grad um die Hüfte kreisen lassen? Anja fällt schon mal nicht unter Sternchen. Definitiv nicht.

Es gibt Zeiten, da kommt die Lebensfreude ganz von alleine, da versammeln sich Freunde um dich, du erfährst Gemeinschaft mit Menschen, und das geschieht leicht und mühelos.

In einer solchen Zeit hat Suse Armand kennengelernt.

Es hätte ihr eine Warnung sein sollen, daß es gar so leicht ging. Das war ein Traum und ein Rausch, ein Sich-Verströmen und Auflösen, ein Singen nachts auf leerer, regennasser Straße, Lachen über nichts und alles, ja, das hätte sie warnen müssen. dann verfinsterte sich das Licht, und nichts mehr gelang. Und wäre sie gewarnt gewesen, so hätte sie versucht, im Verborgenen hell zu bleiben. Aber davon wußte sie nicht.

Es war leicht gegangen — aber die Auflösung war nicht leicht. Die war schmerzlich und schwer, als hätten sie jahrelang aneinander gehangen. Da nahm sie ihn in die Pflicht, als hätte er Weib und Kind ins Verderben gestürzt. Rechtfertigen mußte er sich, ja, sie hatte ihren Märchenprinzen trefflich gelernt und ihren Armand nach allen Regeln der Kunst vor ein verschärftes Tribunal genommen. Und er liebte sie auch immer noch zu sehr, um schon nach zwei Stunden mit den Türen zu knallen, er tat es erst nach zwei Nächten, denn er war in eine Falle gelaufen, die da heißt: „Du kannst es wohl nicht ertragen, daß wir darüber reden?"

Was ihn auch in diese Falle gelockt hatte, war die Vermutung, ihr noch etwas erklären, ja, sie im günstigen Fall von einigen ihrer verbissen verteidigten Irrtümer kurieren zu können. Sie sah nun auch, daß sie ihn vertrieben hatte, suchte aber, statt ganz loszulassen, ihr Heil in der Selbstanklage, im Einsehen ihrer Schlechtigkeit, was aber nur die nächste Stufe in der Strategie war, letzten Endes doch das bessere, das notwendig logische und unwiderlegbare Argument zu besitzen, das ihn schlechterdings an ihre Seite zurückzwingen mußte.

Bis dahin würde sie sich zurückziehen.

Sie wußte von keinen Methoden der Klausur, wie manche Religionen sie kennen. Sie wäre nicht auf die Idee gekommen, zeitweise ein Eremitendasein nach Art der christlichen Einsiedler oder der asiatischen Yogis aufzunehmen. Das würde sie nie als Lösung ihrer Probleme in Betracht ziehen. Wie tief sie sich auch verkriechen wollte, als es so weh tat, sie glaubte lange nicht an das Schweigen, zu sehr und zu lange hatte sie sich daran gewöhnt, daß Reden das Allheilmittel sei. Ja, Armand, wir müssen miteinander reden. Dann trieben sie es auf die Spitze, sie und Armand nahmen sich 36 Stunden lang nicht mehr Zeit für Pausen, als sie fürs Klo brauchten und um ein Käsebrot zu verschlingen, ließen leere Teekannen und volle Aschenbecher hinter sich, Schlaf gab es nicht. Dann verschwand er, und sie war zu erschöpft, um einzuschlafen, und konnte nur noch weinen. Da waren dann die Worte am Ende, und sie war des Redens müde bis in den Tod. Sie schloß sich ein. Ihr verquollenes Gesicht zeigte sie nicht.

Sie schaute hinunter auf die Butenser Hauptstraße, wo die Frauen riesige Plastiktüten mit Gemüse und Fladenbrot vorbeischleppten, und beneidete sie um ihre Kopftücher.

Es gab da ein paar Meter von einem schönen schwarzen Stoff aus den Vorräten von Armands Mutter, den hat sie verschenkt, als sie von der Trauer genesen war. Und Armand hatte sich so lange mit dem Gedanken getragen, sich daraus Hemden nähen zu lassen, bis er sich erinnerte, daß „Schwarzhemd" gleichbedeutend mit „Faschist" war. Dann blieb diese Trauerfahne an Suse hängen, und Suse näht sich eine Burka.

Joschi konnte nicht mehr wichsen, es war einfach zu viel geworden. Und da stellte er verwundert fest, daß er erschöpft war, aber nicht befriedigt. Sternchen rückte in immer weitere Ferne; er konnte sie sich zwar noch vorstellen, wie ihr glatter Körper über ihm aufragte; aber wenn er aufstand, um pinkeln zu gehen, ergriff ihn eine Ernüchterung, eine so machtvolle Traurigkeit und Sinnlosigkeit, daß er nichts zu tun imstande war.

Wir wollen ja hier nicht moralisieren. Sonst erfrischte ihn dieses intime Hantieren eher, es vertrieb die Schläfrigkeit und den Frust und schenkte ihm die Erfahrung, daß eine Kraft durch seinen Körper strömte, die ihm niemand vermiesen durfte, schon gar nicht Mama und erst recht nicht Sätze, die mit „sieh' mal…" anfangen. Seinem verrückten großen Bruder, Lorenz, Tumbleweed, dem frühreifen Schwarzen Schaf, verdankte er die entscheidenden technischen Ratschläge von bleibendem Wert, und nun, da die Eltern im Urlaub sind, hat er's einfach übertrieben.

Mehrere Tage lange war Suse unauffindbar und somit nicht zu erreichen für die Nachricht von Armands Unfall. Das war ein Glück, denn es verschonte sie und zwang sie zugleich, ihn zu verschonen.

Wo steckte sie? Ihre Freunde waren in Sorge. Denn wo sonst jeder Fladenzores breitgetreten, jede Erschütterung des Wertes eins auf der Richterskala durch ausgedehnte Palaver der Wohngemeinschaft gewürdigt wurde, war es äußerst verdächtig, daß kein Häufchen Elend die gesamte Tröstungskapazität der Gruppe in Anspruch nahm, daß keines Schuldigen Verbrechen thematisiert und öffentlich gethingt wurde, daß keine Hinrichtung stattfand, die mit den Worten begann: „Du, das finde ich echt nicht gut von dir."

Nachdem man sie kurzzeitig vermißt hatte, breitete sich eine äußerst stabile Gleichgültigkeit aus. Wo wird sie schon sein? Bestimmt bei ihren Eltern. Sie kommt schon damit zurecht, da muß sie eben durch.

Dann kam, seltsam verspätet, die Nachricht von Armands Unfall, dann das Befremden über das Besuchsverbot. Ein Kranker hat nur dann ein Anrecht auf Anteilnahme und tief empfundene Genesungswünsche, wenn er sich auch so verhält, wie man es von ihm erwartet.

Von dieser Dame war aber auch wirklich nichts zu sehen als zwei wunderschöne Hände mit Goldringen und die Schuhspitze. Sonst verhüllte sie die Allmacht schwarzen Tuches. Du ahnst einen Körper, ein Paar… Wie nennst du sie so, daß es eine verhüllte Dame nicht beleidigt? Gar nicht. Diese nicht Genannten bewegten sich also anmutig unter dem Stoff, wie er ihr so nachschaut.

Nun kommt sie an diesen Engpaß beim Gemüsehändler, wo ausgerechnet die öffentliche Zurschaustellung von Kraut und Rüben, Zwiebeln und Spinat ein unwiderstehliches Bedürfnis auslöst, sich in Gruppen plaudernd aufzustellen, und dieses Bedürfnis ergreift gleichermaßen junge Mütter in geringelten Pullovern und Palästinensertüchern wie Ureinwohner des Stadtteils mit Stock, Hut und Hörapparat wie die Herren mit Moustache und Käppchen und klappernd rotierenden Gebetsketten. Die Dame in der Burka fällt nicht auf. Verschleierte, mehr oder weniger als sie, patrouillieren von früh bis spät über die Istanbuler — Pardon, Butenser Hauptstraße. Kleine Mädels mit Kopftüchern und Büchern kommen brav oder kichernd aus der Koranschule. Assimilierte Jünglinge in Satinblousons mit gepolsterten Schultern spucken auf den Boden, als sei das ganze Jahr Ramadan und sie müßten zeigen, daß sie so getreu das Fasten halten, daß sie nicht einmal den Speichel herunterschlucken.

Afrikaner singen sich Begrüßungen zu. Griechinnen geben ihr fröhliches Stakkato. Punks brüllen ihren Hunden hinterher.

Und mittendrin bleibt die Dame in der Burka hängen und kommt nicht durch, weil sie niemand bemerkt, und sie scheint, keine Sprache zu sprechen, mit der sie sich Durchgang verschaffen könnte.

Joschi sah sie wieder. Sie schien in den Engpässen niemals um Durchlaß zu bitten, sondern wartete, bis der Stau sich auflöste. Und das dauerte manchmal lange. Es schien sie auch nicht zu stören. Offenbar war sie nie in Eile.

Wenn sie so gezwungen war zu warten, schien ihm, sie sähe ihn an. Aber ihre Augen lagen so tief im Schatten des Kopftuches, daß man nur aus nächster Nähe sah, wohin sie schaute.

Joschi hat sich wie zufällig dort herumgetrieben, wo er ihr zuerst begegnete. Nur Geduld.

Natürlich. Sie wohnt hier in der Nähe. Bestimmt kommen die allein nicht weit. Vielleicht schaut der Mann aus dem Fenster, während sie einkaufen geht. Nein, die Schwiegermutter. Der Mann ist ja zur Arbeit gegangen.

Ihn würde niemand fragen, wo er gewesen war. Die Eltern sind auf Reisen, paradiesischer Zustand, und Joschi war immer so brav, von kleinen rebellischen Kapricen abgesehen, daß man ihn ruhig alleinlassen kann.

Er war übermütig und voller Unternehmungsgeist, satt und verspielt, und ihn juckte das Fell, ihr nachzusteigen.

Das fangen wir aber diskret an, gewiß. Einen Moment lang bekam er Angst vor der eigenen Courage. Was, wenn die Dame in Schwarz einen biestigen Anhang hatte, der den jungen Ungläubigen abstrafen würde für den Frevel, ihr nachzulaufen? Unsinn. Das wird ja keinem auffallen, daß er ihr nachgeht. Zufällig muß er halt in dieselbe Richtung. Nur mal sehen, wohin sie geht!

Anfangs war es ihr viel zu warm unter dem Gewand. Und die Einschränkung ihres Sehfeldes machte ihr Schwierigkeiten, wenn sie die Straße überquerte. Sie war furchtsamer, weil sie weniger sah, und zugleich mutiger, weil man sie nicht sah. Man ignorierte sie — das war ja auch der Zweck der Übung. Sie hatte viel mehr Möglichkeiten, andere unauffällig zu mustern, vor allem, wenn sie sich noch zusätzlich einen Schleier vor den Sehschlitz hängte. Wenn es nicht so heiß war, trug sie es so am liebsten. Sie zog blankpolierte, altmodische Schuhe dazu an und trug viele goldene Armreife. Man werde sie schon nicht ansprechen, sagte ihr ein weitgereister Freund, der Moslem respektiert den Schleier vollkommen.

Gut tat das. Welchen Segen es für sie bedeutete, merkte sie, als sie bei ihrem ersten Ausflug in der neuen Hülle spielend an mehreren Leuten vorbeikam, denen sie bittere Auskunft schuldig gewesen wäre, hätte man sie erkannt, Auskunft, wie es Armand ging, ob sie ihn schon besucht habe, wieso man sie nicht mehr in seiner Wohngemeinschaft antreffe... Gut, daß sie nicht darüber reden muß.

Sie hatte auch Skrupel, daß sie, ohne selber Muslima zu sein, diese Tracht mißbrauchte... Nein, das war kein Mißbrauch, wenn sie genau das wollte, was sie als muslimische Frau auch sollte: Zurückgezogen sein vor Blicken! Das eben war ja Zweck der Übung: In Ruhe gelassen zu werden.

Schwestern, ihr werdet es mir verzeihen, Prophet, ich stelle mich zeitweilig unter Deinen Schutz.

Sie ist ja bei Armand gewesen. Ja. Sie ging ohne Burka ins Krankenhaus. Sicher, ihn zu sehen, war beziehungsstrategisch ein großer Fehler. Aber so ein Unfall ist eben Ausnahmezustand.

Hinterher eilte sie unter Tränen den Korridor entlang und verwünschte die Idee, ihn zu besuchen. Auch Rekonvaleszenten sollten von der Prügelstrafe nicht ausgenommen sein. Da lag er nun und konnte sich nicht rühren und hatte trotzdem, nur Tage, nachdem er dem Tode von der Schippe gesprungen war, die Stirn, sie zu fragen, ob sie nicht nachsehen wolle, ob er noch komplett sei. Als wäre es ihr darauf angekommen! Auf der Stelle zurück ins Koma! Man schuldet ihm Schonung, und so nutzt er das aus!

Suse, wenn du ihn so hassen kannst — hast du ihn denn dann überhaupt geliebt?

Na — der Gedanke stößt in ein Tabu hinein! Da machen wir gleich wieder dicht. Natürlich hat sie ihn geliebt, das ist ihr höchstes Gut. Denn wenn nicht, dann hätte sie ihm ja grundlos zugesetzt. Wenn sie alle diese Dinge jemandem an den Kopf geworfen hätte, den sie nicht liebte — oh, weh! Ist Liebe vielleicht ganz was anderes, als das, was man immer so nennt? Besser schnell zuschütten und nicht weiter nachgraben. Was da rauskommt, ist gar nicht schön.

Nach diesem schrecklichen Besuch, nach diesem Fehler, wie sie nun einsah, wurde die Burka immer mehr zur Wohltat. Ihr schien, daß nur Stillhalten gegen den Schmerz half, Schweigen und wie eine Fremde an ihren alten Freunden vorbeizugehen, unsichtbar in der Menge. Und nach all der Verblendung der vergangenen Wochen begrüßte sie dankbar die Wiederkehr der Vernunft und trachtete danach, sich das Leiden durch Verzicht zusätzlich zu verleiden, damit sie endlich aus Überdruß desto lieber zum Lebensgenuß zurückkehre.

Sie entzog sich das, was sie bisher für das Wertvollste gehalten hatte: Die Gesellschaft ihrer Freunde. So rasch vollzogen sich die Veränderungen, daß ihr ein Tag galt wie sonst achtundzwanzig. Sie verzichtete auf

Genüsse und war doch klug genug, sich nicht herunterzuwirtschaften. Sie frühstückte allein, wenn die Tante zur Arbeit gegangen war, aß langsam und hörte dabei Skrjabin oder Debussy, klemmte sich dann hinter ihre Bücher, nahm, wenn sie Ablenkung brauchte, ihre Burka und ging wortlos einkaufen.

Und sie entdeckte Joschi auf einem dieser Gänge. Er hockte auf einem Geländer und pflückte mit spitzen Fingern das Papier von seinem Eis. Kleines Leckermaul! Und was für ein Hübscher das ist! Wie alt mag er sein? Sicher noch keine Siebzehn. Und schöne Hände hat er. Wenn er die Finger schließt, scheint immer noch die Sonne durch.

Neulich ist er ihr doch nachgestiegen! Sie wollte sich nur nicht so nach ihm umsehen. Wie sie ihn abgeschüttelt hat? Mit einem uralten Trick. Rein bei Hertie ins Damenklo und die Burka in die Plastiktüte und wieder raus. Da stand er mit verträumtem Blick und wartete.

Viel Spaß, mein Süßer.

Und heute wirst du mal gejagt.

Wer wird schon annehmen, daß eine Frau in der Burka einem jungen Mann nachsteigt? Ich muß eben in die selbe Richtung. Was sonst?

Joschi merkt erst gar nicht, daß sie ihm folgt. Dann wird es ihm unheimlich. Setzt sie jetzt zur Strafexpedition an? Au, Scheiße. Ach, Unsinn. Die geht nur nach Hause. Ruhig Blut!

Er beschließt, vor dem Schaufenster des Buchladens stehenzubleiben und zu warten, was sie tun wird.

Sie nähert sich mit entschlossenem Tritt. Er studiert krampfhaft die Titel der Handarbeitsbücher im Fenster. Da tritt sie an ihn heran und murmelt fast unhörbar: „Gehen wir zu dir oder zu mir?"

Joschi ist wie vom Donner gerührt, schüttelt stumm und erschrocken den Kopf und flieht.

Na, klar, so kann das nichts werden. Das hätte sie sich eigentlich denken können. Wäre nur so schön mysteriös gewesen. Nun muß aber Schluß sein. Sie fängt ja an, ihren Schutz zu mißbrauchen! So weit wollte sie nie gehen.

Wie könnte sie das einem Muslim erklären? Daß dieses Ding ihr überleben half — ja, das schon.

Immer seltener bediente sich Suse ihrer Hülle. Dieses Mal soll das letzte sein, hat sie beschlossen. Sie braucht sie nicht mehr. Ihr Freundeskreis ist inzwischen mit Informationen gesättigt, man weiß halt, daß die arme Suse von Armand voll übel verarscht worden ist.

Kühn hat sie behauptet, sie sei drüber weg — da kommt der Härtetest.

Wieder strich sie um das Café herum, um den „Kleinen" zu sehen, da bemerkte sie Armand, der wartend am Geländer vor dem „Eisberg" lehnte. Einen Augenblick lang stand ihr Herz still, und unlogische Verknüpfungen schossen ihr durch den Kopf. Und wie sie noch dastand, als hätte sie Wurzeln geschlagen, kam eine Frau aus dem Café, die Suse gleich nicht mochte. Sah ja gut aus, bißchen wie die Carmen aus der Oper, dicker als Suse, und die küßte er, als gälte es das Leben, was er sicherlich nie täte, wenn er Suse in der Nahe vermutet hätte, nein, so gemein ist er nicht.

Runter mit der Burka. Gleich in der nächsten Toreinfahrt. Zusammengerollt, das Ding, und in die Tasche geknautscht, und nie mehr…

Dafür jetzt was Hübsches an, wo du Beine siehst, Haare und Figur. Und dann auf die Piste.

Wo findest du den Jüngling?

Richtig. Vor dem „Eisberg", dem Treffpunkt der Jugend an den immer noch sommerlich heißen Septembertagen. Da pirschte sie sich von hinten an ihn heran, wie er eben zierlich sein Eis bändigt, und murmelt so, daß niemand sonst es hört: „Geh'n wir zu dir oder zu mir?"

Bedächtig und ohne sich von seinem Eis abzuwenden, antwortet er: „Aber ich wohne in Ellerbach."

„Und?"

Er hebt den Blick, den er fast die ganze Zeit auf sein Eis gerichtet hat, der nur mal unsicher von der Seite zu ihr hinflatterte, und hat verloren. Sternchen?? Dies ist die Aurora, der Panzerkreuzer, der seinen Widerstand niederschießt, Sturm auf den Winterpalast, das Ende des Zarewitsch.

Die ganze Zeit, als sie es taten, hat er gezittert. Er muß ihr nicht verraten, daß es das erste Mal ist. Was bleibt ihm anderes übrig, als auf dem Rücken zu liegen wie ein Käfer und seinen Succubus machen zu lassen.

Nach und nach faßt er sich ein Herz, sie anzusehen und anzufassen: „Wo ist der Leberfleck?"

„Bluff nicht!" lacht sie, „ich habe keinen."

„Schade. Wir brauchen einen Schönheitsfehler, sonst kann ich dich nicht lieben."

Überrascht hebt sie den Kopf.

„Wie meinst du das?"

„Meine Geliebte darf nicht perfekt sein."

Wieder lacht sie.

13 Junger Mann, Aquarell

Da sieht er, daß ihre Zähne ein wenig schief sind, der eine Schneidezahn tritt etwas hinter den anderen zurück. „Das ist es!" Er zeigt begeistert darauf. Verschämt preßt sie die Lippen zusammen.

Sie geniert sich manchmal zu lächeln. Aber dazu wird Joschi sie schon bringen.

Sie sind allein in der riesigen Villa. Der Flieger der Alten wird morgen vormittag landen. Joschis großer Bruder schläft im Wäldchen am Fluß. Und Suse verwüstet das arme Kind bis zur Bewußtlosigkeit.

„Josef! Wir sind wieder da!" —

Hah! Oh, Gott! Suse!

Suse ist schon weg. Joschi hat geschlafen wie tot. Die Mama macht eloquent Frühstück. Madrid und Barcelona rauschen auf ihn nieder samt überwältigender Schönheit und aufregenden Pannen. Ein großes Frühstück soll es geben. Joschi sitzt im Morgenrock in der Küche, ungewaschen, Haare wie ein Vogelnest. Papa kommt herein: „Und du, Josef, ziehst dich jetzt ordentlich an, wir wollen ein schönes Wiedersehensfrühstück mit dir feiern, und du wirst in einer halben Stunde gepflegt aussehen, wie du das machst, ist mir egal."

N a, gut. Das Bad ist mein. Joschi schließt sich ein, bedauert ein wenig, Suses Geruch von sich abzuwaschen, aber bei Gelegenheit wird man dieses Parfum wieder tragen. Er duscht, er kämmt sich einen strammen Pferdeschwanz. Dann plündert er Mamas Seite des Spiegelschranks. Ist das eine Vitaminbar oder eine Galerie Nagellack? Candy Peach, Raspberry Frost, Burgundy Grape... Josef entscheidet sich für Deep Cherry. Und Lavender Sun für die Augenlider. Wie macht sie das mit der Wimperntusche? So wohl... Hm. Nicht schlecht.

Bißchen blaß noch, der junge Mann. Was für Obst gibt es dagegen? Apricot Glow, sagen wir mal. Gepflegt genug, Vater?

Nun noch Mamas Seidenkimono.

Papa macht gerade den Champagner auf, als Joschi wieder runterkommt. Lachs und feine Käse, Baguettes, Salat und Kaviar hat die Mama schon aufgetischt, gleich kann's losgehen.

Joschi tritt in die Schiebetür.

„Mama, Papa, ich muß euch was erzählen. Gestern, am Vorabend meines sechzehnten Geburtstages, hat mich eine verschleierte Frau überfallen und vergewaltigt. Ist das nicht wunder-wunderschön?"

Das Fest bei Cornelius Morgenbleich

Lax für Punx

14 Baumgruppe, Federzeichnung, digital koloriert

„Bin ich denn schon so beschwipst", fragte sich Agnes, „daß ich eingenickt bin?

Nein, sie macht die Augen weit auf und ist wieder frisch.

Eigentlich wollte sie nach dem anstrengenden Tag gar nicht mehr weg. Sie war nach der Arbeit den längeren Weg nach Hause gegangen, das erholt die müden Beine besser noch als Hinsetzen. Sie ging lieber noch durch den Park, nachsehen, wie der Herbst zum Sterben die kühnsten und frohesten Farben anlegt und das laue, milde Oliv des Teiches sich in kaltes Blank verwandelt. Die Enten haben andere Rufe, der Himmel dringt wieder zwischen die Bäume.

Armand hat sie mit Tee und Toast erwartet und ihr die Einladung ins Gedächtnis gerufen.

Ein wenig noch hinlegen, dann können wir los — da ist sie eingenickt. Armand sieht fern.

„Wie war der Arbeitstag?"

Agnes lacht. „Dein lieber Sohn" sagt sie zu Hanna Weiler, „hat mir wieder einen schönen Schrecken eingejagt mit seinem losen Mundwerk. Sagt er zu Stammgästen: 'Angenehmes Mäulerzerreißen weiterhin!'"

„Zu wem?"

„Zur Witwe Gröling und zu Frau Bothen-Malchin…"

„Das traf ja nicht die Falschen."

„Er vergißt manchmal, daß ich da arbeite."

„Wen hatten die alten Parzen denn im Fadenkreuz?"

„Ich hatte die Ehre" sagt Tumbleweed, „irgendwie mochten sie meinen Stil nicht."

Im gestreiften Kaftan in zentralasiatischem Stil ist er erschienen, im rotbunten aus Khotan-Seide, mit der Tjubeteka, dem runden Mützchen auf dem Kopf, unter dem ein winziger Zopf hervorschaut.

„Oh, schön! Dreh' dich!" bewundern ihn die Damen.

„Willkommen!" sagt Cornelius und küßt ihn, „kennst du Erik schon? Wunder' dich nicht über die Hörner, die sind echt."

„Es gibt wahrlich Entstellenderes", sagt Tumbleweed und reicht ihm mutig die Hand. Ein kühler, weicher Hauch begegnet ihm, gar keine richtige Berührung. So etwas hatte er auch erwartet. Und einem Lächeln begegnet er, das wird er nicht vergessen! So liebe, klare Augen, ein kindlicher Mund, strahlend und selbstvergessen. „Verzeih', wenn ich ein wenig wortkarg bin", sagt Erik, „Cornelius hat mich eben erst hierher geholt, ich muß mich noch daran gewöhnen."

„Wie ist es dort?" fragt Tumbleweed.

„Anders. Ganz anders. Ich kann's gar nicht beschreiben… Kennst du Peter schon?"

Zugleich ergreift jemand von hinten seine Hand. Biegt sie weich und vorsichtig auf und zu. Jemand umfaßt ihn freundlich und zieht ihn an sich, Stirn an Stirn: Fritjof. „Hast du meine Tochter schon gesehen?"

Nein. Und ehrlich gesagt, er drückt sich davor. Lieber erstmal Dickkopf guten Tag sagen. Wo hat er die alte Fritzi gelassen? Die hat sich in ein Gespräch mit Richard vertieft. Der wartet auf seinen Trabanten und sieht dauernd auf die Uhr.

„Doch nicht diese kleine Pißkröte von der Demo?" platzt Dickkopf heraus, „dem hatte ich doch die Birne verbeult, und dann liegt er bei meinem alten Freund Richard auf dem Sofa und wird mit Rotwein und Mandelkuchen aufgepäppelt... He, Frank, altes Kamel! Du kommst gerade richtig zur Parteigründung!"

Richard verbietet ihm den Mund, woraufhin der grüne Iro womöglich noch grüner leuchtet.

Frank setzt sich neben Richard. Er hat sich wirklich sehr verändert. Nichts mehr von dem alten Haß und der Nervosität, keine Furcht mehr, sondern er ist ruhig und zentriert, wahr und klar, deutsch in einem guten Sinn, nämlich ernsthaft, aufrichtig und ein wenig wortkarg. Er schaut Dickkopf freundlich an: „Sei beruhigt" sagt er, „von den Teutonen habe ich mich getrennt." Es scheint wirklich, er hat sich so sehr auf Richard eingelassen, daß dieses politische Abenteuer endgültig abgehakt ist und nichts blieb als eine — zugegeben, unzeitgemäße — deutschtümelnde Romantik und ein ernsthaftes Interesse an den Mythen unseres Volkes. Und da gibt ihm Richard, was er braucht. An heiligen Quellen waren sie und haben die Nähe der Wassergeister gefühlt, ihre Ängste, ihre Resignation, ihren Zorn. Sie haben sie mit Opfergaben besänftigt, mit Münzen, scharfen Gewürzen — „wieso das?" — „Das war Hongs Idee." — „...und weißen Blumen." — „Nagas", sagt Tumbleweed verträumt." — „Und von Buhats hat er mir erzählt..."

„Was ist das denn?" fragt Agnes. „Baumgeister" sagt Fritzi, „grünhaarige, nachtaktive, scharfzüngige Kobolde, die Grimassen schneiden und Unkraut pflegen..."

„Ja, und Zombies" schaut er sie an, „Geister, die an Häusern und Grundstücken kleben und sich davon nicht lösen können. Untote. Vampire. Vorwurfsvolle Ahnengeister!"

„Polternde Trolle!" kontert sie, „verfressene Hungergeister, mitternächtliche Klopfgespenster..."

„Und die unglücklichen Nachtmahre" stimmt Erik ein, ohne von den Szenen einer Ehe Notiz zu nehmen, „Incubi und Succubi, Belästigung auf Wunsch…"

Josef und Suse schauen ihn seltsam an.

„Er weiß, was er redet" sagt Cornelius, „er kennt welche persönlich." Nur er nimmt das ernst, die anderen Zuhörer entspannen sich wieder.

„Richard kann Geister sehen", sagt Frank. Richard streitet es ab, aber dann läßt er sich breitschlagen, die Sache mit dem Spuk in seiner Wohnung zu erzählen, von Geräuschen, von dem Gefühl einer Anwesenheit, nichts Konkretes war eigentlich da als das deutliche Gefühl, er sei nicht allein. Dabei hatte Hong die Wohnung schon gegen das Eindringen von Geistern präpariert, aber dabei war ihm vielleicht etwas entgangen. Entweder war das schon drin gewesen oder reingekommen und kam nicht wieder raus. „Das Pentagramma macht dir Pein?"

„War das ein Vampir?" will Dickkopf wissen, „ist er dann bei Sonnenaufgang zu Staub zerfallen? Hast du ihn dann mit dem Staubsauger beerdigt?"

Strafende Blicke bringen ihn zum Schweigen.

„Sie sind eben an den Ort gebunden", erzählt Richard weiter, „ich habe ihnen dann Opfergaben hingestellt. Nach einiger Zeit bekam ich ein Gefühl dafür, was er wollte. Mir war, als spräche er mit mir. Wenn ich der einzige gewesen wäre, der das merkte, dann hätte ich mich fragen müssen, ob ich verrückt bin. Er sagte zu mir: 'Du bist der Mast, an dem ich flattere.'"

„Vielleicht sind wir oben, in Himmel anderer Wesen eingewoben, die zu uns aufschau'n abends. Vielleicht loben uns ihre Dichter. Vielleicht beten viele zu uns empor", antwortet Cornelius mit Rilke auf die nachdenkliche Stille.

„Diese Wesen", so fährt Richard fort, „die uns umgeben, sind von uns abhängig, für sie sind wir Götter. Unser Unmut, unsere Wut, unsere Verzweiflung stürzt sie in maßlose Abgründe, in Höllen der Verwirrung. Sie haften an dem Ort, wo das geschah, und bewahren ihre Panik über Jahrhunderte. Nichts, was getan wird, bleibt ohne Spur. Sie versuchen auch, Menschen auszunutzen, die ihre Anwesenheit bemerken, und ziehen sich mit verlegenem Lächeln zurück, wenn es ihnen nicht gelingt.

„Woher weißt du das?" fragt Agnes mißtrauisch.

„Tag zusammen."

Da ist er, der Informant über die Geisterwelt: Lee Phan Hong. Er ist ein vornehmer chinesischer Kaufmann, er handelt mit dem Abacus, dem Rechenbrett, und mit den schönsten Lackwaren, rot wie Mut und schwarz wie die Macht, mit Seide und Porzellan. Ganze Ladungen, verpackt in Stroh in Kisten, gezeichnet mit dem Zinnoberstempel seiner Kontore in Beijing, werden auf die Rücken von Kamelen geschnürt, Eßschalen für die Mönche der nördlichen Klausen von Tun Huang wird er spenden, auch den Transport schenkt er den Frommen. Man schnürt Lederschläuche auf, die — für die Ritte durch die Wüste Taklamakhan — mit Wasser gefüllt werden. Am salzigen Lob Nor wird es vorbeigehen, vorbei an den Siedlungen der Buddhisten, wo nur wenig gestohlen wird, wo Gebetsfahnen an den Jurten knattern im scharfen Wind, wo die Frauen hohe Lieder singen, deren Halb- und Vierteltöne aneinanderreihen und versanden. Nach Khotan geht es und Turfan. Man ruht aus in weinbehangenen Oasen, wo die Männer ihre Frauen in weißgekalkten, rotgepolsterten Kammern verbergen und wo sie sich vor dem eifersüchtigen Gott verbeugen, der durch seine Abneigung gegen Konkurrenz die Existenz eben dieser beweist. Die Reisenden stärken sich am Fladenbrot, das an den Innenwänden der runden Öfen gebacken wird, und an Aprikosen, deren Kerne man knacken und als Mandeln essen kann. Zurück geht es an Flüssen entlang, in deren Bett man Jade findet, quellgrüne und edelste weiße mit kleinen Sommersprossen, glatt wie der Bauch der Prinzessin...

Nee, da muß ich jetzt was verwechselt haben. Hong importiert Computer, er hat sein Büro in der abgasgeschwängerten Ost-West-Straße. Er trägt Seidenkrawatten und küßt Richard ohne Furcht.

„Hast du Mario gesehen?"

„Nein. Wo ist der?"

„Ernährt sein Weib."

Genau, den hat sein erster Weg ans kalte Büfett geführt, wo er der werdenden Mutter, eben aus der Türkei zurück, die besten Bissen aufschwatzt.

„Entzückend!" sagt Dickkopf, „was wetten wir, daß sie sich in drei Tagen wieder in die Haare gehen?"

„Ruhig!" sagt Cornelius. Dickkopf kriegt heute laufend das Maul gestopft.

„Er hat das Teaching nicht verstanden" fährt Cornelius mit Blick auf Mario fort.

„Welches Teaching?" fragt Hong.

„Eines, das dir und Richard auch ganz gut täte, mein lieber Hong: Anstatt von Opium und Talismanen besser Kohletabletten und Bereuen der Sünden. Aber egal, heute feiern wir! Friederica, meine Beste!" Er wendet sich an Fritzi. „Wie mich das freut, daß eine gestreßte und überlastete Managerin Zeit für meine kleine Feier findet!"

„Ach, Cornelius, verarschen kann ich mich selber", knurrt die junge Dame mit den streichholzkurzen Haaren und dem antiken Schmuckstück aus Gold und Eisen am Ohr. Ihre maigrün-golden changierende Robe muß das Doppelte von Dickkopfens Nettolohn gekostet haben. — Pierre Balmain? Nee, Lorenz Toller.

„Das hätte ich wissen müssen. Die Madame Weiler hat er ja auch eingekleidet.

Ja, da springt er galant um sie herum und liest ihr jeden Wunsch von den Augen ab. „Minniglich" wie Cornelius das nennt. Trotz ihrer Proteste, sie sei zu alt, hat er ihr ein sündhaft ausgeschnittenes silbergraues Kleid im Stil der 20er gemacht. Ja, das ist offenbar, er liebt sie sehr, aber niemand wüßte zu sagen, ob sie es in die Tat umsetzen. Denn es liegt so eine diskrete Scheu zwischen ihnen, sie ist auf Würde bedacht und läßt nur zu, was „erfreulich und angemessen" ist, wie sie es nennt. Er sorgt aufmerksam für sie, holt ihr Sekt, gibt ihr Feuer, „wenn sie das Bedürfnis hat zu husten", wie Dickkopf sagt. Hanna faßt Armand bei der Hand. „Jetzt halt' dein Lästermaul mal für kurze Zeit im Zaum, da kommt deine Ex-Freundin Suse. Versprich mir: Keine sarkastischen Bemerkungen! Auch, wenn's schwer... Mein Joschi! Sei mir gegrüßt!"

Suse trägt Mantille und macht ungeheuren Effekt damit.

„Na? Willst du den Milchbart zum Mann machen? Wir nannten sowas 'robbing the cradle'…"

Suse übergeht seine Bemerkung gutgelaunt. Ganz was Neues. Und sieh da, als Tumbleweed Joschi umarmt, erkennt Armand: Das ist ja Tumbleweeds Bruder! Lorenz und Josef Toller. Auf der Schule hießen sie immer Nolens & Volens. Denn während der Ältere für jeden Skandal gut war, glänzte der Kleine durch Wohlverhalten, Einser in Handschrift und Latein, Blockflötenspiel und Erdkunde, während Lorenz der Besitz von zweiundvierzig Gramm Haschisch und jene Liaison mit Frau Hegel, Mathematik und Physik, nachgewiesen wurde. Und dabei sah Volens exakt wie die verkleinerte Kopie von Nolens aus. So verschieden sie auch sind — sie haben immer zusammengehalten. So gut verstehen sie sich, daß das auch einen kleinen Flirt mit der Begleiterin des jeweils anderen verträgt.

Wobei der Flirt zwischen Armand und Suse wohl leichter einzuschätzen ist als einer zwischen Joschi und Hanna. Die wilden Siebziger und die erschrockenen Achtziger sind vorbei, jetzt sind die Neunziger da mit radikalem Umdenken und keuschem Neubeginn.

Irgendwann haben sie ein Spiel gemacht. Jeder zog eine Karte mit dem Bild eines Planeten oder Sonne oder Mond in einem Zeichen des Tierkreises, unter jedem Bild steht ein Zitat.

Tumbleweed zieht Saturn in Fische.

Sei getreu bis in den Tod, so will ich dir die Krone des Lebens geben.

Tumbleweed fängt an zu weinen.

„Aber Lorenz! Es ist doch nur ein Spiel!" versucht ihn Hanna zu trösten.

„Hanna, was hast du?"

„Neptun in Jungfrau. Tochter Zion, freue dich, siehe, dein König kommt zu dir."

„Das bin ich nämlich" verspricht Armand und zieht: Pluto im Skorpion. — „…Ein Teil von jener Kraft, die stets das Böse will und stets das Gute schafft."

„Äh — womit hab' ich das jetzt verdient?"

„Karma" versetzt Dickkopf. „Jetzt du."

Neptun im Skorpion. „Und wenn der Wind darüber hingeht, so ist es nimmer da, und seine Stätte kennet sie nicht mehr."

Jetzt sagt Dickkopf erstmal gar nichts mehr. Und die ihm wohlwollen, behaupten noch heute, er habe damals über Vergänglichkeit nachzudenken begonnen darüber, daß er bislang doch ziemlich viel Zeit einfach totschlug. Und daß nach no future nun vielleicht doch memento mori angesagt sei, allerdings nicht ohne carpe diem: Wissen, daß wir sterblich sind, und doch genießen und die Zeit gut nutzen. Oder — wie seine kluge Frau immer sagt, wenn sie ihn nerven will: „Zur rechten Zeit genießen und zur rechten Zeit aufhören." Woher sie das wohl hat?

„Cornelius, welche hast du?"

Er hat den Magier, er zeigt sie. Es ist eine Gestalt, die, ebenso, wie er es eben tut, mit einer Hand auf den Tisch weist, mit der anderen nach oben, der Blitzableiter und Trafo der kosmischen Kraft. Merkur im Zeichen Jungfrau, der Abendstern, der Schlangenstab, der Dreimal Große: Wie oben, so unten.

„Jacke wie Hose" sagt Dickkopf. „Heil", versteht Frank. „Heilen", hört Juanita. „Heilung", versteht Armand. „Geil", sagt Dickkopf. Frank darauf: „Heil? Richtiges Heil fängt an mit Hitler kaputt. Da erst haben wir angefangen, heil zu werden."

Du mußt es ja wissen.

Dann ist Lorenz über Juanita gestolpert, die eben mit ihrem Papa medizinisch fachsimpelt. Lorenz klatscht ab. Fritjof lacht: „Wir tanzen doch gar nicht!"

„Um so besser, dann stört es nicht so."

Tumbleweed geht rasch geeignete Klausurplätze für die geplante Vergewaltigung durch. Küche? Bad? Klo? Garderobe? Besenkammer? Wo kann er sie ungesehen küssen? Er entscheidet sich für die Tanzfläche. Erstmal die Geliebte durch Rotation willenlos machen. Niemand tanzt so schlecht wie Lorenz. Niemand hat sie je so herzerwärmend umklammert.

Balkonszene.

„Wo bist du damals abgeblieben, Patient?"

„Zum Zweck der Genesung habe ich mich der Behandlung entzogen."

„Tumbleweed, du bist ätzend."

„Ich habe dich schließlich geliebt."

„Habe ich es denn so schlecht gemacht?"

„Nein. Zu gut! Ich war dabei, süchtig zu werden!"

„Und ich war dabei, mich in dich zu verlieben."

Er dreht sich weg und schaut hinunter auf die Straße. Dann richtet er sich auf und steht sehr grade, beinahe steif vor ihr; zum ersten Mal fällt ihnen auf, daß er größer ist als sie.

„Ich glaube nicht mehr daran, daß es jetzt noch etwas werden könnte, wenn es damals nichts geworden ist" sagt er, „zweimal haben mich die Frauen durch ihre Liebe entmannt. Ich fürchte mich davor."

„Lorenz, bitte setz' mir nicht so zu! Eben erst habe ich meinen Erik wiedergesehen, das muß ich erst einmal schlucken."

„Der war es!" Lorenz begreift.

„Weißt du — allein sein Gesicht zu sehen... Er ist viel schöner als er je war, auch ganz verändert, direkt abgeklärt... Kanntest du ihn vorher?"

Lorenz schüttelt den Kopf.

„Er war immer wie ein Kind. Konsum, Frauen, Autos, mal hier, mal da, mal die, mal jene, toll, super, muß ich mir holen. Jetzt steht er über allem, lächelt traurig, geradezu erschreckend weise... Was ist das mit diesem Übergang? Sie zu sehen ist schlimmer, als sie nicht zu sehen! Du erreichst sie nicht!" Sie fing an zu weinen. Gleich darauf schluckte sie und verbiß es sich.

„Hätte Cornelius ihn nicht geführt, er wäre schon wiedergeboren und wüßte nichts mehr, sagt er. Aber dann hätte er doch immerhin bei mir wieder Kind werden können!"

„Wohl noch mit mir als Vater? Ein Kind mit Hörnern. Na, vielen Dank."

Einen Augenblick schaute Juanita sehr böse. Dann mußte sie doch lachen.

Ihnen wurde kalt. Sie gingen hinein. Agnes pickt im Büfett herum. Die köstlichen kleinen Frühlingsrollen hat gewiß Hong beigesteuert. Der „kleine" Salat ist riesengroß, besteht aber aus lauter Miniaturgemüsen, winzigen Tomaten, filigranen Endivien, halbierten knöpfchenkleinen Pilzen.

Dickkopf stellt sich neben Mario und stiehlt ihm die besten Bissen vom Teller. Rotzfreche Provokation, das! „Du kriegst heute noch was aufs Maul, Alter!"

„Guck' mal da!" kontert Dickkopf und zeigt auf ein diskutierendes Grüppchen um Hülya, das Marios Aufmerksamkeit tatsächlich so weit fesselt, daß er ihm den Graved Lachs vom Teller ziehen kann.

Zu früh gefreut! Dora kriegt ihr Bählamm am Kragen und entleert seinen Teller auf den des verdutzten Mario.

„Laß ihn doch!" sagt Richard, „was nützt der beste Punk, wenn er immer nur tut, was man von ihm erwartet?"

Woraufhin Dickkopf Richard den Lachs klaut. Fritzi ist genervt. Fritjof sieht zugleich, daß Tumbleweed mal wieder mit großen Augen um Juanita herumscharwenzelt, tauscht einen Blick mit Hanna und verschleppt ihn in die Sofaecke zu Erik und Cornelius. Tumbleweed starrt ihn hingerissen an. Keine Eifersucht kommt da in ihm auf, nur eine Ahnung von der Trauer, die Juanita immer noch festhielt, als er sie liebte.

Minne. Sex macht die Geschichten flüchtig und aggressiv. Zwei Menschen müssen sich schon gut kennen und sehr gern haben, um Sex zu verkraften, denkt er.

„Andrea, mein Liebes!" Cornelius begrüßt ein mageres brünettes Mädchen mit eckigen Proportionen und verlegenen Bewegungen, „hast du Richard schon gesehen? Bist du ohne deinen Freund gekommen?"

„Mit dem ist schon lange Schluß" sagt Andrea ohne merkliche Regung, „schon seit dem Urlaub. Wußtest du das gar nicht?"

Sie wohnt jetzt in einer Wohngemeinschaft mit weiblicher Mehrheit. Geht ganz gut. Besser als allein.

Richard begrüßt sie nicht ohne Verlegenheit. Ihm kommt ein estnisches Lied in den Sinn: „Ich trinke salziges Wasser aus dem Meer und sage meiner Liebsten die Wahrheit."

Sie setzt sich zu Richard. Sie kennt hier sonst niemanden außer dem Gastgeber. Sie denkt an die lange Zeit, die sie in völlig anderen Kreisen verbracht hat als diesem hier, und bedauert es. Nicht nach körperlichen Merkmalen sollte man sich seine Freunde aussuchen, sondern nach seelischem und geistigem Gleichklang… Dickkopf kommt auf sie zu: „Schon was zu trinken für dich unterwegs, Didi?" Hong, nicht weit vom Schuß, muß lachen. Kleiner Bruder nennt er Andrea, hat es mal wieder mit Mei-Mei verwechselt. Also, wenn schon Chinesisch, dann auch richtig. Das sagt er Dickkopf beiläufig und schreitet an ihnen vorbei, um sich ein Bier zu holen und fängt sich ein „arrogantes Schlitzauge" ein, solche Liebeserklärungen kennt er längst. „Er hat recht" sagt Andrea freimütig, so, als gäbe es Dickkopf gegenüber nur die Wahrheit und nichts als die Wahrheit. In der Küche kommen sie zu ihrem Bier und ihrer Zweisamkeit. Fritzi hat ihnen nachdenklich hinterhergeschaut, Richard zerstreut ihre Bedenken.

Dickkopf will es ziemlich genau wissen. Er klemmt zwar, ohne es zu merken, die Beine zusammen und die linke Hand vor seine edelsten Teile, als er ihr zuhört. Sie studiert im Erzählen das schöne Jungengesicht mit dem treuen Blick und dem feinen, spöttischen Mund, dem man nicht ansieht, was für unglaubliche Dinge er sagen kann. Sie sieht, wie geradezu königlich afrikanisch das Profil seines Hauptes in Seitenansicht wirkt. Zur Feier des Tages ist der Iro kerzengerade getrimmt. Alles irgend geeignete Metall hängt im rechten Ohr. Dazu kommt noch ein kleiner Brillant im Nasenflügel, ein Geburtstagsgeschenk von Fritzi, „Wassermann an Waage". Herrenoberbekleidung: Lorenz Toller. Düster, prächtig. Stil: Verarmter Samurai nach der Schlacht. Siegreich, aber leicht angefetzt. Andrea findet das völlig verrückt, kommt sich in ihrer Bluse-Minirock-Gürtel-Kombination richtig spießig vor.

Dickkopf hört ihr sachlich und konzentriert zu.

„Und jetzt?" fragt er.

„Was jetzt?"

„Na — bist du verliebt? Hast du jemanden?"

Sie schüttelt den Kopf und senkt ihn, und es zieht ihr die Mundwinkel einen Augenblick krampfig nach unten. Jetzt heißt es, vorsichtig durch die Schären segeln, sieht Dickkopf.

„Wonach wäre dir denn?"

Es ist passiert, was Richard damals vermutet hat. Im Moment zieht es ihn mehr in weibliche Gesellschaft — weil sie ihr Ruhe gibt. „Ich habe ja selber Frau werden müssen. Ich liebe das Weibliche. Fehlt nicht viel, und ich verliebe mich in eine. Ich glaube nicht, daß ich richtig schwul bin.

Ich habe auf keinen Fall ein Mann werden wollen, jetzt kotzt mich das Männliche auch an denen an, denen ich begegne, ich habe knapp ein Jahr lang genug von diesen weltbeherrschenden Babies bekommen, die den Frauen an der Brust hängen und so tun, als wären sie hilflos, und sie in Wirklichkeit aussagen wie Vampire. Ich bin nicht narzißtisch genug, um schwul zu sein. Ich habe die Teile an mir gehaßt, ich kann sie nicht mehr am anderen lieben... Du guckst so, entschuldige, daß ich dir als Mann das sage, ich meine eine bestimmte Art..."

Dickkopf macht eine verstehende Geste.

„...ich meine eben diese peinliche Mischung aus Dummheit, Selbstherrlichkeit und Grausamkeit, und ich weiß, daß viele Frauen genau deshalb unter den Männern leiden. Lesben müssen nur mal ordentlich durchgefickt werden, sagen manche Männer. Wegen solcher Männer gibt es Lesben, unter anderem deshalb. Solche Männer sind mir so peinlich, daß ich froh bin, keiner mehr zu sein. Ich bin nicht nur eine Frau geworden, ich bin auch Feministin geworden."

„Dazu muß man nicht einmal Frau sein" murmelt Dickkopf.

Richard schaut sich in der Runde um. „Soweit ich sehe, haben die Geschichten ein Happy End — oder wenigstens gute Aussichten. Hülya ist wieder bei Mario. Agnes und Armand sind anscheinend ganz glücklich. Franks Nationalismus ist bis zur Unkenntlichkeit gemildert. Ich lerne langsam, mein Mundwerk zu beherrschen. Lorenz steht bald auf eigenen Füßen und ist dabei, sich mit seinen Eltern zu versöhnen. Andrea bereut nicht, daß sie eine Frau geworden ist. Erik wohnt im Reinen Land. Dickkopf wird von Fritzi erzogen... Alles ist gut geworden oder doch fast. In Wirklichkeit gibt es das doch gar nicht!"

„Was meinst du damit: In Wirklichkeit?" schaltet sich Agnes ein, „ist dies denn keine?"

„Das mußt du gerade fragen!" kontert Armand, „du liegst auf dem Bett und pennst, und ich wage nicht, dich zu wecken, weil du einen harten Tag hattest. Dabei will ich endlich mal los!"

Agnes ahnt, daß Armand wohl recht hat, denn einige Punkte sprechen unbedingt dafür. Aber sie möchte doch noch hören, was Cornelius zu dem Thema Happy End zu sagen weiß, „du hattest gerade eine Idee, nicht wahr, Cornelius?"

„Ja, ich denke, Happy Ends sind ebenso realistisch oder unrealistisch wie Unhappy Ends. Sie sind ja nicht das Ende der Geschichte, sondern nur der Punkt, an dem der Erzähler zu erzählen aufhört. Eigentlich geht das Leben wie Wellen auf und ab. Wer sagt denn, daß Mario und Hülya sich nicht wieder streiten? Daß Lorenz nicht doch seine Lehre hinschmeißt? Daß sich Frank nicht von seinem Guru emanzipiert?

Liebe hat nur ein Happy End, und das ist die Freundschaft der Liebenden. Nach dem Leinwandkuß beginnen die Probleme. Was sonst kann noch kommen? Kampf, Haß, Trennung oder Resignation ohne Trennung, Ersticken in der Pflicht. Vielleicht aber auch eine lebenslang glückliche Ehe — dann Witwenschaft und Leid. Oder Trennung und lebenslang: Ich will dich nie wiedersehen!"

„Wir sehen uns immer wieder, bis wir wirklich lieben gelernt haben", sagt Erik leise, und keiner scheint es zu hören. „Es ist bald zehn", sagt Armand nah an Agnes' Ohr, „willst du denn nun mit auf die Fete oder lieber durchschlafen?"

„Komm du doch mit auf meine Fete", murmelt Agnes, „Erik ist auch da..."

„Aber der ist doch tot!"

„Ach, das hat niemanden gestört."

Sie richtet sich auf.

Bloß Wasser ins Gesicht kippen. Dann wird sie unter ihren bequemen Sachen das schönste Stück aussuchen, nur keine Zeit verlieren.

Armand: „Soll ich mich nicht doch noch rasieren?"

„Ach, bleib' so, mich kratzt das nicht."

Sie hat ein freudiges Flattern im Magen.

Beeilt euch, ihr Lieben! Dickkopf hat den Lachs bald geschafft, und auch sonst werden die Kalten Platten von Minute zu Minute blanker. Juanita ist ziemlich deprimiert und sitzt trotz der Kälte auf dem Balkon. Agnes könnte sie auf andere Gedanken bringen.

Beeilt euch! Sonst verpaßt ihr Hanna, die sich mit der Absicht trägt, ihren Lorenz einzusammeln und nach Hause zu fahren, wenn ihr Sohn doch nicht kommt. Und, Armand: So oft hast du auch nicht Gelegenheit, mit Erik Sterbeerfahrungen auszutauschen. Oder wenigstens Koma-Abenteuer. Dickkopf ist dabei, sich Fritzi zum Trotz sinnlos zu betrinken. Ein Machtwort von Armand könnte ihn davon abhalten. Und ihr könntet die interessanten Geschichten verpassen, die Hong zu erzählen weiß. Nachdem er entdeckt hat, daß Hanna die chinesische Schröpfmethode mit dem Porzellanlöffel kennt, kommt er mit allerlei anderen Kniffen heraus, mit Anekdoten aus der weiten Welt der Akupunktur, mit malaiischem Liebeszauber...

Frank schaut Richard unsicher an. Richard lacht. „Nur, was aus freiem Willen geschieht, hat Wert" sagt er. Mario faßt Hülyas Hand. „Alles, was passiert, wollen wir im Grunde" sagt Erik. Hülya setzt zu Protest an, sagt aber nichts. Suse leistet Armand im Stillen Abbitte, denn sie versteht, wie sie ihn hat zwingen wollen. Ihre Liebe war wie ein Schwert. Daraus wird sie nun eine Pflugschar schmieden.

Sanft wie Kohlenglut in Windstille verlosch das Fest. Da saßen sie dann ohne Musik nah beieinander, schauten in die Kerze, nippten noch gelegentlich an ihrem Wein und ließen lange Pausen nach jedem Satz, den sie sprachen, und sprachen leise, als könnten sie jemanden wecken. Jeder, der die Runde verläßt, verabschiedet sich ohne viele Worte, nur durch Umarmungen, und zieht behutsam die Tür ins Schloß.

„Fahr' bitte langsam" sagt Agnes. Die Landstraßen zwischen Ellerbach und Fischerhöge liegen in frostigfeuchtem Nebel. „Ich habe doch gar nichts getrunken" entgegnet Armand leicht genervt. „Ich weiß", antwortet sie sanft, „ich will es ja nur noch ein bißchen genießen. — War denn Erik nun eigentlich da?"

„Agnes! Ich bitte dich!"

„Ich hätte es wetten mögen!"

„Einen Augenblick lang dachte ich es auch, aber als ich genau hinsah, war da nichts."

„Siehste?"

„Was: siehste? Siehste den Mond?"

„Oh, ja, bitte halt' doch mal."

Er fährt rechts ran und macht das Licht aus.

Es jagten wohl Wolkenfetzen über den Himmel. Vielleicht war es auch klar, und sie sahen den Großen Wagen und haben den Polarstern aufgesucht, das Reiterlein und Orion, Regulus und Riegel. Eine strahlende Venus. Oder sie sahen sogar Sternschnuppen. Vielleicht sind sie ein Stück den Feldweg entlanggeschlendert und haben auf den Pfützen das erste Eis entdeckt. Um den Mond herum mag ein Hof gewesen sein. Dann ist ihnen wohl kalt geworden, und sie sind zum Auto zurückgegangen. Agnes war dann wohl ganz munter, und alles, was sie sah, schien ihr wahr und echt und greifbar.

„Armand, was ist eigentlich Wirklichkeit?"

„Das, was wirkt" versucht er, die Frage mit einem Bonmot bequem zu beantworten. Aber sie ist von dieser Antwort begeistert. „Das Gewirkte", sagt sie, „das, was die Schicksalsgöttinnen gesponnen haben und was wir fortwährend weiterspinnen."

„Dann meinst du, Wirklichkeit muß nicht real existieren?"

„Natürlich nicht, wenn sie doch gesponnen ist. Es genügt, daß sie wirkt."

„Spinnst du nicht ein bißchen?"

„O doch, und gern!" entgegnet sie munter.

Darüber denkt er nach, als er im Bett liegt.

Wenn er nun aufwacht, wird er im Fernsehsessel eingenickt sein? Vielleicht, daß sie das Fest ganz verpaßt haben! Möglich auch, daß das Fest niemals vorbei sein wird. Sie gehen auseinander und treffen sich immer wieder. In diesem Leben oder in künftigen.

Aber wenn Wirklichkeit das ist, was wir selber wirken oder das, was wirkt oder beides zugleich — dann spielt das eh keine Rolle.

ENDE

NACHWORT
AUS EINEM ANDEREN JAHRTAUSEND ZURÜCKGESCHAUT

15 Selbstporträt der Autorin aus den Siebzigerjahren

Als ich diese Geschichten schrieb, lebte ich in Ottensen, einem Hamburger Stadtteil, der sich in Butensen wiederspiegelt. Ich stamme aus Bergedorf, das man in Ellerbach wiedererkennen kann, die einst unabhängige Kleinstadt, seit 1937 eingemeindet in die Hansestadt. Fischerhöge ist Finkenwärder, und auch die Orte in der Lüneburger Heide haben ihre Pendants in Salzhausen für Solenburg und Eyendorf für den Ort, wo das Gasthaus von Jan Frey steht. Das Hünengrab befindet sich bei Raven, 5 km von Eyendorf entfernt.

Die Personen hingegen sind frei erfunden. Sie haben keine lebenden Vorbilder. Und eine Geschichte mit offensichtlich fiktivem Charakter einzufügen, während die anderen weitgehend der Realität verpflichtet sind, war auch einigermaßen gewagt.

Das Projekt, diese Geschichten endlich in Druck zu geben, begann mit einem kritischen Blick auf den Erzählband. Sind sie nicht sehr deutlich Zeitgeist der End-Achtziger? Funktionieren sie überhaupt noch? Da wird pausenlos geraucht — gut, daß das vorbei ist. Ich kann mir kaum noch vorstellen, wie es war, dauernd von Qualm umgeben zu sein, wie sehr uns das gesundheitlich belastet hat. Wenn es einen Nutzen hat, dies unverändert zu lassen, dann den, sich daran zu erinnern, welchen Fortschritt wir heute genießen dürfen.

Und es gab damals noch keine Handys.

Tumbleweed würde heute nicht so spurlos für Monate verschwinden können. Das kleine Taschentelefon würde ihn überall aufspüren, und wenn das nicht gelänge, wäre man alarmiert und würde sich drum kümmern, was mit ihm ist. Hilfreich einerseits. Aber doch auch sehr einengend andererseits. Kaum noch Chancen, zur Besinnung zu kommen, den Geist, die Augen, die Hände zwischendurch mal ruhen zu lassen. Wir werden zunehmend verrückter in dem Maße, wie wir unseren Kopf nicht aus dem Informationswirbel herausziehen und unser Denken relativieren zu können. Je mehr scheinbar objektive Fakten wir anhäufen, umso mehr tauchen wir ein in nicht mehr reflektierte Subjektivität. Und das wirkt sich aus.

Wann sagen wir uns selber noch: „Nun sei doch mal vernünftig"? Wie oft probieren wir, ohne unser Navigationsinstrument durch das Leben zu segeln?

Erst jetzt wird mir bewußt, wie sehr diese Geschichten einerseits eine vergangene Epoche darstellen, die wir aber noch erlebt haben, die mittlere und ältere Generation. Andererseits haben sie ihre Aktualität nicht verloren, was zum Beispiel die Auseinandersetzung mit den Rechten angeht. Um die Vergangenheit dreht es sich kaum noch. Aber um die Vorstellung, das Fremde würde uns einen Verlust bescheren, geht es schon noch, und umso flammender ist auch heute mein Appell, den Wert der anderen Kulturen nicht aus dem Auge zu verlieren.

Es ist einem großen Werk der Literatur vor 100 Jahren abgeschaut, nämlich dem ‚Reigen' von Schnitzler, wenn in jeder Geschichte Hauptfiguren erscheinen, die in anderem Zusammenhang wieder als Nebenfiguren auftauchen. Ihre vielfältige Verbundenheit nimmt ebenfalls eine Erscheinung der heutigen Zeit vorweg, nämlich die Polyamorie. Nicht sorgfältig Paar neben Paar getrennt tauchen sie auf, sondern in Querverbindungen. Jeder hat einem anderen Menschen so viel zu geben, geistig und emotional, daß traditionelle Strukturen inzwischen ein Hindernis dafür geworden sind, das volle Potential der Begegnungen auszuschöpfen, die Synergie auszukosten, die der freie Austausch von Ideen und Gefühlen mit sich bringt. Nicht, daß ich der Polyamorie im sexuellen Sinn das Wort rede. Diese halte ich für zu gefährlich, um sie blauäugig zu postulieren. Dennoch kommen wir nicht daran vorbei, Konstruktionen der Vielfalt zu errichten oder mindestens zu tolerieren. Die Abschlußparty, in der sich sogar die Toten unter die Lebenden mischen, möge das verdeutlichen.

Grenzen fallen. Zwischen den Geschlechtern, zwischen den politischen Fronten, zwischen den Generationen entstehen neue Verbindungen, werden Gegensätze aufgehoben und ungeahnte Lösungsmöglichkeiten entworfen. Die Achtziger waren so furchtsam nicht, wie ich sie einmal nenne, sie waren es vielleicht, weil ein Bewußtsein für bedrohliche politische und ökologische Situationen entstanden war. Man fürchtete Atomraketen und Atommeiler; und 1986 erfuhren wir, wie richtig die Befürchtungen in Hinblick auf das Zweite waren.

Ich schrieb diese Erzählungen, als ich vieles über mich selber noch nicht wußte. Ich wußte nicht, welche Beziehungen noch auf mich warten würden: Zwei Ehen. Ich schrieb diese Geschichten in einer Zeit, in der ich keine Beziehung hatte, dafür aber viele Freundschaften in esoterischen Zirkeln wie auch unter Punks. Ich beschäftigte mich mit Traditioneller Chinesischer Medizin und wohnte mit einem Iro tragenden Punkmädchen zusammen. Ich meditierte und hielt Ratten. Ich verdiente mir meinen Lebensunterhalt mit Computergrafik. — Wenige Jahre später würde ich einen türkischen Mann heiraten. Noch später würde ich eine transsexuelle Frau kennenlernen. Zugleich führte ich meine erste glückliche Beziehung. Und auch die würde einen Zenit überschreiten.

Konstant ist nur der Wandel in unserem Leben.

Wie dieses Buch zustandekam
... und ein Dank an meine Sponsorin

Glücklicherweise sind die Zeiten vorbei, in denen man mit Tausender-Auflagen große Risiken einging. Man kann also ein Buchprojekt auch klein starten; somit werde ich mutiger mit meiner Schreiberei.

Mit dem Vorbehalt, daß die Zeit für diese Geschichten eigentlich schon vorbei sei, gab ich sie Ute Berthold zu lesen. Ute war so großzügig, das Druckprojekt mit einer Sponsorengabe zu unterstützen. Und auch die moralische Unterstützung, der Glaube an ein Projekt, ist ein nicht zu unterschätzender Beitrag.

Um das Buch zu illustrieren, griff ich auf meine Skizzenbücher und Fotografien zurück. Alle Abbildungen wurden also von mir gezeichnet oder fotografiert und digital bearbeitet. Der Titel zeigt — ein wenig manipuliert — einen Bronze-Auslaß aus dem oberirdischen Bau einer Zisterne an der Royal Mile in Edinburgh, Schottland. Über 340 Jahre alt und vor 20 Jahren restauriert, kann der kleine, unauffällige Bau noch immer der Wasserversorgung dienen. Seine Gestaltung orientiert sich sowohl an plastischen Abbildungen von Wassergeistern, wie sie die Antike schuf — wir erinnern uns der Bocca della Verità in Rom —,

17 Zisternenkopf, Edinburgh

16 Fassadenschmuck an einer schottischen Kirchenruine

als auch Wasserspeiern von mittelalterlichen Bauten, vor allem Kirchen, wo sie ebenfalls eine schützende Funktion zu haben scheinen.

„Tumbleweed der Geschichtenerzähler" sieht den Tod als ein Steinmaul, das seine Lügenhand zerbissen hat und ihn gnadenlos zur Wahrheit verurteilt.

18 Tumbleweed, Wikipedia

Tumbleweed nennt man Pflanzen, die den Wind zu ihrer Verbreitung nutzen. In Steppen und Wüsten bilden solche Pflanzengeflechte kugelartige Formen, die, vom Wind getrieben, über weite Strecken rollen können. Die Löffelfolter am Ende der Geschichte ist eine beliebte Methode, die in Südostasien gern gegen Infekte und Kopfschmerzen angewandt wird. In dieser Geschichte habe ich einen der wenigen kleinen Eingriffe bei der jüngsten Bearbeitung vorgenommen. Denn die Tendenz einer Aussage war aus heutiger Sicht nicht haltbar. Man lernt dazu. Insgesamt aber bleiben die Erzählungen fast unverändert gegenüber der Ursprungsfassung.

19 Hünengrab in Raven, Zeichnung

„So leicht und fremd und frei" beschreibt einen realen Ort, nämlich das Hünengrab in Raven bei Eyendorf nahe Salzhausen. Hier hatte ich auch andere Erfahrungen, nämlich die von extremer Beklemmung unter dem tonnenschweren Deckstein.

„Schockgereift" habe ich mit einer Zeichnung illustriert, die ich im Museum für Kunst und Gewerbe in Hamburg angefertigt habe. Es ist ein Buchsbaumfigürchen aus dem 16. Jh., keine 20 Zentimeter lang, das den Freitod der Römerin Lucrezia darstellt, die sich nach einer Vergewaltigung einen Dolch ins Herz stieß, um die Ehre ihrer Familie zu retten. Die Zeichnung ist digital überarbeitet.

„Carpinus Betulus" — die Ode an die Bäume beginnt mit einer kühnen Behauptung der Heiligkeit von Bäumen, es sei immer so gewesen. Das kann ich natürlich nicht beweisen, wünschte aber, es wäre auch heute noch so.

„Nicht Fisch, nicht Fleisch" — als ich dies schrieb, kannte ich unsere Freundin noch nicht, die das Geschlecht annahm, zu dem sie geboren war. Im Verlauf der Jahre nach der Angleichung vermännlichte sie wieder, so als fehle ihr nun schmerzlich die andere Hälfte ihrer Identität. Gibt es vielleicht Menschen, denen man beides zugestehen muß, Menschen, die man verletzt, wenn man sie zu wählen zwingt?

Die auf Seite 114 abgebildete Figur ist ein ‚Kykladen-Idol' — so nennt man die Kleinskulpturen von den griechischen Inseln; diese entspricht einem Typus von Figuren, die bis zu 5000 Jahre alt sind.

„Die unsichtbare Frau" will nicht gesehen werden. Ich greife einen völlig anderen Aspekt auf, als es die aktuelle Burka-Diskussion tut. Und Suse stellt einem Jugendlichen nach. Das hat stark autobiografische Züge. Was mich so an sehr jungen Liebhabern reizte, als ich selber jung war, das war mir damals nicht klar. Ich hoffe, sie waren hinterher so glücklich wie Joschi. Und das Bild ist meiner eigenen Einrichtung vor 30 Jahren entnommen.

Sowohl in der Mitte, im „Tod eines gutaussehenden Mannes", als auch bei der Abschlußparty habe ich den Realitätsbezug frohgemut in die Zähne gekickt. Habe die Desorientiertheit des Halbschlafs und des Schlafwandelns, woran ich in in der Jugend litt, hemmungslos ausgeschlachtet, um meine Leser zu verwirren. Ich hoffe, das Vergnügen überwiegt.

Fast alle Abbildungen — sofern nicht aus anderer, angegebener Quelle — sind von mir gezeichnet oder fotografiert und teilweise digital überarbeitet. Die Zeichnungen und Fotos sind ihm Lauf von vier Jahrzehnten entstanden, dennoch finde ich sie alle geeignet, in diesen Reigen von Erzählungen eingefügt zu werden.

Hamburg, den 24. 10. 2016

INHALTSVERZEICHNIS

Der Rekonvaleszent 5
Carpinus Betulus oder Die Liebe zu den Bäumen 21
Schockgereift 40
Der Tod eines gutaussehenden Mannes 61
So leicht und fremd und frei 89
Nicht Fisch, nicht Fleisch 114
Tumbleweed der Geschichtenerzähler 139
Die unsichtbare Frau 176
Das Fest bei Cornelius Morgenbleich 193
Nachwort 208
Wie dieses Buch zustandekam 211

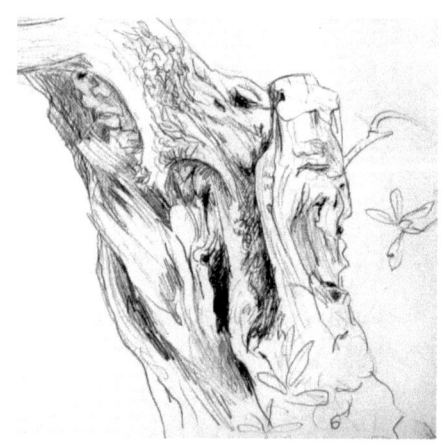

20 Stumpf eines Ölbaums

ABBILDUNGSVERZEICHNIS

1 Mysteriöser Garten, Federzeichnung 3
2 Parkanlage in Edinburgh 5
3 Knick, Aquarell 21
4 Serie „Bedrohte Art", Chinatusche...31
5 Selbstmord der Lucrezia, Kleinskulptur, 16. Jh. 40
6 Parkanlage in Edinburgh 61
7 „Geister der Vergangenheit", lavierte Federzeichnung....................89
8 Männlicher Akt, Federzeichnung 1976 97
9 Antike Kleinskulptur von den Kykladen, Zeichnung..................... 114
10 Like a Rolling Stone, Aquarell in einem Reisetagebuch 139
11 Einen weiten Weg gegangen 159
12 "Empty Bed Blues"...176
13 Junger Mann, Aquarell.. 191
14 Baumgruppe, Federzeichnung, digital koloriert 193
15 Selbstporträt der Autorin aus den Siebzigerjahren....................... 208
16 Fassadenschmuck an einer schottischen Kirchenruine................ 211
17 Zisternenkopf, Edinburgh 211
18 Tumbleweed, Wikipedia.. 212
19 Hünengrab in Raven, Zeichnung.. 212
20 Stumpf eines Ölbaums.. 214